족장 세르멕

족장 세르멕
–상권, 초원을 흔드는 바람

초판 1쇄 발행 | 2018년 10월 23일

지은이 우광환
발행인 이대식

편집 김화영 나은심 손성원 김자윤
마케팅 배성진 박상준 **관리** 이영혜
디자인 모리스

주소 서울시 종로구 평창길 329(우편번호 03003)
문의전화 02-394-1037(편집) 02-394-1047(마케팅)
팩스 02-394-1029
홈페이지 www.saeumbook.co.kr
전자우편 saeum98@hanmail.net
블로그 blog.naver.com/saeumpub
페이스북 facebook.com/saeumbooks
인스타그램 instagram.com/saeumbooks

발행처 (주)새움출판사
출판등록 1998년 8월 28일(제10-1633호)

© 우광환, 2018
ISBN 979-11-89271-13-8 04810
979-11-89271-05-3 (세트)

이 책은 저작권법에 따라 보호받는 저작물이므로 무단전재와 무단복제를 금지하며,
이 책 내용의 전부 또는 일부를 이용하려면 반드시 저작권자와 새움출판사의
서면동의를 받아야 합니다.

• 잘못된 책은 바꾸어 드립니다.
• 책값은 뒤표지에 있습니다.

우광환 장편소설

족장 세르멕

상권

초원을 흔드는 바람

새움

차례

상권 · 초원을 흔드는 바람

하권·불 속의 끓는 불

작가의 말

오래전부터 꿈을 꾸었습니다. 아득한 옛날, 초원에 살았던 한 인물에 대한 꿈입니다.

그 인물을 꿈속에서 오래도록 관찰했습니다. 그에겐 희망과 절망이 수없이 교차했습니다. 그렇지만 그는 자신이 정한 삶을 살아내며 꿈과 열망을 잃지 않았습니다.

척박하고 몽매하며 가난한 인생이 늘 그렇듯, 제 뒤에도 역시 수많은 실패담이 똬리를 틀고 있습니다. 그런 내 영혼 속에서 '세르멕'은 줄기차게 살아 숨 쉬었습니다.

드넓은 초원을 누비며 살아간 그 사람의 행적을 그대로 놓아 보낼 수 없었습니다. 이 책에 담긴 내용은 그에 대한 기록입니다.

내게는 두 딸이 있습니다. 내 사랑하는 딸들에게 이야기해주듯 담담하게 이 글을 썼습니다.

이 책이 빛을 보기까지 도와주신 새움출판사의 사장님과 편집부 여러분, 그리고 손성원 편집자에게 감사드립니다. 문학동인 다울문학의 함종대 회장님과 남주희 시인을 비롯한 동인들은 내가 좌절할 때마다 용기를 불어넣어 주었습니다. 그분들에게도 깊은 감사를 보냅니다.

가족의 성원과 사랑은 언제나 나를 약동하게 하는 고마운 힘입니다. 나는 그 힘으로 살아갑니다.

2018년 10월

우광환

제1부

초원의 영웅

1

태양이 작열하는 황토 광야 저 멀리에 먼지구름이 일었다.

막상 전투를 치를 적이 눈앞에 나타나자 달족 진영에 긴장감이 감돌았다. 군사들 사이에 투구를 고쳐 쓰고 무기를 가다듬는 소리가 한동안 이어졌다.

가까이 다가온 토크족 군사는 들은 것보다 훨씬 더 많은 대병이었다. 달족 군사는 그들의 반도 채 되지 않았다. 하지만 적의 군세에 놀라는 사람은 없었다. 오히려 비장한 각오가 모두의 얼굴을 스쳐 갔다.

아버지 뒤에서 마카부는 그들을 노려보았다. 옆에 선 세 형들도 무기를 고쳐 잡고 돌격 명령을 기다렸다.

"마카부는 무슨 일이 있어도 형들 곁에서 떨어지지 말거라."

달족의 씨족 장로인 도르투가 막내아들을 돌아보았다. 자신과 아들 넷 모두가 전투를 치를 이 순간 그는 유독 막내아들을 염려했다. 하지만 마카부는 자신 있게 대답했다.

"걱정 마십시오. 형들 못지않은 용맹을 보여드리겠습니다."

도르투가 눈을 부릅뜨고 마카부를 바라보았다. 자식들의 방자한 꼴을 볼 때마다 호통을 치던 도르투였다. 하지만 일촉즉발의 긴장감이 감도는 전투를 앞두고 아들을 나무라지는 않았다. 다만 매섭게 쏘아보는 것으로 마카부를 질책했다.

도르투가 얼굴을 돌리며 손에 침을 뱉어 육중한 청동창을 고쳐 쥐었다. 그때 달족의 고택 족장이 외치는 소리가 황토 광야에 메아리쳤다.

"돌격하라!"

달족 군사들이 일제히 말의 배를 걷어찼다. 달족은 고함을 지르며 달려오는 적을 향해 달려갔다. 맞은편의 토크족 군사들도 질세라 말에 채찍을 가했다. 양측의 말발굽에 이는 광야의 흙먼지 구름이 점점 가까워지더니 하나로 합쳐졌다. 순식간에 무기 부딪치는 소리와 기합 소리가 난무했다.

허공을 가르는 도르투의 창에 토크족 대여섯 명이 나가떨어졌다. 투구가 산산조각 나면서 머리가 으깨진 병사, 방패가 두 동강이 나면서 어깻죽지를 베인 병사가 땅을 뒹굴었다. 날아오는 창을 미처 피하지 못한 병사는 머리가 송두리째 날아갔다. 기합 소리와 비명 소리가 뒤섞였다. 흥분한 말들도 서로 머리를 부딪치면서 크게 울부짖었다.

마카부도 적진 속으로 무섭게 달려들었다. 찔러오는 창을 피하며 마카부가 휘두른 칼에 적군 병사의 머리가 쪼개졌다. 곧바로 마카부는 옆에서 다가오는 적을 방패로 후려치고 복부를 찔러 말에서 떨어뜨렸다. 적군이 한꺼번에 덤벼올 때도 칼과 방패로 후려치고 발로 걷어차면서 하나씩 목을 베어나갔다.

적군의 피로 마카부의 몸이 온통 붉게 물들어갔다. 토크족의 피가 뿌려질수록 마카부의 칼은 더욱 맹렬하게 춤을 추었다. 도르투의 기우(杞憂)와 달리 마카부는 용맹했다. 그가 나아가는 앞에 쓰러지는 토크족 병사들이 속출했다.

도르투가 창을 휘두르며 적진 깊숙이 들어가자 그 뒤를 따라 아들들도 용맹하게 사투를 이어갔다. 그들의 창에 적군들이 무더기로 말에서 떨어졌다. 저 멀리 고택 족장과 그의 호위병사들도 힘차게 창을 휘두르며 분전했다.

조금씩 토크족이 밀리기 시작했다. 달족은 더욱 힘이 났다. 달족의 함성과 기합 소리가 적군들의 비명 소리를 뒤덮기 시작했다. 달족은 모든 신경을 쏟아 적군을 베어나가는 데 혈안이 되었다.

피를 뒤집어쓴 채 눈에 불을 켜고 칼을 휘두르는 마카부 앞에 토크족 병사들은 공포에 휩싸였다. 그들은 다가오지 못하고 자꾸만 물러났다. 그럴수록 마카부는 더욱 세차게 덤벼들었다.

마카부의 청동칼이 쉬지 않고 허공을 가르고 있을 때였다. 적진에서 나팔이 길게 울렸다. 그러자 토크족이 일제히 뒤돌아 달리기 시작했다. 고택 족장이 외쳤다.

"활을 뽑아라! 적을 향해 쏴라!"

달족의 화살이 도망치는 적을 향해 일제히 날아갔다. 토크족 병사들이 무수히 말에서 떨어졌다. 겁에 질린 토크족 병사들은 더욱 말에 채찍을 가했다.

마카부도 힘차게 말을 몰아 그들을 쫓았다. 그는 아버지와 형들을 앞질러 달려가며 맹렬하게 화살을 날렸다. 토크족 역시 도망치면서 뒤돌아 활을 쏘아댔다. 달족은 방패로 화살을 막으면서 기를 쓰고 적을 쫓았다. 그때 마카부를 향해 화살 하나가 곧게 날아왔다. 반사적으로 방패를 올렸지만 그 화살은 마카부의 귓가를 스치고 지나갔다. 그 순간 뒤쪽에서 외마디 비명과 함께 형들의 외침이 들려왔다.

"앗, 아버지!"

마카부가 돌아보니 말에서 떨어진 도르투에게 형들이 달려가고 있었다. 마카부도 급히 말 머리를 돌렸다. 가슴에 화살을 맞은 아버지는 이미 눈을 감고 있었다.

"아버지! 아버지!"

순간 온 대지가 조용해졌다. 쫓고 쫓기는 대군의 말발굽 소리와 함성 소리, 비명 소리도 들리지 않았다. 시간이 멈춘 듯했다. 갑자기 현실의 벽을 넘어 다른 세상으로 옮겨진 것 같았다.

"아버지—!"

마카부가 눈물을 쏟으며 눈을 떴다. 꿈이었다.

해가 머리 위에 머물러 있는 한낮이었다. 홀로 부족의 앞날을 고뇌하던 마카부가 문득 잠이 든 것이었다.

다시금 생각에 젖어든 마카부의 얼굴에 수심이 깃들었다. 좋아하던 키릴산 숲속의 새 지저귀는 소리도 귀에 들어오지 않았다. 마카부는 집 앞으로 나와 바위 위에 걸터앉았다. 그의 눈이 초원의 지평선에 가 멈췄다. 사람들의 탐욕으로 동쪽 땅에 전쟁의 기운이 머리를 들고 있었다.

'탐욕의 원인은 무엇일까.'

도르투 장로의 저택 근처까지 말을 달려온 베키라의 눈에 생각에 잠긴 마카부의 모습이 들어왔다. 고택 족장의 고명딸인 베키라의 눈은 깊다. 그녀는 고뇌하는 마카부를 오늘만은 그렇게 놔두는 것이 좋겠다고 판단하고 말 머리를 돌렸다.

키릴산 자락에서 새들이 요란하게 지저귀었다. 그 소리에 섞여 마카부의 목소리가 등 뒤로 들려왔다.

"베키라!"

돌아보니 마카부가 이쪽을 바라보고 있었다. 그와 눈이 마주치자 가슴이 요동쳤다. 베키라가 다시 말 머리를 돌려 그를 향해 다가갔다.

"어찌 그냥 돌아가는 거요."

다가온 마카부가 베키라의 말고삐를 잡으며 말했다.

"당신을 깨울 엄두가 나지 않았어요. 깊이 잠긴 당신의 영혼이 보였거든요."

마카부가 소리 없이 웃었다. 그 웃음에 공허가 깃들었다.

"잠깐 잠이 들었다가 꿈을 꾸었소. 머리를 식히려고 밖으로 나와 바람을 쏘이던 중이었지."

베키라가 말에서 내렸다. 그녀가 마카부의 손을 잡아 자신의 볼에 대며 말했다.

"악몽이었나요?"

"부질없는 꿈일 뿐이오."

심상치 않은 기색을 읽고 베키라의 눈이 날카로워졌다. 하지만 마카부는 그저 웃을 뿐이었다.

"마침 잘 왔소. 함께 힝가이 호수로 갑시다. 그곳 바람은 더욱 시원할 테니."

마카부가 베키라의 말에 훌쩍 올라 손을 내밀었다. 베키라가 그 손을 잡고 마카부의 등 뒤에 올라탔다. 마카부의 등에 얼굴을 기대니 그리웠던 냄새가 풍겨왔다. 언제나 베키라의 가슴을 울렁이게 하는 마카부의 체취였다.

베키라의 말은 족장이 아끼는 검은 준마였다. 마카부가 채찍을 가하자 두 사람을 태우고도 과연 힘차게 달렸다. 숲을 헤치고 한참을 달리니 강한 빛이 숲을 뚫고 들어왔다. 수면이 반사시키는 햇빛이었다.

마카부는 키릴산 중턱에 자리 잡은 힝가이 호숫가에 말을 세웠다. 말에서 내린 마카부가 베키라의 손을 잡아 내리게 한 뒤, 호숫가에 무수히 피어난 백리향 한 송이를 따서 건넸다. 말을 다독이던 베키라가 꽃을 건네받고 그 향기를 맡으며 말했다.

"전쟁이 벌어질 것이라더군요."

호수를 바라보는 마카부에게서는 대꾸가 돌아오지 않았다. 베키라가 다시 물었다.

"토크족이 그렇게 강한가요?"

마카부가 호수에서 눈을 떼고 베키라를 돌아보았다.

"인근 부족 중 세력이 클 뿐이오."

베키라가 마카부에게 다가가 그의 얼굴을 손으로 감쌌다. 그녀의 향기가 코로 아찔하게 밀려들어와 마카부는 눈을 감았다.

"당신은 두려워하지 않는군요."

"토크족을?"

"그래요. 토크족."

"두렵지 않소."

"모두들 두려워해요. 그들의 힘이 강하다면서."

"힘은 두려움의 대상이 될 수 없소. 힘을 꺾을 방법은 얼마든지 있는 법이오."

"당신이 두려워하는 것은 뭐죠?"

마카부는 여전히 눈을 감은 채 입을 열지 않았다. 잠시 침묵이 흘렀다. 베키라가 입술을 마카부에게 가져갔다. 눈을 감은 마카부가 베키라의 입술을 받았다.

베키라가 입술을 떼고 물었다.

"당신은 두려운 것이 없나요?"

"왜 없겠소. 나도 두려운 게 있소."

"그게 뭐죠?"

"지혜의 샘이 막히는 것이 두렵소. 부족의 분열도."

"우리 달족은 씨족끼리의 분열이 없었어요. 부족의 단합을 최고의 덕이라 가르친 조상님들 덕분이죠. 그건 우리에게 지혜가 샘솟는다는 의미 아닌가요?"

"맞소. 그렇기에 그 이외의 두려움이 있을 수 없다는 말이오."

마카부가 잠깐 생각하고는 다시 말했다.

"베키라, 당신이 화를 낸다면 조금 무서울 것 같긴 하오."

베키라가 웃음을 터트렸다. 마카부가 눈을 뜨자 그녀의 얼굴에 가득 담긴 아름다운 미소가 들어왔다. 베키라가 마카부의 얼굴을 가슴으로 끌어안았다. 그러고는 속삭이듯 말했다.

"당신도 전쟁에 참가할 건가요?"

"……그러고 싶소."

베키라가 마카부를 감싼 팔을 풀고 그를 쳐다보았다. 그녀의 눈빛이 가만히 불타올랐다.

2

달족은 고난의 세월을 살았다. 먼 북쪽에서 내려와 동쪽 땅에 자리 잡기까지 그들의 생활은 순탄치 않았다. 겨울엔 추위가 맹위를 떨쳤고, 여름엔 우물이 말라버릴 만큼 가물었다. 혹독한 기후였다. 그들은 온순한 기후를 찾아 자꾸만 남하했다.

마카부의 조상들은 거대한 키릴산이 굽어보는 기름진 초원을 발견했다. 도도하게 굽이쳐 흐르는 야멕강과 그 지류들이 초원을 적셔주었다. 달족은 그곳에 정착하고 그곳을 달땅이라고 불렀다.

달족은 본래 유목부족이었다. 달땅의 푸른 초원에서도 유목생활을 했다. 주위에 여러 부족들이 흩어져 살았지만 오랜 세월 그들은 서로를 정중하게 무시했다. 끝도 없이 펼쳐지는 푸른 초원은 워낙 광대했다. 그들은 때때로 거래할 일에 대해서만 잠깐씩 관심을 가졌다. 동쪽 땅에서 그것은 암묵적인 전통으로 자리 잡았다.

시간이 지나자 그들은 차츰 농사를 알게 되었다. 몇몇 사람들이 서쪽의 아득히 먼 나라에서 곡물의 재배법을 배워 온 이후부터였다. 농사는 광대한 초원을 누비는 자유로움을 제한하기는 했지만, 그 산물이 워낙 쏠쏠했다. 마침내 야멕강과 그 지류들 주변에 농토가 늘어가기 시작했다.

누대에 걸쳐 답습되던 달족의 농사 기술은 근래에 들어 혁명적으로 발전했다. 코타이 덕분이었다. 달족의 코타이는 성인식을 치른 직후 서역으로 여행을 떠났다. 지식과 견문을 넓히고자 하는 그의 열망은 강렬했다. 그는 오랜 세월 서역을 여행하며 여러 가지 기술을 터득한 뒤, 돌아와 달족 사람들에게 배운 기술을 가르쳤다.

이후 달족은 야멕강으로부터 드넓은 초원으로 물을 끌어들이는 관개수로 공사를 펼쳤다. 물길을 파는 한편 적당한 지형을 골라 여러 곳에 저수지를 만들었다.

주택도 개량되었다. 여태까지는 땅에 움을 파고 강 주변에 지천인 왕골을 엮어 지붕을 얹은 집에서 살았다. 그러나 이젠 흙을 구운 벽돌로 지상에 집을 짓게 되었다. 주택 내부엔 벽난로를 장치해서 겨울에도 따뜻하고 아늑했다.

코타이의 기술은 주변 부족에도 퍼져나갔다. 강가의 조그만 땅뙈기에만 매달렸던 이전과 달리 관개농법을 이용한 대규모의 농경은 동쪽 땅을 전에 없는 풍요로 이끌었다.

그게 문제였다.

토크족의 터더엔 족장이 주먹으로 탁자를 내리쳤다.

"콴족 놈들이! 달족 놈들과 배가 맞아 농사를 지어서 갈수록 부유해지고 있소! 이러다가 우리 토크족이 그놈들 말발굽에 짓밟혀야 정신을 차리겠소? 도무지 장로라는 자들이 앞날에 대한 걱정도 없단 말이오?"

족장의 서슬 앞에 장로들은 고개를 들 수 없었다. 그러나 그들에게도 뾰족한 대책이 없었다.

토크족은 동쪽 땅에서 머릿수가 가장 많았다. 그러나 그들의 땅엔 야멕강의 본류가 지나가지 않았다. 몇몇 지류들이 실타래처럼 얽혀 있을 뿐이었다. 가뭄이 들 때면 그나마도 대부분 말라버렸다. 야멕강 본류는 그들의 땅에서 너무 멀었다.

토크족은 주위 부족들이 갈수록 부유해지는 꼴을 보고 있을 수만은 없었다. 초원만을 필요로 했던 조상들과는 달리 그들에게는 이제 야멕강이 필요했다. 어떻게든 야멕강을 부족의 영토 안으로 끌어들여야 했다.

터더엔 족장이 장로들 앞에서 선언했다.

"방법은 하나뿐이오. 그들이 더 이상 부유해지기 전에 야멕강을 빼앗는 거요. 제깟 놈들이 나 터더엔을 거스를 수는 없을 것이오."

흑두건을 쓴 장로가 조심스럽게 말했다.

"야멕강은 콴족뿐만 아니라 달족의 영토로도 지나갑니다. 두 부족이 힘을 합치면 우리도 감당하기 어렵습니다. 일단 두 부족 사이를 갈라놓아야 합니다. 그런 후에 차차 명분을 만들어 일을 도모하는 것이 상책입니다."

다른 장로들도 머리를 끄덕였다. 하지만 터더엔은 더욱 격노했다. 이번엔 주먹이 아니라 아예 칼을 빼들어 탁자를 내리쳤다. 탁자가 순식간에 두 동강이 나면서 장로들의 무릎 아래로 무너져 내렸다.

"그깟 얕은꾀로 언제까지 이 문제를 질질 끌 것인가! 도대체 당신들이 토크족의 장로가 맞소? 명분이라는 것은 나약한 자들이나 하는 말이오. 힘을 가진 우리에게 무슨 놈의 명분이 필요하다는 거요! 한심하기 그지없군. 여러 말 필요 없소. 당장 콴족에게 사자를 보내시오!”

관족의 늙은 족장은 난데없는 토크족 족장의 전갈을 받고 사색이 되었다.

‘당신들 영토로 지나가는 야멕강 일부와 우리 땅 북쪽의 초원지대를 맞바꾸었으면 하오.’

어처구니없는 요구였다. 토크족이 주겠다는 북쪽의 초원지대는 관족에겐 쓸모없는 땅이었다. 어차피 관족에게도 초원지대는 광활했다. 게다가 토크족이 야멕강까지 진출한다면 관족은 세력이 큰 그들에게 목덜미를 잡혀 사는 신세가 될 것이다. 그러나 관족 족장은 터더엔의 제의를 거절할 수도 없었다. 터더엔 족장은 성격이 불같은 자였다. 거절은 곧 전쟁으로 이어질 것이 뻔했다. 관족 족장은 한참을 고심하다가 토크족의 사자에게 말했다.

“당신들이 주겠다는 초원지대는 우리에겐 필요치 않은 땅이오. 하지만 좋은 방법이 있소. 운하를 파서 당신들 땅으로 야멕강 물을 끌어들이는 거요. 당신들이 운하를 파기로 결정한다면 우리 관족도 도움을 아끼지 않겠소.”

토크족의 사자가 떠나자 노회한 관족 족장은 즉시 달족에게 전갈을 보냈다.

‘지금 토크족이 우리 땅의 야멕강 일부와 자기네 초원지대 땅을 맞바꾸자고 억지를 부리고 있습니다. 우리 두 부족이 힘을 합쳐 토크족을 막아내야 합니다. 그렇지 않으면 자손 대대로 후회할 일이 벌어질 것입니다.’

콴족 족장에게는 달족을 끌어들일 수 있다는 확신이 있었다. 토크족이 야멕강을 손에 넣으면 달족도 편하게 잠자리에 들 수는 없는 것이다.

3

콴족 족장에게 토크족의 사자가 다시 찾아왔다.

"우리 족장님께선 콴족의 제의를 기쁘게 받아들였습니다. 당장 운하 건설을 위해 노예들을 데리고 족장님이 직접 오시기로 했습니다."

콴족 족장은 놀란 얼굴로 물었다.

"정말이오? 터더엔 족장이 정말로 그 공사를 벌이겠다는 것이오?"

"그렇습니다. 우리 족장님은 그 공사를 허락해주고 도움까지 주겠다는 콴족 족장님께 깊은 감사를 전하라고 하셨습니다. 며칠 내로 공사를 맡을 노예들과 감독할 군사 백여 명을 이끌고 당도하실 것입니다."

이틀 뒤 터더엔은 정말로 노예들을 이끌고 콴족 땅에 발을 들였다. 그가 데려온 노예들은 물길을 뚫을 도구가 담긴 수레를 힘겹게 끌었다. 남루한 차림에 벌써부터 지친 모습이어서 과연 그 대공사를 끝까지 해낼 수나 있을지 의심이 들 정도였다.

터더엔 족장은 공사를 허락해준 것에 감사를 표하겠다며 콴족 족장을 자신의 막사로 초대했다. 하지만 콴족 족장은 망설였다.

"그놈 속에 다른 꿍꿍이가 있을 줄 누가 알겠는가."

그러자 그의 호위부장이 말했다.

“염려 마십시오, 족장님. 터더엔의 군사들은 백여 명에 불과합니다. 더구나 그들은 노예들 막사 근처에 있기 때문에 터더엔의 막사엔 수종(隨從)하는 여자 노예들 외에는 그 혼자 있는 거나 다름없습니다.”

“이상한 일이군. 그자가 정말로 자기 호위병들도 안 데리고 왔다는 말인가?”

“그렇습니다. 그랬다간 의심을 살지 모르니, 우리 도움을 필요로 하는 그로서는 아무래도 조심스러웠겠지요.”

그제야 콴족 족장은 마음을 놓고 터더엔의 초대에 응했다. 그는 자신의 병사 이백 명을 호위로 데리고 터더엔의 막사를 찾았다.

콴족 족장을 마주하자 터더엔은 입이 귀 밑까지 찢어져서 말했다.

“족장께서 이렇게 누추한 막사를 방문해주시니 몸 둘 바를 모르겠습니다.”

터더엔이 콴족 족장 앞에 머리를 조아렸다. 젊은 족장이 예를 다해 맞아주는 것을 보며 콴족 족장은 마음이 놓였다.

“공사가 무척 어려울 것이오. 그러나 걱정 마시오. 우리 부족도 모든 노력을 다해 당신들을 돕겠소.”

늙은 족장의 호기로운 말에 터더엔 족장이 그의 양손을 맞잡으며 기뻐했다. 터더엔은 탁자에 지도를 펼쳐 보이며 말했다.

“자 보십시오, 족장님. 야멕강에서 이쪽 초원지대를 지나 산을 우회해서 물길을 잡을 생각입니다.”

“아주 좋은 방법이오. 이 늪지대로는 물길을 뚫기 어려울 테니 그

쪽이 훨씬 나을 거요. 공사가 시작되면 우리 쪽에서도 추수가 끝나는 대로 사람을 징발해서 보내주겠소."

터더엔은 머리를 조아려 감사를 표하면서 여러 가지 공사 계획을 설명했다. 열정적인 그 태도에 늙은 족장마저 마음이 흐뭇할 지경이었다. 어느덧 밤이 이슥해지자 터더엔은 사람을 불러 술을 가져오라 일렀다.

"이번 공사는 우리 두 부족 간 우호와 번영의 시작이 될 것입니다. 이를 축원하기 위해 좋은 술을 가져왔으니 한잔 드시지요."

그가 따라주는 술을 마시면서 늙은 족장은 눈이 자꾸만 가늘어지는 것을 감춰야 했다.

'이자가 진짜로 공사를 벌일 모양이군. 하지만 너는 내 꾀에 빠져든 것이야. 어리석은 놈.'

늙은 족장은 회심 어린 미소로 연거푸 술잔을 비웠다. 그는 터더엔이 애송이에 불과하다는 것을 확신했다. 지레 겁먹었던 자신이 부끄러울 지경이었다.

난데없이 막사 밖이 소란했다. 술 취한 늙은 족장이 귀 기울여보니 그것은 분명 무기가 부딪치는 소리였다. 그가 막사 밖의 상황을 확인하기 위해 일어나려 할 때, 어느새 터더엔의 칼이 목에 와 닿았다.

"당신에게 감사하는 내 마음은 진심이다. 당신의 도움으로 우리가 수월하게 이 땅에 들어오게 되었으니까. 안 그런가, 늙은이?"

터더엔이 요란하게 웃었다. 늙은 족장은 영문을 알 수 없었다. 막사 밖에는 자신의 군사 이백 명이 지키고 있고 터더엔의 군사는 노예들을 감독할 백여 명에 지나지 않았다.

'그런데 어떻게…….'

늙은 족장은 문득 사태를 깨달았다. 그가 눈을 부릅뜨고 터더엔을 노려보며 외쳤다.

"노예라는 자들이 정녕 네 군사로구나! 운하를 팔 도구가 아닌 무기를 수레에 싣고……. 내가 그것을 어찌 생각지 못했을……."

콴족 족장은 더 이상 말을 잇지 못했다. 그의 목은 싸늘하게 미소 짓는 터더엔의 얼굴을 마지막으로 쳐다보며 떨어져나갔다.

터더엔은 그날 밤으로 콴족의 성읍을 함락시켰다.

내친김에 그는 달족의 고삐마저 잡아채기로 작심했다. 그는 즉시 사자를 보내 달족에게 통보했다.

'지금 달족이 차지하고 앉아 있는 땅은 본래 우리 조상들의 땅이다. 이제라도 달족은 우리 조상 땅을 내놓고 다른 곳으로 이주해가기를 바란다. 현명한 달족이 우리 요청을 거절하지 않으리라 믿는다.'

4

토크족의 전쟁 선포에 달족 사람들은 누구도 놀라지 않았다. 오고야 말 일이었다.

달족의 씨족 장로 도르투는 세 아들과 한자리에 모여 앉아 다가올 토크족과의 전쟁 준비를 논의했다. 그 자리에 막내아들인 마카부가 들어와 꿇어앉았다.

"아버지, 저도 전투에 참가할 수 있도록 허락해주십시오."

입을 다문 채 지그시 내려다보는 도르투 대신 셋째 형이 마카부를 꾸짖었다.

"여기는 네가 있을 자리가 아니다. 아직 장가도 들지 않은 총각 놈이 무슨 말을 하는 것이냐."

"형님, 제가 비록 총각이긴 하지만 성인식을 치른 지 몇 해가 지났습니다. 우리 달족의 위기를 손 놓고 볼 수만은 없잖습니까."

마카부의 말에 둘째 형과 맏형도 가만있지 않았다.

"네 말이 틀리지는 않는다만, 아버지와 우리 삼형제가 참가하는 것만으로도 이 전쟁을 감당하기엔 충분하다. 막내야, 너까지 왜 이러느냐."

"아우야, 네가 비록 우리 집안의 막내이긴 하나 너 역시 장로의 아들임을 잊지 말아야 한다. 알다시피 전투란 결과를 약속할 수 없질 않느냐. 전쟁터에서 우리들이 목숨을 잃는다면 너는 우리 집안의 대를 이어야 한다는 말이다."

형들의 핀잔에도 마카부는 물러서지 않았다.

"아버지와 형님들이 전쟁터에서 위험에 빠진다면 이미 부족의 존망이 위태로울 것입니다. 우리 집안의 대를 이을 걱정은 그다음 일이 아니겠습니까."

막내아들을 지그시 내려다보던 도르투가 말했다.

"마카부는 이번 전쟁을 네 형들에게 맡기고 혼사 치를 준비나 하거라. 족장께서도 전쟁을 승리로 이끌고 나면 너희들 혼인부터 서두른다고 하시질 않았느냐."

아버지까지 그의 전투 참가를 막아섰다. 마카부는 몸이 달았다. 그는 자리를 물러나 마구간으로 달려갔다. 아직 자신을 위해 손을 써줄 사람이 있었다. 고택 족장이었다.

마카부가 성읍으로 말을 달려 족장 저택에 당도하자 족장의 호위부장이 반색하며 맞았다.

"이런, 마카부 도련님이 아니신가요. 아, 이제 곧 혼사를 치르실 텐데 그새를 못 참고 베키라 아기씨를 보러 오셨군요."

"아니오. 나는 족장님을 뵈러 왔소. 안에 계십니까?"

호위부장이 마카부의 말고삐를 건네받으며 말했다.

"지금 코타이 어르신이 찾아오셔서 말씀을 나누시는 중입니다."

전쟁은 이미 기정사실이었다. 곧 부족의 결정을 위해 장로회의를 열 터였다. 이에 앞서 고택은 코타이에게 조언을 듣고 있음이 분명했다.

"코타이 어른과 대화가 끝날 때까지 기다리겠소."

"그럼 베키라 아기씨의 방으로 드셔서……."

"난 베키라를 만나러 온 것이 아니오. 여기서 기다리겠소."

마카부가 뜰에서 기다리고 있는 사이 족장에게서 들어오라는 기별이 왔다. 마카부가 방에 들어서 절을 하니 고택이 만면에 웃음을 머금은 얼굴로 말했다.

"자네가 웬일로 찾아왔는가. 혼사 문제로 무언가 할 얘기가 있는가?"

마카부는 얼굴이 붉어짐을 느꼈다. 하지만 찾아온 용무를 분명하게 이야기했다.

"제 아버지와 형들이 저의 참전을 허락지 않으십니다. 하지만 족장님께서는 허락해주시리라 믿기에 요청을 드리러 왔습니다. 저도 이번 전쟁에 나갈 수 있게 해주십시오."

고택은 잠시 할 말을 잊은 듯했다. 그는 코타이를 바라보다가 이내 고개를 돌리고 마카부를 쳐다보며 웃음을 지었다.

"자네 아버님과 형제들이 만류하는데도 진정 전쟁에 참가하고 싶은가?"

"그렇습니다, 족장님. 아직 총각이라고는 하나 저도 이제 곧 혼사를 치릅니다. 부족의 어려움을 눈앞에 둔 채 가만있을 수는 없습니다. 족장님만은 제 마음을 헤아려주시리라 믿습니다."

고택이 껄껄 웃으며 마카부를 내려다보았다. 곁에서 코타이가 고택에게 말했다.

"역시 달족의 앞날은 어둡지 않습니다. 마카부 같은 청년들이 우리 달족의 앞날을 지켜줄 것이라는 확신이 드는군요."

"그렇긴 하오. 하지만 이 청년의 전쟁 참가 여부는 내가 결정할 일이 아닌 것 같소."

족장이 마카부를 돌아보았다.

"자네의 요청에 대한 답은 아무래도 우리 베키라가 해주어야 할 것 같네. 어떤가. 베키라의 의견이라면 자네도 따르겠는가?"

마카부는 드디어 희망이 다가옴을 느꼈다. 베키라가 자기 마음을 이해해주리라고 확신했다.

방으로 들어온 베키라는 아버지의 이야기를 듣고 나서 잠시 마카부를 쳐다보았다. 싸늘한 눈빛이었다. 베키라가 마카부에게서 눈길을 거두고는 자기 아버지를 향해 말했다.

"아버지, 제가 마카부 님의 아내가 되기로 결심한 것은 그분의 통찰력을 의심하지 않기 때문이었어요. 마카부 님은 승리를 위해 부족 사람들에게 다양한 역할이 필요하다는 걸 잘 알고 있는 지혜로운 분이세요. 전쟁터의 하찮은 공명심에나 들뜰 사람이 아니거든요. 마카부 님은 전투 일선에서 용맹을 떨치는 일이나 성읍을 지키며 부족민들의 안위를 책임지는 일이나 똑같이 중요한 일이라는 것을 잘 아실 거예요."

베키라의 말에 동의하듯 고택이 고개를 크게 끄덕였다. 마카부는 화끈거리는 얼굴을 감추느라 고개를 숙여야 했다.

며칠 뒤, 고택 족장은 장로회의를 열었다. 장로회의가 열리는 성읍 광장엔 부족민들이 꽉 들어찼다. 장로들은 부족민들 앞에서 한 마음으로 결의했다.

"타 부족에 대한 배려를 아끼지 않고 평화를 사랑하는 달족이지만, 토크족이 이리의 성정으로 우리 땅을 빼앗으려 드니 전쟁은 피할 수 없게 되었다. 달족은 이번 전쟁을 통해 동쪽의 부족들이 두려워할 만한 힘이 있음을 보여주어야 한다. 비록 토크족의 세력이 크다 하나, 우리는 기필코 이 전쟁을 승리로 이끌 것이다."

고택 족장은 각 씨족 병사들의 통합과 전쟁 수행에 필요한 씨족들의 역할, 그리고 군사를 통솔할 장군들의 임명을 발표했다. 이어 그는 출정군이 광야에서 토크족과 전쟁을 수행하는 동안 부족의 성읍을 수비할 군사들을 따로 편성하고 수비대장으로 마카부를 임명했다.

5

토크족의 터더엔 족장은 달족이 군사를 일으켰다는 소식을 듣고 기쁨을 감추지 않았다. 드디어 달족을 몰아낼 절호의 기회가 온 것이었다. 크지 않은 세력이지만 동쪽 땅에서 그들은 항상 눈엣가시였다. 그들 씨족의 결속력은 어느 부족도 흉내 낼 수 없이 견고했다. 그것이 그들의 잠재된 힘이라는 것을 터더엔은 잘 알았다. 이참에 그들을 이 땅에서 몰아내면 영원히 토크족에게 도전할 부족은 사라질 것이었다. 힘껏 쥔 주먹이 부르르 떨리는 와중에도 그의 입가엔 미소가 사라지질 않았다.

이윽고 달족을 염탐하던 간자들이 달려왔다. 달족의 족장 고택이 군사들을 이끌고 초원의 둔덕을 넘어오고 있다고 했다.

"병력이 얼마나 되더냐?"

"삼천 정도 됩니다."

"그깟 삼천 병력을 가지고 나 터더엔을 상대하려 하다니, 고택이 간이 배 밖으로 나온 모양이로구나."

터더엔은 콴족의 땅으로 군사를 이끌고 들어갔다. 야멕강 건너 광야에서 전면전을 펼치기 위해서였다.

터더엔의 손아귀에 놓인 콴족은 숨죽이고 전쟁을 지켜봐야 하는 처지였다. 달족이 무자비한 터더엔을 제거해주길 은근히 바랐던 콴족이지만, 막상 두 부족의 전투가 가까워오는 지금 그들은 더 이상 희망을 가질 수 없었다. 일만에 가까운 병력을 이끌고 있는 터더엔을 제압하기에 달족의 삼천 병력은 아무리 보아도 역부족이었다. 게다가 달족의 족장 고택은 군사를 이끌고 광야로 나오는 중이라고 했다. 그것은 토크족과 정면 대결을 하겠다는 의미였다. 콴족 사람들은 달족이 던진 이해할 수 없는 무리수에 전쟁이 시작되기 전부터 절망에 빠졌다.

터더엔은 밤사이 야멕강을 건너 구릉지대에 자리를 잡았다.

날이 밝아오자 터더엔의 눈에 달족 병사들이 보였다. 그들은 광야 저편의 둔덕 위에 진을 치고 움직이지 않았다. 터더엔은 흡족한 웃음을 지었다.

"고택의 간덩이가 크긴 큰가 보군. 저 한 줌의 병력으로 나와 맞붙으려 하다니."

터더엔은 고택이 정면 대결을 택해준 것이 고마울 지경이었다. 자신의 군사들이 달족 군사들을 요절내는 것은 이제 시간문제로 보였다. 그가 병사들에게 공격 명령을 내렸다.

"가라! 저들을 무너뜨려라!"

지축을 뒤흔드는 굉음을 내며 토크족 군사들이 광야를 달렸다. 그들이 둔덕 가까이 다가가자 달족은 화살을 무수히 쏘아댔다. 둔덕 아래쪽에 토크족 병사들의 시체가 뒹굴고 주인 잃은 말들이 날뛰었다. 토크족이 동료들의 시체를 넘어 둔덕을 향해 계속 달렸지만 쏟아지는 화살에 가로막혀 피해가 속출했다. 그들의 수비진은 생각보다 견고했다. 결국 터더엔은 후퇴 나팔을 불게 했다. 토크족 병사들이 일시에 뒤돌아 자기 진영으로 돌아갔다.

잠시 숨을 돌린 군사들에게 터더엔은 두 번째 공격 명령을 내렸다. 군사들은 다시 둔덕을 향해 달려갔다. 또다시 달족이 사력을 다해 퍼붓는 화살이 달려오는 토크족 병사들을 향해 날아왔다. 토크족 군사들도 화살을 쐈지만 달족 병사들 앞에 단단히 고정된 방패에 모두 막혀버렸다. 두 번째 돌격에서도 돌파할 틈을 찾지 못한 터더엔은 또 한 번 군사를 불러들이는 나팔을 불게 했다. 토크족 병사들이 뒤돌아서 후퇴했다. 그때 달족 고택 족장의 우렁찬 함성이 메아리쳤다.

"공격하라!"

달족 군사들이 방패를 치우며 일시에 둔덕을 쏟아져 내려와 돌아선 토크족 병사들의 후미를 공격했다. 그 광경을 바라보는 터더엔의 눈이 크게 벌어졌다. 그가 나팔을 빼앗아 직접 공격 신호를 길게 불었다. 뒤돌아 달족과 맞서라는 의미였다. 하지만 그 공격 신호는 토크족 군사들을 더욱 혼란에 빠뜨렸다. 후퇴하려는 자와 말머리를 돌려 공격하려는 자들이 뒤얽혀 아수라장이 되어버렸다. 그때를 놓치지 않고 달족 병사들은 그들을 무차별로 베어나갔다.

고택 족장이 다시 외쳤다.

"양 측면은 달려 나가라! 적의 후방을 끊어라!"

족장의 명령에 달족의 양쪽 날개가 측면을 돌아 토크족의 뒤쪽을 감쌌다. 대오가 무너지고 혼란에 휩싸인 토크족은 병사 수가 많은 것이 더욱 불리하게 작용했다. 저희끼리 한데 뭉쳐 부딪치고 밟히는 와중에 사면으로부터 달족의 치열한 공격을 받았다. 안쪽의 토크족 병사들이 힘을 쓸 수 없는 동안 바깥쪽 병사들의 피가 빠르게 초원을 물들여갔다. 발을 동동 구르며 지켜보던 터더엔은 마침내 곁에 남겨둔 병사들을 이끌고 전장으로 뛰어들었다. 가로막는 달족 군사를 순식간에 베어 넘기면서 터더엔이 자신의 군사들에게 외쳤다.

"당황하지 마라! 달족 군사는 한 줌밖에 안 된다. 침착하게 대오를 정비해라!"

토크족 병사들은 그제야 정신을 차리고 뒤얽힌 대오를 정비하려 안간힘을 썼다. 그러나 그들은 사방에서 휘둘러대는 무수한 달족의 창 앞에서 침착할 수가 없었다. 겁에 질린 토크족 병사들은 앞을 가로막는 같은 편의 병사에게도 창을 휘둘렀다. 그들이 필사적으로 무기를 휘두를수록 대오는 자꾸 꼬일 뿐이었다.

터더엔 족장의 가슴에 두려움이 엄습했다. 별것 아닌 군세라 여겼건만 달족이 사생결단으로 덤벼드는 통에 어쩌면 이 전쟁에서 패배할 수도 있다는 생각이 들었다.

터더엔이 자신의 군사들에게 목청껏 외쳤다.

"내가 퇴로를 열 것이다. 나를 따라 침착하게 후퇴하라!"

터더엔이 앞장서서 달족의 무리를 헤치고 군사들을 이끌었다.

"나를 따르라! 모두 후퇴하라!"

열린 퇴로를 따라 토크족 군사들이 썰물처럼 빠져나갔다. 고택 족장은 추격을 중지시켰다.

이윽고 토크족 병사들은 광야의 굽이치는 먼 둔덕 너머로 사라졌다.

6

터더엔은 고택에게 당한 치욕을 갚아주기 위해 혈안이 되었다.

터더엔은 사지를 탈출한 자신의 군사들이 마음 놓고 쉴 겨를을 주지 않았다. 그는 당장 군사들을 정비한 후 밤을 틈타 달족의 진영을 향해 소리 죽여 다가갔다. 낮의 전투를 대승으로 이끈 달족은 쫓겨 달아난 토크족 군사들이 밤 동안에 다가올 것을 까맣게 모를 터였다.

동이 틀 무렵, 달족의 막사를 밝혔던 화톳불은 연기만 남아 곧게 하늘로 올라갔다. 보초들도 잠이 들었는지 잠잠했다. 토크족 병사들이 피로를 잊은 듯 눈에서 빛을 냈다. 그들이 무기를 잡은 손에 힘을 주었을 때, 터더엔의 우렁찬 목소리가 광야를 울렸다.

"공격하라! 달족 놈들을 모조리 죽여라!"

토크족 병사들이 함성을 지르며 달족 진영을 향해 달려갔다. 천지가 울릴 듯한 말발굽 소리가 광야를 뒤흔들었다. 그러나 토크족의 함성 소리에도 달족 진영엔 이렇다 할 움직임이 없었다. 보초도 눈에 띄지 않았다. 텅 비었던 것이다. 사태를 알아챈 터더엔이 급히 말을 세우며 외쳤다.

"달족 진영이 비어 있다. 모두 돌아서라! 후퇴한다! 후퇴한다!"

하지만 때는 늦었다. 둔덕 뒤에서 달족 병사들이 쏟아져 나오고 있었다. 그들 앞에서 달족의 고택 족장이 목청껏 외쳐댔다.

"저들을 모두 도륙내라. 토크족을 모조리 죽여라!"

토크족 군사는 고택이 이끄는 달족 군사를 피해 반대쪽으로 달아났다. 그러나 그쪽에서도 달족 군사가 쏟아져 나와 앞을 가로막았다. 더 이상 피할 수 없게 된 터더엔은 앞을 향해 돌진하며 군사들에게 외쳤다.

"저들을 돌파한다!"

하지만 운명이 백척간두에 놓인 달족이었다. 토크족을 이기지 못하면 조상 때부터 이어져 내려온 터전을 잃어야 할 판이었다. 달족 군사들은 토크족 군사들을을 필사적으로 막았다. 그러는 동안 뒤쪽에서 고택이 당도해 토크족 군사들 사이로 뛰어들었다. 앞뒤로 적을 맞은 토크족은 있는 힘껏 창을 휘둘렀지만 광야는 그들의 피로 물들어갔다.

터더엔이 이 위기를 모면하기 위해서는 측면을 열어야 했다. 그러나 고택은 둔덕을 앞에 둔 채 토크족 군사를 삼면으로 에워싸 빠져나갈 틈을 주지 않았다. 아직 토크족이 버틸 수 있는 것은 우세한 군사 수 때문이었다. 하지만 전투가 지속되어 토크족 병사들의 희생이 빠르게 늘어난다면 얼마 안 가 평형이 무너질 것이었다. 터더엔은 초조했다. 한시바삐 퇴로를 열어 자신의 군사들을 이 수렁에서 탈출시켜야 했다. 터더엔이 칼을 높이 들었다.

"토크족이여, 나를 따르라!"

그가 앞을 막아선 달족 병사들을 향해 맹렬하게 뛰어들었다. 목숨을 던진 위험한 행동이었다. 그 기세에 달족 병사들이 주춤하며 밀려났다. 그 틈으로 토크족 병사들이 터져버린 봇물처럼 밀려나왔다. 일단 퇴로가 열리자 달족의 고택도 더 이상 막을 수 없었다. 눈에 불을 켜고 살 길을 찾아 뛰쳐나가는 토크족을 막기에는 역부족이었다. 그러나 이번엔 고택도 그들을 그냥 보낼 생각이 아니었다. 고택이 추격을 명하자 달족이 기를 쓰고 뒤를 쫓으며 무수한 화살을 날렸다. 도망치는 토크족 병사들 중 화살에 꿰어 말에서 떨어지는 자가 속출했다. 겁에 질린 토크족은 더욱 무서운 속도로 말을 다그쳤다.

얼마간 토크족을 쫓던 고택은 추격 중지를 명령하고 발길을 돌렸다. 하지만 이 두 번의 전투에서 달족이 거둔 성과는 엄청났다. 승리가 눈앞으로 다가온 것이었다.

"우리 달족이 대승을 거두었습니다! 우리는 첫 전투부터 정면 승부로 토크족을 맞아 이겼습니다. 다음 날 새벽에 저들이 기습을 해왔지만 우리 족장님의 지혜로 또다시 대승을 거두었습니다. 토크족이 꼬리에 불붙은 여우처럼 도망치는 꼴을 모두 보셔야 했습니다. 우리 달족 군사들의 용맹함을 터더엔 족장이 뼈저리게 깨달았을 것입니다."

성읍으로 달려온 병사가 보고를 마치자 모두들 환호했다. 성읍 수비병들과 부족민들은 서로 얼싸안고 달족의 승리를 만끽했다.

"그럼 그렇지. 우리 족장님이 어떤 분인데. 장로님들은 또 어떻고. 모두가 백전의 용사들이자 출중한 현자들 아닌가. 그깟 세만 믿고 날뛰는 토크족의 무지렁이 족장과는 차원이 다른 분들이지."

사람들이 승리에 들떠 외쳐댔다.

하지만 마카부의 가슴은 요동쳤다. 보고에 따르면 아직도 달족 군사는 토크족 군사 수의 반도 채 되지 않았다. 월등한 군사력을 맞아 연이은 대승을 거두었다지만, 결코 마냥 좋은 소식이랄 수 없었다. 단 한 차례의 패전조차 치명적일 수 있는 상황에서 승전으로 인해 자칫 병사들의 긴장이 와해될까 마카부는 두려웠다.

마카부는 일전에 꾸었던 꿈이 떠올랐다. 아버지가 화살에 맞아 눈을 감은 불길한 꿈이었다. 마카부의 가슴이 떨려왔다. 베키라의 표정 또한 밝지 않았다. 그녀가 마카부에게 말했다.

"당신이 준비를 해야 될 때가 온 것 같군요."

마카부가 그녀를 향해 고개를 희미하게 끄덕였다. 베키라가 다시 말했다.

"그들을 대적할 때 필요한 것들이 있을 겁니다. 제가 마련해두겠어요."

마카부는 즉시 오백 명의 결사대를 편성했다. 다음 날 밤, 베키라가 부지런히 준비해둔 가죽부대를 실은 수레들을 이끌고 마카부는 광야 쪽으로 난 서문이 아닌 그 반대편의 동문으로 빠져나왔다. 달족 성읍의 동향을 멀리서 지켜보고 있을 토크족 간자들의 눈을 피하기 위해서였다.

마카부와 오백의 병사들은 성읍을 돌아 키릴산 자락을 끼고 며칠을 달려 광야 가까운 계곡으로 숨어들었다.

7

달족의 추격을 따돌린 터더엔은 고택이 만만한 상대가 아니라는 것을 깨달았다. 그는 마음이 급했다. 달족에게 연이어 패배했다는 소식을 콴족이 알게 된다면 배후도 위험했다. 콴족은 지금까지 터더엔의 기세에 눌려 숨도 제대로 쉬지 못했다. 하지만 반도 안 되는 병력조차 이기지 못하는 무능한 자라고 그들이 자신을 우습게 생각하게 된다면 이 전쟁은 앞을 내다볼 수 없이 꼬이고 말 것이었다. 터더엔이 장로들 앞에서 버럭 소리를 질렀다.

"얼결에 달족 놈들에게 두 번씩이나 패했지만, 다시는 그런 일을 당할 수 없다. 우리는 저들보다 군세가 월등하다. 더구나 우리는 콴족도 순식간에 무너뜨리지 않았는가. 도대체 무엇이 문제인가!"

장로 하나가 일어섰다. 백발의 수염을 길게 늘어뜨린 늙은 장로였다.

"족장께서는 조급하게 생각할 필요가 없소. 오히려 이번 전투의 결과는 패한 우리에겐 약이 될 테고 승리한 저들에게는 독이 될 것이오. 병력의 수가 곱절이나 많은 우리를 연이어 패퇴시킨 달족의 수령들은 우리가 별것 아니라고 얕보게 될 거요. 승리한 그의 군사들 역시 오만해질 것은 뻔하오. 오히려 우리는 그들과 맞붙어 싸우는 척하다가 또다시 패주할 필요가 있소. 그렇게 된다면 그들의 오만함은 더욱 커질 테고 전쟁에 임하는 긴장감 또한 떨어질 것이오. 이후로 우리가 취할 수 있는 방법은 많소이다."

터더엔이 눈을 부릅뜨고 백발의 장로에게 다가갔다. 모두 숨을 죽이고 터더엔의 행동을 주시했다. 터더엔이 늙은 장로의 어깨를 양 손으로 덥석 잡았다. 모든 장로들이 흠칫 놀랐다. 그러나 터더엔의 입에서 나온 목소리는 뜻밖에도 부드러웠다.

"당신은 역시 우리 토크족의 현자시오. 맞소. 내가 조급했소."

며칠 후 토크족이 달족 병사들 앞에 나타났다. 병력이 눈에 띄게 줄어들어 있었다.

"병사들이 겁을 집어먹고 탈주한 모양이군. 아무렴, 당연한 일이지."

달족 병사들이 수군거렸다. 그들은 승리를 확신했다.

잠시 뒤 고택 족장이 달족 병사들 앞으로 말을 몰고 나와 토크족 진영 쪽으로 소리쳤다.

"터더엔 족장, 아직도 우리와 맞붙으려 하다니 그 용기가 가상하다. 그러나 이제 너희들의 목숨도 끝이다!"

그러고는 달족 군사를 향해 외쳤다.

"자, 달족이여! 오늘 전투로 이 전쟁을 끝내버리자!"

달족의 함성이 광야에 울려 퍼지자마자 토크족이 달족을 향해 달려왔다. 연이은 패배로 궁지에 몰린 터더엔이 선수를 빼앗기지 않고자 출격 명령을 내린 것이었다. 그러자 고택은 중앙부를 두텁게 하면서 양쪽으로는 군사들을 벌려 놓았다. 적의 돌파를 막아내다가 때에 따라 포위해버릴 수 있는 진형이었다.

달족의 고택은 이제 전쟁을 마무리 지을 참이었다. 적의 수장은 마음이 달아올랐고 그 군사들은 겁에 질려 있는 지금, 적의 마지막 숨통을 끊어버리기에 맞춤한 순간이었다.

드디어 양 진영이 격돌했다. 흙먼지가 피어오르고 하늘엔 독수리들이 날았다. 양측의 무기가 춤을 추고 온몸을 피로 물들이는 전투가 이어졌다.

토크족은 이미 사기가 바닥을 치고 있었다. 터더엔이 목이 터져라 앞으로 나아가라고 외쳤으나 두터운 중앙부에 가로막혀 그들은 더 이상 전진하지 못했다. 돌진은커녕 뒤로 밀려나기만 했다.

마침내 고택이 양쪽의 군사로 토크족을 포위하려는 찰나, 터더엔의 처절한 외침이 들려왔다.

"후퇴하라! 후퇴하라!"

전의를 상실한 토크족 병사들은 즉각 뒤돌아서 달렸다. 달족이 맹렬하게 그 뒤를 따랐다. 이번엔 달족도 끝까지 추격하여 도륙 낼 태세였다. 달족은 토크족을 쫓으며 무수한 화살을 날렸다.

한동안 추격전이 벌어졌다. 어느덧 평평한 광야를 지나 둔덕과 구릉이 넘실대는 지역에 들어섰다. 토크족이 구릉을 피해 둔덕을 넘어갔고, 달족은 그대로 뒤를 쫓았다.

그런데 달족이 둔덕에 올라서자 난데없이 땅이 떠나갈 듯한 함성이 들려왔다. 달족 병사들이 좌우를 살피니 둔덕 너머 양쪽에서 토크족이 나타나 일제히 화살을 쏘아댔다. 돌변한 상황에 달족 병사들은 혼란에 빠졌다. 도망치던 토크족 병사들까지 뒤돌아 달려왔다. 달족 병사들이 급히 말 머리를 돌렸다. 그러나 그들은 오던 길로 다시 갈 수 없었다. 어느새 매복해 기다리던 토크족 병사들이 길을 막아버린 것이었다.

순식간에 삼면을 포위한 토크족은 달족을 구릉 쪽으로 몰았다. 달족이 그들을 뚫지 못하면 구릉 아래로 내몰릴 것이고, 그것은 궤멸을 의미했다.

"구릉으로 밀리지 마라, 퇴로를 뚫어라!"

고택 족장이 다급하게 소리치며 토크족 병사들에게 달려들려는 찰나, 그의 앞으로 무수한 화살이 날아왔다. 고택의 호위병들이 달려와 화살을 막아내다가 비명을 지르며 쓰러졌다. 고택 또한 오른쪽 어깨에 화살을 맞았다. 쏟아지는 화살 속에서 혼란에 휩싸인 달족 군사들에게 토크족 군사들이 몰려왔다. 그러자 화살을 날리던 양편의 토크족 군사들도 말을 재촉해 달족 군사들에게 덤벼들었다. 그때 도르투 장로가 고함을 지르며 벽력같이 그들을 마주쳐 달려갔다.

"토크족을 죽여라! 겁먹지 마라!"

도르투 장로의 육중한 청동창에 달려오던 토크족 병사들이 한꺼번에 거꾸러지고, 그의 세 아들 역시 맹렬하게 창을 휘두르며 적군 깊숙이 파고들었다. 그 광경을 본 주위 달족 병사들이 힘을 내 적군에게 덤벼들었다. 피가 낭자하게 튀는 혈전이 이어지자 돌아서려던 달족 병사들도 양편으로 갈라져 둔덕 위로 몰려오는 토크족을 막아냈다.

이미 피바다가 된 둔덕 위에 양측 군사들의 죽고 죽이는 전투가 이어졌다. 군사 수가 현저히 열세인 달족이지만 팽팽한 접전이었다. 달족은 온 힘을 다해 창을 휘두르며 포위를 조여 오는 토크족을 막아냈다.

둔덕 아래에서 전투 광경을 바라보던 터더엔이 발을 굴렀다.

"발악이 생각보다 거세군. 하지만 이 기회를 놓쳐서는 안 되지."

그가 말에 채찍을 후려치며 둔덕을 달려 올라갔다. 한달음에 둔덕 위로 올라온 터더엔은 창을 휘두르며 외쳤다.

"토크족이여! 달족을 구릉으로 몰아라. 힘을 내라!"

터더엔의 무지막지한 창이 달족을 우수수 말에서 떨어트리니 토크족이 함성을 지르며 달족에게 뛰어들었다. 달족이 다시 밀리기 시작했다. 피 튀기는 접전이 지속되는 와중에 고택이 토크족 병사들의 숲을 헤치고 터더엔에게 달려왔다. 화살이 박힌 어깨에서 피가 뿜어져 나왔지만 그는 우렁차게 소리쳤다.

"터더엔! 오늘 네놈이 내 창에 죽으리라!"

터더엔의 입이 귀밑까지 벌어졌다.

"으하하하. 고택, 어쩌다가 화살에 맞았느냐. 내가 그 고통을 없애주마."

터더엔이 창을 휘두르자 고택은 아슬아슬하게 피했다. 고택이 피하면서 냅다 찌른 창이 터더엔이 탄 말의 허벅지에 깊은 상처를 냈다. 놀란 말이 앞발을 들고 크게 포효하자 터더엔이 말에서 떨어졌다. 고택이 말 머리를 돌려 땅에 떨어진 터더엔에게 달려가 창을 내리꽂았다. 하지만 터더엔은 용케 피한 뒤 벌떡 일어섰다. 고택은 자신에게 달려드는 토크족 병사들을 후려치고 다시 터더엔을 향해 말 머리를 돌렸다. 그러나 이미 터더엔은 임자 잃고 날뛰던 다른 말의 고삐를 틀어쥐고 재빨리 올라앉아 고택을 향해 창을 겨누고 있었다.

고택이 다시 창을 세웠지만 어깨에 힘이 들어가지 않았다. 계속 피를 흘린 탓이었다. 터더엔이 말의 배를 세차게 차며 달려왔다. 그러나 고택의 눈엔 그 모습이 희미했다. 몸에서 의식이 빠져나가는 것을 스스로도 느낄 지경이었다. 고택은 마지막 힘을 짜내 터더엔의 창을 막아냈다. 하지만 뒤이어 공격해 들어온 창은 막을 수 없었다. 허리에 격렬한 통증을 느낀 고택이 마지막으로 쳐다본 것은 여전히 웃고 있는 터더엔의 얼굴이었다.

터더엔의 창이 고택의 머리를 허공으로 날려버리자 토크족 군사들의 함성이 천지를 울렸다. 사태를 알아챈 도르투 장로가 그의 세 아들과 함께 쓰러진 고택 족장을 향해 달려갔지만 수많은 토크족 병사들이 그들을 에워쌌다. 한동안 이어진 분전 속에 아들들이 차례로 말에서 떨어졌다. 도르투 장로가 눈물을 뿌리며 창을 휘둘렀다. 그 역시 수많은 상처에서 피가 뿜어져 나오고 있었다. 에워싼 토크족을 창으로 후려칠수록 그의 주위엔 더 많은 토크족 병사들이 몰려들었다. 시간이 갈수록 그의 어깨에 힘이 빠지고 휘두르는 창이 무디어져갔다. 이윽고 등 뒤에 창이 박히고 이어서 다른 무수한 창들이 동시에 그의 몸을 파고들었다. 도르투 장로가 눈을 부릅뜨고 말에서 떨어지자 또다시 토크족의 함성이 울려 퍼졌다. 그 기세에 아직도 둔덕 위에 남아 분전하던 달족 병사들이 구릉 아래로 쫓겨 내려갔다. 이어 쏟아지는 토크족의 화살을 그들은 피할 길이 없었다.

처절한 비명과 함께 달족 군사들이 쓰러져가는 모습을 지켜보면서 터더엔은 흡족한 웃음을 지었다.

"이제 달땅도 이 터더엔의 차지로군."

그가 구릉을 뒤로하고 말을 돌렸을 땐 달족 병사 모두가 쓰러져버린 후였다.

전멸이었다.

8

터더엔은 이제 거칠 것이 없었다. 남은 것은 이대로 밀고 들어가 달족의 성읍을 손에 넣는 일뿐이었다. 그는 전쟁이 오래 걸릴 것을 대비해 충분한 식량과 예비마를 준비해두었다. 하지만 그 모든 것들이 필요 없을 만큼 전쟁은 일찍 결착이 났다.

터더엔은 달족 군사들을 전멸시킨 날로부터 이틀을 행군하여 키릴산에서 흘러오는 시냇물 앞에 군사들을 멈추게 했다. 전쟁에서 승리했지만 많이들 지쳐 있었다. 바로 닷새 거리에 달족의 성읍이 있으니 서두를 것도 없었다. 터더엔은 육포를 씹으며 휴식을 취하고 있는 군사들에게 외쳤다.

“며칠 후면 달족의 성읍에 도착할 것이다. 그곳에서 너희는 육포를 다시 먹고 싶어질 만큼 질리도록 곡식으로 지은 밥을 먹게 될 것이다!”

초원의 사람들은 여행용 식량이나 군량으로 육포를 사용했다. 부피가 작고 가벼우며 쉽게 변질되지 않기 때문이었다. 그것을 물에 불려 먹으면 든든해지고 힘이 솟아났다. 그렇더라도 곡물로 지은 향기로운 밥보다 더 나을 수는 없었다.

군사들은 기쁨의 함성을 질렀다. 그 함성은 터더엔의 가슴을 부풀렸다. 이제 그는 동쪽 땅의 주인이 된 것이나 마찬가지였다. 터더엔이 피바람을 뚫고 토크족의 족장에 오른 지 십 년도 되지 않은 세월이었다.

'이제 나 터더엔은 동쪽 땅의 영원한 영웅이 되리라.'

터더엔은 한껏 벅차오르는 가슴으로 저문 광야 먼 곳을 바라보았다. 그때 흑두건을 이마에 동여맨 장로가 다가와 말했다.

"족장, 아직 전쟁이 끝나지 않았소. 서둘러 달땅으로 달려가 그들의 성읍을 함락시켜야 하오. 기뻐할 일은 그다음이라는 걸 잊었소이까."

터더엔은 찌푸린 표정으로 흑두건을 쓴 장로를 바라보았다.

"무릇 전쟁의 승리란 병사들의 희생 속에 꽃을 피우는 것이다. 그렇기에 승전을 거두고 살아 돌아온 병사들의 기쁨을 빼앗는 것은 어리석은 짓이지. 어차피 이번 전쟁의 승패는 이미 갈리지 않았는가."

터더엔의 일갈에 장로는 입을 닫았다. 터더엔이 다시 말했다.

"간자들에 의하면 성읍에 남은 달족 군사들은 얼마 되지 않는다 했다. 우리가 할 일은 걸어가 그들의 성읍과 땅을 차지하는 것뿐이야."

흑두건의 장로가 다시 물었다.

"달족 사람들은 어떻게 처리할 거요? 그들을 그 땅에서 몰아낼 거요?"

"몰아내다니, 그게 웬 말인가. 그들은 우리 토크족의 노예가 될 것이야."

터더엔이 하늘을 바라보고 웃었다. 그러고는 병사들에게 외쳤다.

"이번 전쟁에서 용감하게 싸워준 너희들이 자랑스럽다! 토크족의 용맹을 불사른 너희들에게 오늘 밤 동안 마음껏 취할 수 있도록 허락하겠다!"

족장의 말에 토크족 병사들은 다시 한번 큰 함성을 질러댔다. 그러나 흑두건의 장로는 여전히 근심 어린 표정이었다.

"그러다가 달족의 기습이라도 받는다면 어떡하려고 그러시오."

터더엔이 말채찍으로 그를 가리키며 웃었다.

"그대는 참으로 걱정도 팔자로군. 달족이 저 광야에서 전멸당한 것을 그대 눈으로 보지 않았나. 더 이상 누가 내 앞을 가로막는다는 말인가? 쓸데없는 소리 하지 말고 자네도 들어와서 술이나 한잔 들게."

터더엔은 손을 내저으며 막사 안으로 들어갔다. 흑두건의 장로는 씁쓸한 표정으로 그의 뒤를 따랐다.

터더엔의 호기로운 말과 달리 토크족 병사들은 아쉬움을 씹었다. 광야에서 전쟁을 치르던 그들에게 술이 풍족할 리 없었다.

"이럴 줄 알았으면 술을 좀 넉넉히 가져올 걸 그랬어."

병사들이 푸념하면서 화톳불을 피우고 둘러앉아 있을 때, 저 멀리 어둠 속에서 말 울음소리가 들려왔다. 조금 후에 보초를 서던 병사가 터더엔 앞으로 달려왔다.

"콴족 사람들이 수레에 술과 고기를 싣고 와서 족장님을 뵙고자 청합니다."

병사의 얼굴에는 희색이 만연했다. 터더엔과 술잔을 나누던 흑두건의 장로가 몸을 일으켰다.

"콴족이라고 했느냐? 어떻게 그들이?"

"우리가 승리했다는 소식을 듣고 축하주를 가져왔다고 합니다."

"……거짓말이다! 그들을 모두 잡아라, 어서!"

흑두건의 장로가 칼을 빼들면서 고함을 쳤다. 보초가 사색이 된 채 어쩔 줄 몰라 하며 터더엔을 바라보았다. 터더엔은 한쪽으로 몸을 누이고 태연자약하게 술을 들이켜며 말했다.

"콴족이 축하주를 가져왔다는데 왜 그리 호들갑을 떠는가?"

"그자들은 필경 달족 놈들이오. 달족 놈들의 잔꾀란 말이오."

"허, 허, 그것 참."

흑두건의 장로가 혀를 차고 있는 터더엔 족장에게 소리쳤다.

"족장, 그놈들을 잡아야 하오. 그래도 모르겠소? 그들은 달족이란 말이오!"

터더엔이 한숨을 내쉬며 말했다.

"죽은 달족 놈들의 귀신이 단단히 씐 게로군. 이보게, 우리가 고택 놈의 군사를 전멸시킨 게 겨우 이틀 전이 아닌가. 그런데 달족 땅은 여기서도 닷새 거리일세. 아직도 자기 형제들이 내 칼에 도륙난 사실도 모르고 있을 그자들이 어떻게 술과 음식을 여기까지 갖고 와서 잔꾀를 부릴 수 있겠나."

터더엔의 말에 장로는 눈을 부릅떴지만 대답할 말을 찾지 못했다. 터더엔이 다시 말했다.

"그들은 콴족이 틀림없네. 콴족 땅이야말로 여기서 가깝지. 우리 승전 소식을 듣자마자 그놈들이 서둘러 축하주를 가져온 것이야. 그들은 이 전쟁의 결과를 초조하게 주시했을 테니까. 알겠나? 그놈들은 앞으로 이 터더엔을 극진히 대접해야 한다는 걸 깨달은 것이다."

흑두건의 장로는 더 이상 할 말을 잃고 그 자리에 털썩 주저앉았다.

콴족이 술과 음식을 수레에 싣고 왔다는 말이 토크족 병사들 사이에 퍼져나갔다. 곧이어 줄을 이은 수레가 화톳불에 모습을 드러냈다. 그것을 끌고 온 이들 중 한 사내가 환호하는 병사들을 헤치고 터더엔 족장 앞으로 다가갔다.

"족장께서 달족을 한칼에 도륙 냈다는 소식을 듣고 약간의 술과 고기를 준비해서 왔습니다. 저희 콴족이 토크족의 승리를 함께 기뻐한다는 것을 알아주시길 바랍니다."

그가 터더엔 앞에 머리를 조아렸다. 터더엔이 그 말을 듣고 짐짓 엄숙한 표정을 지으며 말했다.

"달족 놈들이 감히 나 터더엔에게 도전할 생각을 했다니, 참으로 어리석은 일이지 않은가. 제 분수를 모르고 날뛰던 달족 군사들은 모두 광야의 백골이 되었다. 이제 남은 자들은 영원히 우리 토크족의 노예가 될 것이야. 그러나 너희 콴족은 이토록 제 분수를 알고 나를 대접하니 얼마나 대견한가. 너희들은 더 이상 고초가 없을 것이다."

사내의 표정이 일그러졌다. 그러나 어둠 속에 고개를 숙인 그의 얼굴은 터더엔에게 보이지 않았다.

사내는 터더엔 앞에서 물러나 일행들과 함께 수레의 음식과 술 부대들을 내려놓았다. 토크족 병사들의 기쁨에 찬 아우성 속에 그들은 빈 수레를 끌고 어둠속으로 사라졌다.

9

토크족 병사들이 술과 고기를 나누며 떠들어댔다. 그들은 콴족으로 위장한 마카부 일행이 가져다준 술을 마시며 승리의 기쁨을 만끽했다. 마카부와 병사들은 토크족의 진영에서 멀리 떨어지지 않은 곳에서 병사들이 술에 취해 곯아떨어지기를 기다렸다.

화톳불이 하나씩 꺼져가자 마카부는 부장들을 불러 임무를 지시했다. 부장들은 제각기 군사들을 이끌고 어둠 속으로 흩어졌다. 그들은 서두르지 않고 천천히 토크족 진영을 에워쌌다.

밤이 깊어갔다. 화톳불이 완전히 꺼졌다. 그러고도 한참이 흘렀다. 숨죽이고 기다리던 달족 병사들의 눈에 긴 꼬리를 그으며 하늘로 올라가는 불화살이 보였다. 그 시각 몇몇 달족 병사가 졸고 있는 토크족 보초들을 재빠르게 처치했다. 그들 뒤로 기름을 채운 가죽부대를 든 병사들이 토크족 막사를 빠르게 지나다녔다. 그들은 토크족의 군량마차에도 기름을 쏟아부었다. 또 다른 달족 병사들은 군마들의 고삐를 끊어내고 울타리 문을 활짝 열어두었다.

마카부는 술과 고기를 담은 수레를 끌고 갔을 때 터더엔과 장로들의 막사 위치를 확인해두었다. 마카부는 일단의 병사들을 이끌고 터더엔의 막사를 바라보는 위치에 자리를 잡았다.

또다시 시간이 흘렀다. 마카부와 병사들은 끈질기게 기다렸다.

그리고 마침내, 기다리던 두 번째 불화살이 날아올랐다. 그러자 곧바로 토크족 진영 둘레 여러 곳에서 모닥불이 밝혀지고 불붙인 화살들이 토크족 진영으로 날아들었다. 미리 뿌려둔 기름에 토크족 막사는 순식간에 불바다가 되었다.

마카부는 터더엔 족장의 막사로 뛰어들었다. 갑작스러운 소란에 터더엔이 자리에서 일어나며 외쳤다.

"웬 놈들이냐!"

터더엔이 칼을 든 마카부를 노려보았다. 그는 앞의 사내가 지난밤 수레를 끌고 온 사내라는 것을 알아보지 못했다. 마카부는 낮지만 분노에 치미는 목소리로 그것을 일깨웠다.

"내가 가져다준 술과 고기는 잘 처먹었느냐."

그제야 터더엔이 휘둥그런 눈으로 마카부에게 소리쳤다.

"이 콴족 놈들이 죽으려고 환장했느냐! 이 밤에 어찌 칼을 들고 내 막사로 들어오느냐. 여봐라! 이놈들을 당장……."

하지만 그는 자신의 목을 압박해오는 마카부의 칼에 더 이상 말을 잇지 못했다. 마카부가 눈을 부릅뜨고 말했다.

"우린 콴족이 아니라 달족이다. 네놈들을 황천으로 보내기 위해 이곳 키릴산에서 기다리고 있었다. 우리 삼천의 형제를 죽이고도 무사히 살아남길 바라느냐!"

"뭐, 뭣이? 달족이라고? 어찌 네놈들이 여기까지……."

그제야 터더엔은 밖에서 나는 소음과 불빛의 정체를 깨달은 듯했다. 터더엔이 잔뜩 겁먹은 음성으로 말했다.

"이, 이보게, 전쟁 중에 일어난 일일세. 어쩔 수 없는 일이잖은가.

내 더 이상 달족을 괴롭히지 않고 우리 땅으로 돌아갈 것이네. 그러니 이 칼을 거두어주게."

마카부는 분노에 서린 칼을 치켜들었다.

"기어이 비열한 낯을 드러내는구나. 네놈 목은 우리 달족 성읍에 효수될 것이다. 더러운 놈!"

마카부는 터더엔의 목을 한칼에 베어버렸다. 그러고는 주변의 막사로 쳐들어가 닥치는 대로 장로들을 죽인 뒤 토크족 진영을 빠져나갔다.

토크족 진영은 아수라장이 되었다. 불붙은 몸으로 길길이 날뛰다가 날아오는 화살에 맞아 쓰러지는 병사들이 속출하고 여기저기서 막사와 군량 마차가 거세게 불타올랐다. 불길과 아우성에 놀란 말들이 열린 울타리 밖으로 도망쳤다. 그렇지만 마카부와 달족 군사들은 토크족 진영으로 돌격해 들어가지는 않았다. 아무리 술 취한 적을 향한 기습이라지만 열 배가 넘는 적을 상대할 수는 없었다.

하지만 마카부는 이 기습으로 적군의 머리와 다리를 잘라놓는데 성공했다. 족장과 장로들을 죽이고 말을 빼앗은 것이다. 넓은 초원을 누비는 동쪽 부족에게 말은 다리나 마찬가지였다.

기습으로 입은 피해가 크다 해도 아직 많은 수의 토크족 병사들은 멀쩡하게 아침을 맞을 것이다. 그러나 지도자와 말을 잃은 그들은 망망한 광야에 버려진 것이나 다름없었다. 그들의 운명은 이제 혹독한 자연이 처리할 것이었다.

한밤의 살육을 마친 마카부와 병사들은 어둠 속으로 사라졌다.

10

날이 밝았을 때 토크족 병사들은 족장과 장로들의 시체를 발견했다. 시체엔 머리가 없었다. 달족이 잘라간 것이었다.

이해할 수 없는 일이었다. 달족 군사들은 광야의 구릉에서 모두 죽었다. 그 구릉에서 살아나온 자는 없었다. 모든 토크족 병사들이 그것을 두 눈으로 확인했다. 더구나 달족 땅은 여기서도 꼬박 닷새가 걸렸다. 그렇다면 지난밤 그들을 기습한 달족 병사들은 도대체 어디서 왔다는 말인가.

"구릉에서 죽은 달족 놈들이 귀신이 되어 나타난 거야."

달족 귀신에 대한 이야기가 그들 사이를 헤집고 돌아다녔다. 간밤의 혼란 속에서도 느끼지 못했던 공포감이 그들에게 스며들기 시작했다.

그들은 군량 마차가 모조리 불타고 말들이 사라진 것도 알게 되었다. 토크족 병사들은 굶주린 채 말도 없이 드넓은 광야를 걸어야 했다. 광야엔 억센 관목들이 말라갈 뿐 짐승도 보이지 않았다. 수천 명의 인원이 연명할 사냥거리가 있을 리 만무했다. 터벅터벅 걸어서 이 넓은 광야를 지나려면 몇 날이 걸릴지 몰랐다. 하지만 다른 방법이 없었다. 그들은 무작정 고향을 향해 걸었다.

해가 지면 불안한 밤이 엄습했다. 극심한 피로와 굶주림 속에서도 언제 공격해올지 모를 달족에 대한 공포감에 토크족 병사들은 제대로 잠을 이룰 수 없었다. 그들은 동이 트면 하루 종일 걸었고 그러면서도 며칠 밤을 뜬눈으로 샜다.

그들이 지난 자리에 피로와 굶주림, 그리고 갈증에 지쳐 쓰러진 시체가 늘어갔다. 남은 토크족 병사들마저 죽음의 그늘을 배회했다. 상상 속에서 달족은 끊임없이 그들을 괴롭혔다. 잠시도 달족의 공포에서 벗어날 수 없는 나날이 지속되었다.

열흘이 지났을 때, 수천의 토크족 병사들은 수백으로 줄어 있었다. 뼈에 가죽을 발라놓은 모습에 대부분 지팡이를 짚고서야 걸었다.

초췌하게 지친 그들의 눈앞에 야멕강이 나타났다. 콴족 땅에 들어선 것이었다. 고향 땅으로 들어가기 위해서는 콴족 땅을 지나야 했다. 그들은 이제 달족이 아닌 콴족을 겁내기 시작했다. 콴족은 지난날 터더엔에게 모진 수모를 당했다. 그들이 토크족 패잔병들이 무사히 고향땅으로 돌아갈 수 있도록 길을 내줄 리 만무했다. 하지만 선택의 여지가 없었다. 죽을 때 죽더라도 강을 건너야 했다.

토크족 병사들은 얕은 지역을 찾아 가까스로 강을 건넜다. 그러자 기다렸다는 듯 멀리서 콴족 사람들이 다가왔다. 토크족 병사들은 자기 몸도 지탱하기 어려웠지만 있는 힘을 짜내 싸울 태세를 갖췄다.

11

달족 성읍 광장에 토크족의 족장 터더엔과 장로들의 머리가 걸렸다. 부족민들은 침을 뱉으며 토크족을 성토하고 그들을 저주했다.

달족은 부족을 최대의 위기에서 구해낸 마카부의 지혜와 용기를 칭송했다. 그들은 토크족 땅을 침공해 초토화시켜버리고 모든 토크족을 끌고 와 노예로 삼자고 아우성이었다. 그러나 정작 마카부는 부족민들의 의견에 반대했다. 마카부는 증오로 얼룩진 땅엔 평화가 올 수 없다고 성읍 광장에 모인 부족민들에게 역설했다. 연로하여 전쟁에 참가할 수 없었던 늙은 장로가 마카부에게 물었다.

"그렇다면 당신은 우리 족장과 장로들, 그대의 아버지와 형제들, 그리고 삼천에 달하는 달족 핏줄을 죽음으로 몰아넣은 토크족을 그저 용서하자는 말이오?"

"그렇지 않습니다."

마카부가 말했다.

"그들은 우리 달족에게 씻을 수 없는 피해를 입혔습니다. 어떻게 용서할 수 있겠습니까. 그들은 대가를 치러야 합니다."

"그대는 우리 동쪽의 땅에 피의 증오만은 피해야 한다고 말했소. 어떻게 그들에게 대가를 치르게 할 수 있겠소?"

마카부가 부족민 앞으로 걸어 나왔다. 그가 큰 소리로 외쳤다.

"우리 달족이 어려움을 겪은 것은 동쪽 땅을 한 손에 거머쥐려 했던 그들의 오만함 때문입니다. 터더엔과 그를 추종하는 장로들의 오만함이 초원에 피바람을 불러왔습니다. 이제 다시는 토크족에서 그런 인물이 나오지 못하도록 막아야 합니다. 그러나 우리 칼을 들어 직접 그들의 목을 겨눈다면 부족 간에 증오가 자라날 것입니다. 그들이 우리에게 가했던 살육을 우리는 피해야 합니다. 토크족엔 터더엔의 무리와 대립하던 씨족들이 있습니다. 우리는 그들 스스로 터더엔을 따르던 무리를 단죄하도록 해야 할 것입니다. 그러면 그들 사이에 분란이 일어나고, 부족이 분열해갈 것입니다. 그것이 달족을 괴롭힌 대가가 될 것입니다. 힘을 사용하면 증오가 남지만, 지혜를 쓰면 진정한 승리가 남는다는 것을 우리는 알아야 합니다."

연로한 장로가 놀란 눈을 들어 마카부를 쳐다보았다.

"호오! 훌륭한 지혜요. 달신께서 우리 부족의 지도자들을 한꺼번에 거두어 가시더니 이토록 젊은 지도자를 다시 보내셨구려."

달족에 명암이 교차하는 시기였다. 토크족의 준동 이후 달족의 운명은 백척간두에 선 것과 같았다. 이런 때에 달족에 지도자가 사라졌다. 씨족 장로들도 대부분 죽었다. 하지만 앞으로 또 어떤 형태의 어려움이 달족의 앞날을 가로막을지 알 수 없었고, 따라서 달족엔 족장 선출이 시급했다. 성읍 광장에 모인 부족민들은 마카부를 쳐다보며 부족에 진정한 영웅이 나왔음을 깨달았다.

흰 수염을 쓸어내리던 장로가 부족민들을 향해 외쳤다.

"전쟁은 아직 끝나지 않았소. 이번 전쟁으로 달족과 토크족의 막대한 피해를 지켜본 콴족의 움직임도 예사롭지 않소. 우리 동쪽 땅의 앞날은 불투명하고, 지금 우리에겐 그 어느 때보다도 뛰어난 지도자가 필요하오. 여기 젊은 마카부는 장로의 아들이며 족장의 사위기도 하오. 무엇보다 그 용맹과 출중한 지혜로 꺼져갈 뻔했던 달족을 구한 영웅이오. 우리 달족의 대족장으로 그보다 더한 인물이 어디 있겠소. 그를 족장에 추대하고, 달족을 맡겼으면 하오."

부족민들이 환호했다.

베키라의 눈에 만감이 교차하는 눈물이 흘렀다. 베키라의 얼굴을 마카부가 마주 보았다. 달족의 새로운 족장이 그녀의 손을 꼭 쥐었다.

12

달족의 마카부가 군사를 이끌고 온다는 소식은 토크족 사람들을 공포에 떨게 했다. 그들은 바로 옆 콴족으로부터도 지난날의 앙갚음을 겁냈다. 토크족은 동쪽 땅의 부족들에게 공동의 적으로 내몰렸다. 하지만 그들은 살고 싶었다.

토크족 장로들은 성읍 방비를 포기하고 마카부를 맞아들였다. 그들은 터더엔의 압제에 눌려 숨죽이고 지내던 자들이었다. 토크족엔 터더엔을 도운 씨족 장로보다 그렇지 않은 장로들이 더 많았다. 그들은 자기들까지 달족의 칼을 받아야 한다는 사실이 억울했다. 장로들은 성읍으로 진주해 들어온 마카부 앞에 나아갔다.

"저희 씨족들도 토크족의 일원임엔 분명하나, 터더엔과 배를 맞춘 다른 씨족들과는 입장이 다릅니다. 아시다시피 그 무자비한 터더엔 놈이 어찌 자기 말을 듣지 않는 씨족을 살려두겠습니까. 우리는 그저 살아남기 위해 그를 족장으로 인정했을 뿐입니다. 우리는 그놈이 달족과 전쟁을 벌이는 것에 적극적으로 호응하지 않았습니다. 만약 우리가 그놈에게 전적으로 협조를 했더라면 터더엔의 군세는 현격하게 달라졌을 겁니다."

마카부는 자신 앞에 꿇어 엎드린 장로들을 노려보았다.

"너희 토크족 수장들의 오만방자하고 비열한 행위는 일찍이 우리 동쪽 땅에서 볼 수 없는 짓이었다. 우리 조상님들이 비어 있는 달땅에 자리 잡고 열과 성을 다해 비옥한 옥토로 가꾸었거늘, 이제 와서 토크족의 땅이라고 억지 주장하는 것도 모자라 죄도 없는 이웃부족을 노예로 삼으려는 자들을 어찌 사람이라 할 수 있겠느냐. 거기에 어찌 터더엔과 너희 장로들의 입장을 나눌 수 있겠는가. 우리 달족에게 너희는 똑같은 이리의 새끼들이며 한 하늘을 이고 살 수 없는 원수일 뿐이다. 알아듣겠느냐?"

마카부의 호통에 장로들이 사색이 된 얼굴로 말했다.

"대족장, 저희의 억울한 사정을 헤아려주시길 바랍니다. 그 악독한 터더엔이 아니었다면 우리 토크족이 어찌 이웃 부족을 업신여기겠습니까. 터더엔과 그를 따르던 씨족 장로들의 소행일 뿐이지 저희들은 그저 터더엔의 칼 아래 억지로 부림을 받았을 뿐입니다. 대족장께서 넓은 아량을 베풀어주시길 바랄 뿐입니다."

마카부가 그들에게서 눈을 거두고는 숨죽이며 주시하던 부족민들에게 다가갔다.

토크족 사람들은 달족의 마카부가 궁금했다. 그가 어떤 사람이며 자신들을 어떻게 대할 것인지 확인하고 싶었다. 그들은 광야에 낙오된 토크족 병사들을 끝내 전멸시키지 않은 마카부의 이야기를 들었다. 같은 부족이라도 자기를 따르지 않는 사람들은 가차 없이 죽여 버리던 터더엔과는 달랐다. 그는 족장과 장로들을 규탄했지만 부족민들에게는 어떤 위협도 하지 않았다. 토크족은 두려움 속에서도 은근한 희망을 갖게 되었다. 그러나 마카부가 굳은 얼굴로 성큼성큼 다가서자 사람들은 겁에 질려 물러났다. 마카부가 말했다.

"우리 달족 사람들은 그대들에게 원한이 크오. 그렇지만 우리는 복수하지 않을 것이오. 나는 이곳에 오는 길에 콴족 성읍에 들러 광야에서 살아남은 당신들의 형제들 또한 고향으로 돌려보내라고 부탁했소. 당신들의 재산에도 손대지 않을 것이오. 하지만 당신들을 잘못된 길로 이끈 수령들만은 용서할 수 없소. 나는 족장 터더엔과 그를 따르는 장로들을 광야에서 징벌했소. 남은 씨족 장로들이라 해서 그들과 다를 게 없소. 나는 토크족이 보는 이 자리에서 그들의 목을 벨 것이오."

토크족 사람들은 마카부의 눈에서 분노를 보았다. 그들은 고개를 들 수가 없었다.

마카부는 부족민들이 보는 앞에서 장로들의 목을 베었다. 의식처럼 치러진 처형 현장에서 오열을 터트리는 사람들이 있었다. 죽은 장로들의 일족이었다. 그들은 소리 없이 이를 갈았다. 그들이 증오하는 대상은 족장 터더엔의 씨족과 그를 따르던 다른 씨족들이었다. 얼마 뒤, 마카부의 예견처럼 토크족은 거센 씨족 분쟁에 휘말렸다. 마카부가 원했던 그들의 죗값이었다.

토크족 땅에서 있었던 일은 마카부의 이름과 함께 주위 부족들에게 전해졌다. 마카부는 이내 동쪽 땅 모든 부족의 영웅으로 떠올랐다.

달땅으로 돌아온 뒤, 마카부는 부족의 평화를 축복하듯 베키라와 성대한 혼인식을 올렸다. 그리고 이듬해에는 그들 사이에 사내아이가 태어났다.

마카부는 아들에게 세르멕이라는 이름을 지어 주었다.

제2부

분열의 씨앗

1

비가 그치고 수많은 들꽃이 피어났다.

힝가이 호수의 물이 엄청난 굉음을 내며 쏟아지는 폭포 앞에 작약과 백리향, 연산홍이 흐드러졌다. 키릴산에서 물을 마시러 내려왔던 동물들도 꽃에 취해 길을 잃어버릴 것 같은 선명하고 맑은 오후였다. 하지만 메이는 표정이 어두웠다. 세르멕이 오지 않는다.

'바쁜 일이 생기셨나.'

세르멕과 따로 약속하지는 않았다. 약속이 필요 없기 때문이었다. 메이가 세르멕이 보고플 때면 어떻게 알았는지 그가 먼저 와주었다. 마음 가는 곳으로 말을 달려가면 거기에 세르멕이 있었다. 키릴산 우거진 산속에서 홀로 사냥을 하다가 바위에 걸터앉아 쉴 때도 세르멕은 나타나 메이를 놀라게 했다.

오늘도 메이는 세르멕이 그리웠다. 그러나 아버지 코타이의 눈치를 봐도 세르멕이 온다는 낌새는 보이지 않았다.

메이는 말을 달려 힝가이 호수로 향했다. 달땅에 세르멕과 추억이 서린 곳은 많았다. 오늘은 힝가이 호수가 마음에 다가왔다. 이 마음은 세르멕에게 오롯이 전해질 것이다. 메이는 그렇게 믿었다.

세르멕은 그동안 매일같이 메이의 아버지인 코타이 노인을 찾아와 그가 습득했던 갖가지 기술과 무예를 배우고 익혔다. 그러나 요즘 그는 부족의 대소사에 몰두할 일이 많았다. 그의 아버지 마카부 대족장이 병들었고, 세르멕은 부족 장로회의에서 후임 족장으로 결정되었기 때문이었다. 달족은 족장의 지위를 세습하지 않았지만 족장의 아들이 후임 족장이 되지 말라는 법도 없었다.

세르멕은 소년 시절부터 부족민들의 기대를 한 몸에 받아왔다. 그것은 어느 심하게 가물던 해에 이웃 부족인 콴족과 야멕강 물줄기 때문에 갈등이 일어났던 때부터였다.

2

씨족 장로회의의 권위를 인정하고 그 결의에 따라 부족의 일이 결정되는 달족과는 달리, 인근 부족들은 족장의 자리에 오른 자가 절대적인 권력을 행사했다. 때문에 족장 자리를 둘러싸고 씨족 장로들의 암투가 심했다. 콴족도 마찬가지였다.

지난날 토크족의 터더엔 족장이 콴족의 늙은 족장을 죽이고 한동안 콴족 위에 군림했지만, 그는 달족의 마카부에게 격퇴당했다. 그 후 콴족의 씨족 장로들끼리 족장의 자리를 차지하기 위한 내분이 시작되었고, 결국 히몰테가 모든 장로들을 제압하고 족장에 오르게 되었다.

즉시 히몰테는 자신의 권위를 높이려는 열망에 부풀어 올랐다. 예전의 원수 토크족은 마카부에 의해 힘도 권위도 없는 초라한 부족으로 전락해버렸고, 그 외의 부족들은 애초부터 스스로를 지탱하기에도 힘에 부쳤다. 히몰테에게 그들은 안중에도 없었다. 히몰테는 동쪽 부족의 최강자인 달족의 마카부에게 도전해야만 한다고 믿었다.

히몰테가 끈질기게 때를 기다리던 중 가뭄이 닥쳐왔다. 야멕강의 물살이 점점 더뎌지더니 바닥을 드러내기 시작했다. 히몰테는 이 가뭄이 마카부에게 도전장을 내밀 절호의 기회라 여겼다.

히몰테는 달족에게 사자를 보내 가뭄의 책임을 물었다. 그는 달족이 강물을 모두 사용해버려 콴족 땅으로 흘러올 물이 없는 것이라 주장했다. 물론 강물이 수문을 통해 달족의 관개수로로 흘러들어가고는 있었다. 그렇다고 해서 야멕강의 큰 흐름까지 말려버릴 수는 없는 노릇이었다. 달족은 히몰테의 어이없는 트집을 웃어넘겨버렸다. 그러나 콴족의 히몰테는 고집을 꺾지 않았다. 다시 사자를 보내 달족이 물을 보내지 않는다면 콴족은 더 이상 좌시하지 않겠다고 통보했다. 그제야 달족은 히몰테의 의중에 다른 생각이 있음을 알아차렸다.

달족이 부족의 중요한 일을 처리할 땐 늘 그랬듯이 이때도 성읍 광장에서 부족민들이 지켜보는 가운데 장로회의가 열렸다. 세르멕은 소년이었지만 스승인 코타이, 그의 딸 메이와 함께 광장 한쪽에서 아버지와 장로들 간의 대화에 귀를 기울였다.

장로들은 콴족의 으름장에 코웃음을 쳤다. 혈기 넘치는 젊은 바로초 장로가 외쳤다.

"야멕강 물이 마르는 것이 우리 달족 때문이라는 것은 말도 안 되는 주장입니다. 지금은 어차피 수위가 완전히 낮아져 강물이 우리 수로로 들어가지도 않습니다. 우리가 강물을 다 써버려서 콴족 땅으로 흘러가지 않는다니, 이 얼마나 얼토당토않은 말입니까. 히몰테의 속내는 뻔합니다. 그가 원하는 것은 물이 아니라 우리 달족과의 전쟁입니다. 진정으로 히몰테가 전쟁을 원한다면 우리가 굳이 피할 이유는 없습니다."

장로들도 바로초의 말에 동조했다.

"맞습니다. 그들이 지금까지 달족의 도움을 받은 것이 얼마만큼입니까. 조금 힘을 펼 수 있게 되었다고 은인을 원수로 여기다니. 자비로운 달신마저도 노할 노릇이 아닙니까."

그때, 장로들의 말을 듣던 세르멕이 부족민 가운데서 일어섰다. 세르멕은 손을 들고 족장과 장로들에게 큰 소리로 말했다.

"장로회의에는 부족민도 발언권이 있다고 들었습니다. 제가 비록 성년식을 치르지 않았지만 한마디 말씀드리길 간청합니다."

아들이 외쳐대자 마카부 족장이 난감한 기색으로 장로들을 돌아보았다. 그 옆에 앉아 있던 베키라도 자기 아들 세르멕을 말없이 쏘아보았다. 장로들은 비록 앳된 소년일지라도 발언을 요청한 이상 그의 말을 들어봐야 한다고 말했다. 마카부 족장이 아들 세르멕을 앞으로 나오게 했다.

"장로회의가 부족의 안위를 논의하는 중대한 자리라는 것을 너도 알 것이다. 그러니 네 할 말을 이 자리에 있는 여러 사람들이 들을 수 있게끔 크고 간결하게 말하도록 해라."

세르멕이 족장인 아버지와 족장 부인인 어머니, 그 뒤에 앉은 장로들에게 꾸벅 인사를 하고 부족민들에게 돌아서서 또 한 번 인사를 했다.

"장로님들의 말씀을 들으면서, 불경스러운 일일지 모르지만 조금 다른 의견이 있어서 저는 이 자리에 나왔습니다."

세르멕이 두 손을 앞으로 모아 잡고 공손한 자세로 서서 부족민들을 둘러보았다. 그들은 족장 아들의 말을 듣기 위해 조용히 지켜보았다.

세르멕이 목을 가다듬고 아버지의 요청대로 조금 큰 목소리로 차분하게 말을 이어나갔다.

"지금 가뭄이 심합니다. 달족이 가뭄으로 경작이 어렵다면 이웃 부족인 콴족 역시 마찬가지가 아니겠습니까. 그들이 어렵기에 우리에게 요구를 해온 것이고, 그 요구를 무시함으로써 갈등이 생긴다면 우리 모두는 더욱 어려운 지경에 처할 것입니다. 가뭄은 천재지변입니다. 그렇기에 부족들의 갈등으로는 해결할 수 없는 문제입니다. 이런 어려운 상황이 지속될수록 우리는 서로 도와야 한다고 생각합니다. 저는 족장님의 아들이기에 부족 창고에 곡식이 얼마나 저장되어 있는지 늘 보고 있습니다. 우리 달족은 그동안 부지런히 일했습니다. 더구나 작년까지는 달신의 도움으로 여러 해 동안 풍작이 이어졌습니다. 우리 달족은 창고에 몇 년을 먹고도 남을 넉넉한 식량을 저장해 놓았습니다. 이럴 때 그들과 맞설 것이 아니라 우리 달족이 그들을 돕는다면, 그들은 오래도록 우리의 도움을 잊지 못할 것입니다. 아시다시피 이런 심한 천재지변은 동쪽에 자주 오지 않습니다. 몇 해에 한 번 어려움을 겪을 뿐입니다. 이 가뭄을 맞아 우리가 서로 돕는다면 동쪽 땅에 화평의 물결이 넘칠 것입니다. 발언을 마치겠습니다. 좁은 소견일지라도 제가 의견을 말할 수 있게 해주신 장로님들께 감사드립니다."

세르멕의 말이 끝나기 무섭게 장로들이 무릎을 쳤다. 세르멕의 말은 누가 들어도 이치에 합당한 말이었다. 베키라의 가늘게 뜬 눈에 엷은 미소가 어리는 듯했다. 마카부 족장도 아들을 깊은 눈으로 바라보았다. 아들에게서 뜻하지 않은 새로운 면을 발견한 것이었다. 그는 자기 아들이 대부분의 아이들처럼 범상한 아이라고만 생각해왔다. 마카부는 그동안 아들을 잘못 평가했다는 것을 깨달았다. 아내인 베키라가 자신도 모르는 사이 아들을 이렇게 키워낸 것이다.

한 장로가 일어서서 족장과 부족민들에게 말했다.

"족장님의 아들 세르멕은 우리 달족을 감동시켰소. 나는 전적으로 그의 의견에 찬성하오. 그리고 세르멕을 콴족 땅으로 보낼 사자로 삼기를 요청하오. 세르멕이라면 콴족의 히몰테 족장을 너끈히 상대하고도 남을 것이라는 데 추호도 의심이 들지 않기 때문이오."

그의 말은 다른 장로들뿐만 아니라 부족민들의 공감을 불러일으켰다. 부족민들이 세르멕의 이름을 연호했다. 하지만 그 자리에서 말없이 세르멕을 쏘아보는 사람이 있었다. 달족 최대의 씨족 장로이며 다음 족장감으로 널리 인정받던 젊은 바로초였다.

3

세르멕이 떠나기에 앞서 마카부 족장은 족장 호위병 가운데 아들을 호위할 사람들을 골라 데려왔다. 베키라는 아들이 입을 갑옷을 내놓았다. 세르멕은 그 모든 것이 못마땅했다.

“저는 콴족의 족장에게 사자로 가는 사람입니다. 회담으로 부족 간에 얽힌 매듭을 풀러 가는 제게, 이 무슨 갑옷이며 호위병입니까.”

베키라가 세르멕을 물끄러미 바라보더니, 다가와 그의 어깨에 손을 얹으며 말했다.

“그래, 네 말대로 너는 달족의 사자로서 콴족 땅으로 들어가는 사람이다. 그 순간 너는 족장의 아들도 소년도 아니란다. 너는 이제 달족이 파견하는 사자인 게야. 이 갑옷과 호위병들은 달족 사자의 위엄을 갖추기 위해 필요한 것이란다. 아들아, 이해하겠느냐?”

세르멕이 호위병들을 둘러보았다. 맨 앞에서 호랑이 수염을 한 덩치 큰 사내가 다가왔다. 토라였다. 노예 출신에 무뚝뚝하고 말수가 없는 사내지만 세르멕은 그를 아꼈다. 진작부터 그의 올곧은 성품을 알아보았기 때문이었다.

“콴족 땅으로 가실 사자님을 안전하게 호위하겠습니다.”

평소처럼 ‘세르멕 님’이라 부르지 않고 ‘사자님’이라고 호칭하자 세르멕은 겸연쩍게 웃었다.

"자네들도 달족 사자의 일행이 되었지 않은가. 어머니 말씀대로 우리 함께 달족의 위엄을 잃지 말도록 하세나."

세르멕의 말에 베키라가 뒤에서 조용히 미소를 지었다.

히몰테를 만나기 전, 세르멕은 각오를 단단히 했다. 달족과 일전을 치르려고 마음먹었던 콴족 족장의 심중을 모르지 않기 때문이었다. 가뭄에도 불구하고 달족과 전쟁을 불사할 정도라면, 그가 남다른 야망과 넘쳐흐르는 자신감을 가진 인물일 것이라 세르멕은 짐작했다.

달족의 사자를 맞이하는 히몰테의 행동은 역시 고압적이었다. 세르멕을 향해 경멸에 가까운 표정도 숨기지 않았다.

"달족엔 그렇게도 사람이 없다는 말인가. 이런 젖비린내 나는 아이를 사자로 보내다니, 마카부도 이젠 사리 판단을 제대로 할 수 없는 지경인 게야."

히몰테는 달족의 사자로 온 세르멕을 아이 취급했다. 내심 불쾌했지만 세르멕은 인내했다. 세르멕은 자신이 소년이라는 사실을 잊기로 했다. 그는 히몰테 앞에 달족의 사자로서 마주 앉았다.

"마카부 족장도 이젠 나이가 들었겠군. 아직도 건강은 한가?"

히몰테는 부족 장로들을 힘으로 제압하고 족장에 오른 인물이었다. 그는 힘만이 세상의 진리라고 믿는 자였다. 그에게 부족의 힘은 공동체의 노력과 땀, 인고의 세월로 일궈낸 경제력 등과는 무관한, 오로지 족장의 능력일 뿐이었다. 달족이 지금의 위상을 갖게 된 것은 오직 마카부의 능력에 기인한 것이지, 그들 장로회의의 전통이니 부족의 단합 어쩌고 하는 것은 흰소리쯤으로 여겼다. 그의 지론에 의하면 늙어가는 마카부와 함께 달족의 힘도 쇠퇴할 수밖에 없는 운명이었다.

"대족장님의 건강이 어떻든지 달족은 변할 것이 없습니다. 우리 달족의 주요 결정은 족장 개인이 아니라 씨족 장로들의 협의로 내려집니다. 당신네 콴족과는 그 점에서 차이가 있지요."

세르멕이 예의 바르고도 정중하게 말했다. 히몰테 뒤에서 그동안 미동도 없이 지켜보던 흑두건의 사내가 날카로운 눈으로 세르멕을 쏘아보았다. 히몰테는 여전히 비아냥댔다.

"그렇다면 달족의 영달도 얼마 못 가겠군. 여럿이 한목소리를 낸다는 것이 어디 쉬운 일인가? 어린아이 장난도 아니고."

"그 어린아이 장난을, 우리 달족은 오래전 조상님들 때부터 해오고 있지만 전혀 문제가 없었지요."

세르멕은 히몰테의 눈을 피하지 않았다. 오히려 여유롭게 웃으며 말했다. 반대로 히몰테는 얼굴이 점점 달아올랐다. 세르멕이 그의 급소를 찌른 것이었다. 부족을 힘으로 휘어잡은 히몰테지만, 그가 죽고 나면 콴족은 다시 지리멸렬해지리라는 것을 세르멕은 지적하고 있었다.

'이자는 정녕 힘만을 진리로 여기는 자로군. 그렇다면 힘으로 말할 수밖에.'

세르멕은 자세를 바꾸어 의자 등받이로 몸을 뉘였다. 예의 바른 몸가짐으로 일관했던 지금까지의 행동과는 전혀 다른 행동이었다.

세르멕은 눈을 거만하게 내리깔았다. 자신은 소년이 아니라 달족의 사자라는 사실을 스스로 일깨웠다.

“자, 히몰테 족장. 나는 당신과 어린아이 장난에 대해 논하고자 온 것이 아니오. 알겠소? 나는 당신네 부족이 가뭄 때문에 어려움에 처했다는 소식을 듣고 우리 식량을 좀 나누어 줄까 해서 온 것이오. 우리 달족은 창고마다 가득 쌓인 곡식이 지금 썩어가고 있는 판이오. 당신네 부족에게 곡식이 얼마나 필요한지 말만 하시오.”

도발에 가까운 말투였다. 세르멕의 어깨가 곧추세워지고 앞으로 모았던 손이 어느 사이 양 허리께에 가 있었다. 히몰테는 돌변한 세르멕의 태도에 당혹스러움을 감추지 못했다.

“그…… 그것이, 나는 자네 부족에게 식량을 구걸한 적이 없네. 다만 야멕강 물을 나누어 쓰자는 제의를 했을 뿐이지. 달족이 강물을 모두 수문으로 빨아들이는 바람에 우리 땅으로는 전혀 물이 흘러오지 않고 있잖나.”

“말라붙은 강물을 달족인들 무슨 수로 빨아들인다는 말이오. 우리 달땅도 야멕강 수문으로 물이 들어오지 않은 지 벌써 석 달째요.”

“거짓말 말게. 달족 땅엔 아직도 물이 넉넉하다는 걸 우리가 알고 있네. 그럼 그 물은 다 어디서 온 것인가? 자네들 땅에만 비가 내렸단 말인가?”

“알다시피 우리에겐 오래전에 파둔 저수지가 여럿이오. 우리 달족의 현자이신 코타이 어른이 서역을 다녀오시자마자 만들었으니 벌써 삼십 년이 가까워오는군. 그러니 히몰테 족장, 내 다시 말하건대 쓸데없는 트집으로 어려운 걸음을 한 나를 피로하게 하지 마시오. 우리 식량을 받겠소, 말겠소? 우리 달족은 가뭄으로 말라붙은 강물을 달라고 생떼를 쓰지만 않는다면 당신이 원하는 것을 다 들어줄 수 있소. 하다못해 전쟁까지도 말이오. 알아듣겠소?"

세르멕의 얼굴에 웃음기가 가셨다. 히몰테는 흠칫 놀랐다. 강한 빛을 쏟아내는 세르멕의 눈은 이미 소년의 눈이라고 볼 수 없었다.

히몰테는 세르멕을 처음 봤을 때 내심 비웃음을 감출 수 없었다. 달족의 사자라는 자가 홍안의 소년이었기 때문이었다. 그러나 히몰테는 이제야 깨달았다. 이 소년은 보통 소년이 아닌 것이다.

"자네는 달족의 어느 씨족 출신인지?"

세르멕은 답답하다는 듯 어깨에 걸친 갑주를 벗어 집어던지듯 탁자에 내려놓았다. 갑주 소리가 요란하게 진동했다. 범부 앞에서의 행동이나 다름없었다. 히몰테는 이 당돌한 소년 앞에서 기가 점점 약해지는 것을 느꼈다.

"내 비록 연소하나, 달족 장로회의에서 부족민 모두에게 정식으로 뽑힌 사자요. 마카부의 아들 세르멕이라 하오."

히몰테는 자기도 모르게 입을 쩍 벌렸다.

'마카부의 아들이라? 역시…… 마카부의 핏줄은 특별하군.'

히몰테는 앉은 자세를 고쳤다. 그는 자신의 행동거지를 추스르며 세르멕에게 공손하게 요청했다.

"달족의 도움을 기꺼이 받겠소. 마카부 대족장과 장로들께 감사의 말씀을 전해주시오."

이날의 모든 회담 내용은 달족에게 고스란히 전해졌다. 이후 세르멕의 이름은 달족 장로들의 머리에 각인되었다.

그로부터 몇 년 후, 성년식을 치른 세르멕은 장로들의 결의에 따라 마카부의 후임 족장으로 결정되었다.

4

호수 건너편 숲속에서 멧돼지 한 마리가 튀어나왔다. 무엇에 쫓기는 듯, 멧돼지는 너른 잔디밭으로 나왔어도 허둥거렸다. 곧게 뛰지 못하고 방향을 바꿔가면서 꽥꽥 소리를 질렀다. 그때 숲속에서 날아온 화살이 멧돼지의 목에 꽂혔다. 숲에서 말 울음소리가 들리며 곧 세르멕이 모습을 드러냈다.

"메이, 당신이 여기 와 있을 줄 알고 달려왔소. 앞을 가로막는 저 놈 때문에 좀 늦었지만 말이오."

세르멕이 환하게 웃으며 다가왔다. 메이가 달려가 그의 품에 안겼다.

늘 그렇듯, 세르멕은 반갑다. 아니, 신비롭다. 그를 향한 메이의 마음은 끝없는 동경과 사랑의 열망이었다. 그 앞에서는 언제나 가슴이 뛰었다.

"아무리 늦어도 상관없어요. 어차피 당신은 제게 오실 테니까."

두 사람은 서로 입술을 더듬어 긴 입맞춤을 했다. 세르멕이 입술을 떼지 않은 채 메이를 안아들고 나무그늘로 옮겨갔다. 세르멕이 메이를 잔디에 뉘고 부드럽게 끌어안았다. 메이가 더욱 격렬하게 입을 맞추었다.

세르멕은 입술을 메이의 풀어 헤쳐진 젖가슴으로 가져갔다. 그리고 목과 어깨, 그녀의 전신을 어루만졌다.

메이는 터져 나오는 희열 속에서 뜨겁고도 향기로운 세르멕의 체온을 만끽했다. 자신 안으로 들어오는 세르멕을 느끼면서 그에 대한 열망이 더욱 부풀었다.

메이의 눈에 하늘이 보였다. 파란 하늘이었다. 세르멕의 거칠어 가는 호흡과 자신의 탄성으로 피어올린 사랑의 불꽃이 파란 하늘을 이내 꿈결의 뽀얀 색으로 물들였다. 둘은 그 가운데로 빠져들었다.

5

마카부는 끝내 병이 들었다.

마카부는 동쪽 부족들의 평화를 위해 모든 힘을 다했다. 그는 주위 부족들의 어려움을 지나치는 법이 없었다. 부족 간의 갈등을 중재하고 그들이 필요로 하는 기술을 코타이를 보내 가르쳐주었다. 경제적 원조는 물론, 때로는 이주를 원하는 타 부족민들에게 영토의 한쪽을 내주기도 했다. 대부분의 주위 부족들은 마카부와 달족으로부터 받은 도움과 은혜를 칭송했다. 그러나 쾬족은 그렇지 않았다.

지난날 쾬족의 히몰테 족장이 달족에 도전하려 했을 때만 해도 마카부는 건재했다. 게다가 사자로 갔던 소년 세르멕이 대담하게도 그의 욕망을 꺾어 놓았다. 이후 히몰테는 달족의 심기를 건드리지 않았다. 그런데 젊은 바로초 장로가 마카부의 문병을 왔다가 쾬족의 예사롭지 않은 근황을 전했다.

"부족에서 군사들을 뽑아 훈련을 시킨다더군요. 벌써 한참 되었다고 합니다."

이야기를 하면서 바로초는 마카부의 안색을 살폈다. 마카부가 심하게 기침을 하고 나서 말했다.

"원래 그자는 가만 앉아 있으면 좀이 쑤시는 자가 아니던가. 자기 부족 내에 무언가 또 다른 문젯거리를 만들 심산이겠지."

마카부가 또다시 기침을 했다. 바로초가 바짝 다가앉았다.

"지금 콴족 내에서 히몰테에게 도전할 만한 장로는 없습니다. 모두 눈치만 보면서 숨죽이고 있는 처지입니다. 그자의 음흉한 속내는 지금 딴 곳을 향하고 있는 것 같습니다."

"딴 곳이라면, 어디를 말하는 것인가?"

"우리 달족이겠지요. 콴족이 군사로 상대할 부족은 동쪽 땅에 우리 달족 외에는 없잖습니까. 다른 부족들은 어차피 지리멸렬하니까요. 족장님, 히몰테는 예전에 가뭄 피해가 심했을 때도 우리 달족을 침공하려 갖은 트집을 잡은 놈입니다. 우리 달족이 대적하지 않고 식량을 도와주겠다고 나오는 바람에 잠잠해졌지만 겉으로 그랬을 뿐, 그자는 속으로 칼을 갈아온 듯합니다. 그자의 야망이 옛날 토크족의 터더엔 못지않다는 소문이 초원 부족들에 파다합니다. 우리 달족의 대족장께서 병이 들었다는 소문을 듣고 이자가 본색을 드러낸다는 생각을 지울 수 없습니다."

마카부가 병이 들자 콴족의 히몰테가 달족을 만만히 본다는 이야기였다. 그러나 마카부는 바로초와는 달리 히몰테의 야망이나 그의 힘에 대해 염려가 되지 않았다. 자신이 죽더라도 다음 족장이 될 세르멕을 믿기 때문이었다. 아내 베키라는 언젠가 세르멕을 이렇게 평했다.

'그 아이는 호기심이 많은 아이라서 무엇이든 배우기를 좋아했어요. 그렇게 자랐으니 이젠 주위를 통찰할 줄 알아요. 그것은 지혜가 견고하게 자리했다는 의미지요. 사람을 잘 믿는 여린 구석도 있긴 하지만, 이젠 제법 사람의 심중을 꿰뚫는 안목도 있어요. 세르멕은 아마 당신 못지않은 족장이 될 겁니다.'

그것은 어머니의 입장에서 아들을 평가한 말이 아니라는 걸 마카부는 잘 알았다. 족장의 딸이자 족장의 아내이며 싸늘할 정도로 냉철한 이성을 가진 베키라가 달족의 후임 족장을 평한 말이었다.

하지만 마카부는 바로초가 문병을 다녀간 이후 마음이 개운치 않았다. 젊은 바로초가 자꾸만 마음에 걸리는 이유를 스스로도 알 수 없었다.

6

병사들이 뙤약볕에 말을 달리며 창을 던졌다. 과녁에 정확히 꽂히는 창은 드물었다. 허공으로 날아가 버리든가, 어떤 창은 과녁 가까이 날아가지도 못했다. 햇볕을 가린 차양 밑에서 히몰테는 얼굴을 찌푸렸다. 이런 오합지졸들이 언제나 정예 병사로 거듭날지 암담했다.

지난날 자신의 씨족 젊은이들은 뛰어난 병사였다. 히몰테가 그들을 이끌고 다른 씨족 군사들 앞에 서면 두려울 것이 없었다. 그러나 그것은 옛일이었다. 그들은 모두 자신처럼 늙어버렸다.

'요즘 놈들은 도무지 패기가 없어.'

히몰테가 혀를 찼다. 부족 젊은이들 중 건장한 사내들만 뽑아 훈련을 시키는데도 히몰테는 눈에 차지 않았다.

"족장님, 긴히 드릴 말씀이 있습니다."

흑두건의 사내가 다가와 머리를 숙였다.

"무슨 일이냐."

"우리 부족 여자들이 가축을 몰고 달족 땅까지 들어갔다가 잡혀 있는데, 아무리 사정을 해도 그 땅의 씨족 장로라는 자가 풀어주질 않는다고 합니다."

히몰테의 관심은 여전히 병사들의 훈련장에 가 있었다. 막 창을 던진 자가 과녁에 정확하게 꽂아 넣자 히몰테는 박수를 쳤다. 그러고는 흑두건에게 대수롭지 않다는 듯 말했다.

"그깟 여자들과 가축 몇 마리를 가지고 뭘 그렇게 호들갑이냐."

히몰테의 맥 빠지는 말에도 흑두건의 표정은 바뀌지 않았다. 그는 눈을 가늘게 뜨고 말했다.

"족장님, 기억하실지 모르겠지만 얼마 전 비슷한 일이 우리 쪽에서도 있었습니다. 달족 여자 하나가 양들을 몰고 콴족 땅까지 들어왔다가 붙들린 적이 있었지요. 우리는 그때 양 열 마리를 떼어 받고 돌려보냈습니다."

"그런 일이 있었지. 그러게 내가 뭐랬느냐. 본보기로 양을 모두 빼앗아버리고 여자만 돌려보내라고 그랬건만, 네가 달족에게 아직은 함부로 맞서면 위험하다고 했지 않았느냐."

히몰테는 훈련 중인 병사들로부터 눈을 거두지 않은 채 차갑게 말했다. 히몰테의 핀잔에도 흑두건은 표정 없이 말했다.

"그래서 드리는 말씀입니다. 달족의 그 장로라는 자는 지금 가축과 함께 사람도 돌려보내지 않고 있습니다. 무슨 뜻이 있지 않고서야……."

히몰테가 흑두건을 향해 돌아섰다.

"그게 무슨 말이냐?"

"제가 한번 그자를 만나봐야 할 것 같습니다. 도대체 무슨 속내가 있는지 알아봐야 하지 않겠습니까."

"그자가 어떤 놈인지 너는 아느냐?"

흑두건이 눈을 더욱 가늘게 찡그리며 말했다.

"달족에서도 최대의 씨족을 이끄는 바로초라는 자입니다. 젊은 데다가 꾀가 좋고 수완도 좋아서 애초에 마카부의 다음 족장감으로 인정받았답니다."

"그런데 마카부의 아들에게 그 자리를 빼앗겼다는 말이지?"

"그런 셈이지요. 그자에게 무언가 꿍꿍이가 있을 것 같다는 예감이 듭니다."

히몰테가 주먹을 들어 올리며 큰 소리로 말했다.

"꿍꿍이가 있다 한들 저희들끼리 알아서 할 일이지, 건방진 놈이 족장도 아닌 주제에 감히 내 성미를 건드리는구나. 당장 가서 그자의 속내를 들어보거라. 여차하면 마카부고 뭐고 내가 군사를 동원해서 그놈 명줄을 끊어버리겠다고 전해라."

흑두건은 히몰테에게 인사를 하고 돌아섰다. 그의 입가에 싸늘한 웃음이 배어 나왔다.

7

며칠 후, 바로초의 요청으로 달족의 장로회의가 열렸다. 콴족의 히몰테가 군사를 일으킬 조짐이 보인다는 이유였다. 바로초는 장로와 부족민들 앞에서 말했다.

"나는 전부터 히몰테가 군사들을 훈련시키는 것을 알고 있었고, 족장님께도 말씀드린 바가 있습니다. 히몰테는 진작부터 그 옛날 토크족의 터더엔보다도 야망이 컸습니다. 여러분이 아시다시피 그자의 관심사는 동쪽 부족의 최강자인 우리 달족을 굴복시키는 것입니다. 하지만 마카부 대족장께서 건재하셨기에 그자는 꿈쩍할 수 없었습니다. 지금 족장님께서 병이 들자 그는 이제 때가 왔다고 생각한 겁니다."

병든 마카부는 회의에 참석할 수 없었다. 대신 부족의 후임 족장으로 내정된 세르멕이 그 자리를 대신하고 있었다. 바로초에 이어 콴족을 성토하는 장로들의 말이 끝나자 세르멕이 일어나 말했다.

"히몰테의 야심은 예전부터 모두가 알고 있었소. 그래도 그가 우리 달족을 향해 창을 겨눈다는 확실한 증거가 필요하오. 우리 달족이 동쪽 땅의 평화를 함부로 위협할 수는 없소."

바로초가 자리에서 일어나 부족민들 앞으로 걸어갔다. 그의 손엔 하얀 천조각이 들려 있었다.

“히몰테는 군사훈련을 시키는 한편으로 우리 달족의 염탐을 게을리하지 않았습니다. 심지어 가축을 돌보는 여자들까지 동원했습니다. 그들은 슬며시 달족 땅으로 들어와 우리 일거수일투족을 엿보았을 뿐만 아니라 우리 땅의 지리까지 자세하게 조사했습니다. 이것이 그 증거입니다.”

그가 세르멕에게 다가와 들고 있던 천조각을 건넸다. 거기엔 달족의 영토가 상세하게 그려져 있었다. 그것을 본 장로들이 혀를 차면서 탄식했다.

“히몰테 이자가 어리석어도 분수가 있지, 어떻게 제까짓 놈이 우리 달족과 전쟁을 할 생각을 한단 말인가.”

“그러게 말이오. 우리에게 그동안 신세진 것이 얼마인데, 그자는 정말이지 인면수심이로군.”

“그래도 바로초 장로가 모든 걸 알아냈으니 천만다행이구려.”

장로들의 웅성임이 잦아들자 세르멕이 바로초에게 물었다.

“이 지도를 그린 콴족 여자들은 어떻게 했소?”

세르멕의 질문에 모든 사람들이 바로초를 쳐다보았다. 바로초가 멀찌감치 떨어진 종복에게 손짓을 했다. 그가 왕골 이엉으로 둘레를 덮은 마차를 끌고 왔다. 바로초가 마차의 이엉을 걷어내자 그 안엔 피투성이가 된 세 사람의 여자와 흑두건을 쓴 한 남자가 묶여 있었다. 여자들과 달리 남자는 멀쩡한 모습이었다. 바로초가 사람들에게 말했다.

“이 여자들이 우리 땅을 염탐하면서 지도를 그렸습니다. 내가 이들을 문초하기 위해 돌려보내지 않자, 뻔뻔한 히몰테는 여기 이 남자를 보내왔습니다. 그래서 오늘 부족민들 앞에 모두 끌고 온 것입니다."

바로초는 여자들과 남자를 마차에서 내리게 했다. 그는 그중 나이 든 한 여자를 앞으로 끌어냈다.

"우리 부족민들이 보는 앞에서 다시 말해라. 너희들이 어떤 연고로 우리 달족 땅에 들어오게 되었는지 말이다."

여자가 얼굴을 들고는 말했다.

"우리는 가난한 여자들이에요. 그런데 족장님이 우리에게 소 세 마리를 준다고 했어요. 달족 땅에 가서 자세한 지도를 그려오면요. 달족 사람들이 여자들은 의심하지 않을 거라고 했어요. 만약에 우리가 잡히면 가축을 몰다가 모르는 사이 달족 땅으로 들어온 것이라 둘러대라고 했어요. 그럼 우리를 무사히 데려가겠다고 말이에요."

여자의 말을 듣고는 부족민들이 '죽여라!'라고 외쳐댔다.

세르멕은 자리에서 일어나 흑두건을 쓴 남자에게 다가갔다. 그가 기억에 있었다. 소년 시절 퀀족 땅에 사자로 갔을 때 보았던 인물이었다.

"히몰테 족장이 너를 사자로 보낸 것이 사실이냐?"

그러자 흑두건의 사내가 날카로운 눈으로 대답했다.

"그렇소."

"퀀족 족장이 보낸 사자라면 달족 족장에게 올 것이지, 어찌 바로초 장로를 찾았느냐?"

"여자들이 길을 잘못 들어 바로초 장로의 씨족 땅에 들어갔다고

하기에 당사자인 바로초 장로를 찾은 것이오."

"그렇다면 너는 이 여자들의 소행을 모르고 있었다는 말이냐?"

"몰랐소. 우리 족장님께서도 내게 그런 말은 하지 않았소. 여자들을 데려오라 해서 왔을 뿐이오."

세르멕이 뒤에 있는 두 여자에게 다가가 앞의 나이 든 여자를 가리키며 물었다.

"저 여자와 너희들은 가족이냐?"

두 여자는 얼른 머리를 숙였다. 여자들의 산발한 머리에 피가 엉겨 있는 것이 보였다. 세르멕이 다시 물었다.

"저 여자와는 어떤 관계냐고 묻지 않느냐."

둘 중 한 여자가 기어들어가는 목소리로 대답했다.

"저희 어머니예요."

"네 어미가 말한 것이 사실이냐?"

여자가 주춤하더니 대답했다.

"우리는 시키는 대로……."

여자가 말하려는 찰나 세르멕의 뒤에서 비명소리가 났다. 돌아보니 어미라는 여자가 바로초의 칼에 맞아 쓰러져 있었다. 두 딸이 어미에게 달려가 통곡을 했다. 그러더니 한 여자가 표독스러운 눈으로 바로초에게 악을 썼다.

"사…… 사…… 살려준다더니! 시키는 대로 마…… 말……."

여자는 더 이상 말을 잇지 못했다. 두 여자 또한 바로초의 칼에 쓰러졌다. 세르멕이 낭패한 표정을 지었으나 부족민들은 일어서서 함성을 질렀다. 그들은 사내도 당장 죽이라고 외쳤다. 그들의 함성이 잦아들자 바로초가 의기양양한 목소리로 말했다.

"저자는 콴족의 사자입니다. 예의를 아는 우리 달족이 사자로 온 사람을 죽일 수는 없습니다. 그러나 우리가 봤듯이 콴족의 히몰테는 뱀처럼 음흉합니다. 그자는 자기 욕심을 채우기 위해 여자들까지 이용하는 자입니다. 일찍이 우리는 부족 간의 평화를 위해 그들에게 도움을 주었습니다. 그러나 히몰테는 그 은혜를 원수로 갚으려 합니다. 이 기회에 우리는 그자를 처단해야 합니다. 우리 달족의 힘을 콴족에게 분명히 보여주어야 합니다."

바로초의 말에 부족민들이 열광했다. 바로초가 흑두건의 사내에게 다가갔다. 바로초가 피가 뚝뚝 떨어지는 칼로 그를 가리키며 말했다.

"돌아가서 히몰테에게 전해라. 우리 달족은 너희 콴족의 도전을 받아줄 준비가 되어 있다고 말이다. 알겠느냐?"

8

메이는 가죽배를 내려놓고 버들 그늘 밑으로 들어가 앉았다. 야멕강이 휘어져 흐르는 여울목 앞 넓은 모래밭이었다. 강 맞은편으로는 드넓은 초원이 펼쳐졌다. 저 멀리 지평선과 구름 한 조각이 맞닿아 있었다. 옅은 바람이 불어와 푸른 버들 나뭇잎이 흔들렸다. 새떼들이 초원에서 날아와 여울을 돌아 흐르는 강물 위로 날아갔다. 언제나 똑같은 평화로운 모습이었다.

세르멕을 기다리는 시간은 가슴이 설렜다. 함께 뱃놀이를 하고 싶어 나왔지만 세르멕에게 따로 기별은 하지 않았다.

배를 젓는 그의 모습을 맞은편에 앉아 보는 것이 좋았다. 어깨 근육이 꿈틀거릴 때마다 가죽배가 스윽스윽 미끄러져 가고 그의 머리카락이 강바람에 날리는 모습. 강 물결이 가벼운 가죽배를 흔들어도 그가 힘껏 배를 저으면 속력이 줄지 않았다.

메이는 그가 강으로 나오지 못할 것을 알고 있었다. 지금 세르멕은 퀀족과의 전쟁 준비에 여념이 없었다. 각 씨족에서 군사들을 동원해 맹훈련에 돌입한 지 여러 날이 지났다. 하지만 메이의 마음속에 이미 그는 곁에 있었다.

'너만 보면 딸 같다는 생각이 들더니 결국 내 며느리가 되는구나. 이보다 다행한 일이 없다.'

엄격한 베키라도 메이를 보면 미소를 지었다. 아버지의 심부름으로 마카부 족장이 쓸 약재를 전해줄 때마다 베키라는 메이를 쉽게 놓아주지 않았다. 집안일과 요리에 대한 이야기, 자녀를 낳아 교육시키는 문제, 족장 남편을 내조하는 일까지 베키라는 메이에게 많은 것을 이야기했다. 그녀 자신이 겪어온 이야기이며 앞으로 메이가 겪어나가야 할 이야기들이었다. 베키라는 아들 세르멕에게는 엄했지만, 메이에겐 다정한 친어머니처럼 대했다. 그것은 마카부 역시 마찬가지였다. 메이는 벌써 세르멕의 가족이 된 느낌이었다.

강바람이 훅 하고 불어왔다. 갑자기 멀미가 났다. 메이가 이마를 짚고 일어서서 멀리 초원을 바라보았다. 푸른 대지가 조용히 바람에 감싸였다. 그러나 한참을 그러고 있었지만 메스꺼움이 가시질 않았다. 요 며칠 간혹 느끼던 증세였다.

세르멕은 끝내 오지 않았다. 메이는 모래밭을 걸어가 가죽배를 물에 띄웠다. 둥실 떠 있는 가죽배 위에 올라 노를 저었다. 배가 천천히 강을 미끄러져 갔다.

'노간주나무를 휘어서 뼈대를 대고 배 모양을 잡아주는 걸세. 무엇보다 가로대가 튼튼해야 하네. 그러나 관건은 물이 새 들어오지 않도록 잘 말린 소가죽을 소 힘줄로 아주 촘촘하게 꿰매 이어주는 것이지. 그러고 나서 전체적으로 풀을 먹여 말려주는 것을 몇 번이나 반복하는 걸세. 이렇게 하면 가볍고 튼실해서 옮기기도 쉽고 거의 영구적으로 탈 수 있네.'

이 가죽배는 세르멕이 코타이에게 배우고서 직접 만든 것이었다. 그렇기에 세르멕의 체취는 물론이고 그의 웃음소리까지 배어 있는 듯했다.

배를 처음 강에 띄우던 날, 세르멕은 메이의 허리를 안아 배에 올려주었다. 기우뚱하는 배를 세르멕이 잡고 올라타자 가벼운 배지만 견고하게 중심이 잡혔다. 노를 저으니 물살을 가르며 빠르게 움직였다. 이후 자주 이 강에 와 함께 배를 탔다.

지금은 메이 혼자서도 배의 중심을 잡는 데 어려움이 없었다. 메이는 힘들이지 않고 노를 저었다. 그런데 잠시 후 문제가 생겼다. 배가 물살이 빠른 여울로 들어서버린 것이다. 메이는 덜컥 겁이 났다. 노를 저어 빠져나가려 해도 배는 점점 세찬 물살 안으로 빨려 들어가더니 순식간에 급류에 휘말려버렸다. 아무리 노를 저어도 소용없었다. 메이는 저도 모르게 비명을 질렀다.

'급류를 만났을 때 노를 물에 대면 위험하오. 가죽배는 가볍기 때문에 뒤집혀버리니까. 그럴 땐 가만히 중심을 잃지 않도록 힘쓰면서 배를 물살에 맡겨야 하오. 여울이 끝나 물살이 완만해질 때까지.'

세르멕이 들려주었던 말대로 메이는 노를 배로 올리고 중심을 잃지 않도록 애썼다. 그래도 배가 심하게 흔들리면서 자꾸만 비명이 흘러나왔다. 강 안쪽으로 들어서니 물살이 더욱 거세졌다. 배 안으로 튀어 들어오는 강물이 얼음처럼 차가웠다. 배는 빠른 속도로 미끄러져 내려가며 물살을 타고 심하게 흔들렸다. 메이는 배의 가로대를 움켜잡고 버텼다. 다시 멀미가 났다. 어지러워 정신을 잃을 지경이었다. 그때 누군가 초원을 가로질러 말을 달려오는 모습이 보였다. 메이가 큰 소리로 외쳤다.

“구해주세요! 배가 급류에 떠내려가요.”

그 사람은 강변까지 순식간에 달려와 외쳤다.

“메이! 조금만 더 버텨요!”

세르멕이었다. 그가 강둑을 타고 세차게 말을 몰았다. 여울이 급히 꺾이는 곳까지 가더니 세르멕이 말에서 내려 강물로 뛰어들었다. 그의 어깨에는 밧줄이 걸쳐져 있었다.

세르멕은 급류 가까이 헤엄쳐 오더니 다가오는 메이를 향해 밧줄을 던졌다. 메이가 그 밧줄을 잡으니 세르멕이 뒤로 돌아 있는 힘껏 헤엄을 쳤다.

처음 얼마간은 세르멕이 배에 끌려가는 듯했다. 세르멕이 이를 악물고 헤엄치자 이윽고 배가 끌려왔다. 급류의 중심에서 벗어나자 메이도 노를 저었다.

곧 배가 급류에서 벗어났다. 메이가 소리쳤다.

“빠져나왔어요! 이제 살았어요!”

세르멕이 강둑으로 올라가 배를 끌어올렸다. 메이가 배에서 내려 세르멕을 와락 끌어안았다. 세르멕이 숨을 가쁘게 몰아쉬면서 메이를 안아 풀밭으로 가서 뉘였다. 일어나려는 세르멕을 끌어안고 메이가 그의 입술을 더듬었다.

세르멕이 숨을 고르자 메이가 말했다.

“안 오실 줄 알았어요.”

세르멕이 메이를 내려다보았다. 강물에 젖어 헝클어진 머리카락 사이로 메이의 맑은 눈이 올려다보고 있었다.

“군사들과 훈련 중이었소. 그런데 당신이 야멕강 쪽으로 말을 달려 가는 걸 봤소."

"훈련은 어떡하고 오셨어요?"

"토라는 훌륭한 부장이오. 그에게 맡기고 왔지."

메이가 일어나 세르멕의 품으로 들어가 말했다.

"당신은 족장이 될 분이에요. 사사로운 정에 이끌리면 안 된다고 베키라 마님도 말씀하셨어요."

"맞소. 하지만 나는 부족의 어머니가 될 사람을 위해 달려왔소. 더구나 당신은 위태로운 지경이었잖소."

메이가 세르멕의 눈을 쳐다보았다. 깊은 그 눈에 웃음기가 묻어 있었다. 메이가 그 얼굴을 자신의 손으로 감쌌다.

"그뿐만이 아니에요. 당신은 우리 아기도 구해주셨어요."

세르멕의 눈이 커졌다. 그가 메이를 힘껏 끌어안았다.

9

콴족의 히몰테가 군사를 일으켰다는 간자들의 보고가 들어왔다. 마카부의 저택에 장로들이 모여들었다. 사람들이 대청에 자리를 잡자마자 바로초가 말했다.

"어차피 콴족과 일전을 치러야 한다면 빨리 끝내버리는 것도 나쁘지 않습니다."

병석에 누운 마카부 대신 족장의 좌석에 앉은 세르멕이 물었다.

"바로초 장로에게 특별한 계략이라도 있소?"

세르멕의 질문을 기다렸다는 듯 바로초가 좌중을 둘러보았다.

"당연합니다. 저는 히몰테의 속내를 훤히 알 수 있습니다. 그자는 광야로 돌아서 올 수밖에 없을 겁니다. 그곳에서 우리 달땅으로 오려면 키릴산을 지나와야 하는데, 매복전을 펼치기 좋은 곳입니다. 그들을 키릴산으로 유인하면 이 전쟁은 단번에 끝낼 수 있습니다."

장로들이 무릎을 치며 바로초의 말에 동조했지만 세르멕의 눈은 여전히 바로초에게서 떨어지지 않았다. 세르멕이 다시 물었다.

"그들이 광야로 돌아서 오리라는 것을 어떻게 장담할 수 있겠소? 바로 앞의 야멕강을 건너면 달땅이 가까운데 말이오."

바로초가 짐짓 심각한 얼굴로 말했다.

"칸족이 야멕강을 도하해서 곧바로 달땅으로 향한다면 하루 거리도 안 되는 것은 맞습니다. 하지만 그들이 야멕강을 향한다면 우리가 어떻게 움직이게 될까요?"

늙은 장로 하나가 말했다.

"그러면 우리 달족은 야멕강 앞에 진을 치겠지요. 그들이 쉽게 강을 건너도록 내버려둘 수는 없으니까요. 그런데도 히몰테가 우리 코앞에서 야멕강 도하를 고집한다면 칸족의 희생은 클 것입니다."

바로초가 고개를 크게 끄덕이며 말했다.

"바로 그렇습니다. 아무리 히몰테라지만 우리 앞에서 도하를 감행할 정도로 무모하지는 않을 것입니다. 그렇기에 히몰테가 취할 방법은 광야 쪽일 수밖에 없다는 말씀입니다."

세르멕의 생각에도 바로초의 말은 틀리지 않았다. 다른 장로들 역시 바로초의 말에 수긍했다.

다음 날 세르멕은 군사를 이끌고 광야로 나아가고, 바로초는 매복할 군사들을 이끌고 키릴산으로 들어갔다.

며칠이 흘렀다. 칸족의 깃발이 지평선에 나타났다. 그들이 다가오자 세르멕 옆에 선 토라가 말했다.

"칸족 군사들이 예상보다 적습니다. 저들이 우리 계략을 눈치채지는 않았을까요?"

세르멕이 토라를 돌아보며 말했다.

"어떻게 그런 일이 있을 수 있겠나."

"우리가 작전을 결정한 것은 성읍을 나오기 전입니다. 만약 저들의 간자가 우리 계략을 미리 알아냈다면 오히려 우리가 위험해집니다."

세르멕에게도 콴족의 군사 수는 많지 않아 보였다. 이 전쟁을 벼르고 별러 왔던 히몰테가 군사를 저토록 적게 동원할 리는 없었다. 히몰테도 어떤 계략을 숨기고 있을 것이다. 그러나 세르멕으로서는 당장 히몰테의 속내를 알 수가 없었다. 어떤 불길한 예감이 들었지만 이제 와서 군사를 돌릴 수도 없었다. 바로초의 계략대로 일단 전쟁을 끌고 가야 했다.

"토라, 괜한 걱정은 말고 전열을 정비해라."

세르멕은 바로초에게 연락병을 보낸 뒤 총공격을 명령했다. 달족 병사들이 창을 높이 들고 콴족 병사들을 향해 달려갔다.

치열한 전투가 시작되었다.

토라가 앞장서 달려가면서 단번에 콴족 병사들을 말에서 거꾸러뜨렸다. 그가 지나가는 자리에 시체가 쌓이기 시작했다. 세르멕 또한 닥치는 대로 적군을 베었다. 적의 기세도 만만치 않았다. 달족 병사들도 쓰러지는 자가 속출했다.

양측이 얼마간 팽팽한 접전을 치르더니 달족이 조금씩 밀리기 시작했다. 토라가 목청껏 전투를 독려했으나 병사들은 자꾸만 뒤로 밀려났다. 그때 세르멕이 외쳤다.

"후퇴하라! 후퇴하라!"

달족 병사들이 일시에 뒤돌아서 달리기 시작했다. 예상대로 콴족은 맹렬히 추격해 왔다.

양측이 쫓고 쫓기기를 거듭하는 동안 드디어 키릴산이 보이는 초원이 나타났다. 약속된 지점이 가까워오자 달족 병사들은 말의 배를 더욱 걷어찼다. 달족이 쳐놓은 그물 속으로 적군이 서서히 들어오고 있었다. 바로초의 군사들은 지금쯤 계곡 입구에서 숨을 고르며 창을 쥔 손목에 힘을 가할 것이다. 달족 병사들에겐 이 전쟁의 승리가 눈앞에 보이는 듯했다.

세르멕이 군사들을 이끌고 키릴산을 지나쳤다. 여전히 콴족 병사들은 추격을 중단하지 않았다. 이제 곧 바로초가 키릴산 계곡에서 나와 콴족의 후미를 에워쌀 것이다. 그들은 이제 완전히 독 안에 든 쥐가 되고 말 것이다.

그런데 그때 저 앞에서 먼지구름이 일었다. 한 떼의 병사들이 이쪽을 향해 달려왔다. 바로초일 리는 없었다. 그는 지금 뒤편의 키릴산에 매복해 있었다. 그렇다면 앞에서 달려오는 저들은 누군가. 세르멕이 토라를 쳐다보자 그가 외쳤다.

"무언가 잘못됐습니다! 저들은 달족 병사들이 아닙니다!"

세르멕이 다시 한번 앞을 바라보았다. 가까이 다가온 그들은 정말 달족 병사들이 아닌 콴족이었다. 그 수가 적지 않았다.

'히몰테가 어떻게 저 많은 병사들을 이곳에 숨겨 놓았을까.'

알 수 없는 일이었지만, 어쨌든 당장 달족 병사들이 앞뒤로 공격을 받게 되었다. 달리던 병사들이 주춤거리자 세르멕이 앞장서서 칼을 빼들었다.

"저들은 콴족이다. 전열을 정비하라! 저들을 뚫어야 한다."

양측이 또다시 맞붙었다. 그들을 뚫고 나가려는 달족과 막아서는 콴족 병사들, 뒤이어 쫓아온 또 다른 콴족 병사가 섞여서 아비

규환을 이루었다. 적군에 둘러싸여 혈투를 이어가던 토라가 세차게 창을 휘두르면서 기어이 퇴로를 열었다. 세르멕이 열린 퇴로를 따라 달족을 이끌고 말을 달렸다.

"바로초는 어떻게 된 것이냐! 어찌 바로초 군사들이 나타나지 않는 것이야!"

세르멕이 적군에 쫓기면서 부르짖었다. 토라가 외쳤다.

"우리 연락병을 히몰테가 가로챈 것 같습니다."

그렇다면 바로초는 궁지에 몰린 세르멕을 알지 못한 채 여전히 키릴산에 숨어 있을 것이다. 그로부터 구원을 기대할 수 없게 된 이상 쫓아오는 적을 따돌릴 묘안을 짜내야 했다.

한참을 달려가던 세르멕은 두 눈을 의심했다. 앞쪽에서 또 다른 콴족 병사들이 먼지를 일으키며 달려왔다. 다른 방법은 없었다. 그들을 뚫고 성읍으로 들어가야 했다.

세르멕이 앞장서서 그들에게 달려들었다. 무수한 창이 세르멕을 향해 공격해 들어왔다. 그 창들을 피하고 뿌리치며 적군을 베어나갔다. 적진 한가운데서 세르멕의 칼이 무섭게 춤을 추었다. 온몸에 적군이 뿌려댄 피가 낭자했다.

세르멕은 지칠 줄 모르고 칼을 휘둘렀다. 어떻게든 달족 병사들을 살려 성읍으로 이끌고 들어가야 했다. 그러려면 적군의 숲을 헤치고 길을 열어야 했다. 곁에서 토라 역시 무섭게 창을 휘두르며 앞으로 나아갔다.

그때, 세르멕은 어깨에 강렬한 통증을 느꼈다. 이어서 피가 솟구쳤다. 적군의 창에 찔린 것이었다. 그럼에도 세르멕은 쉬지 않고 칼을 휘둘렀다. 하지만 시간이 갈수록 힘이 빠졌다. 정신도 몽롱했다. 결국 세르멕은 말에서 떨어지고 말았다.

"세르멕 님! 일어나십시오."

토라가 달려와 세르멕을 일으켜 자신의 말에 태우고 달렸다. 토라의 창은 쉴 새 없이 적군을 베어나갔다.

"토라…… 토라……."

"조금만 참으십시오. 성읍에 가까이 왔습니다."

세르멕은 끝내 실신하고 말았다.

10

세르멕이 깨어나니 사람들이 웅성이며 자신을 둘러싸고 있었다. 이마에서 비 오듯 땀이 흘러 시야가 맑지 않았다. 저 멀리 낯익은 깃발과 담벼락이 어슴푸레 눈에 들어왔다. 달족의 성읍 안이었다. 어디선가 장로들의 음성이 들려왔다.

"바로초 장로가 아니었으면 우리는 전멸했을 것입니다."

"다행히 바로초 님이 적을 유인해 따돌리고 우리 군사들을 안전하게 성읍으로 들였습니다. 정말이지 이만하기를 다행입니다."

세르멕은 힘겹게 입을 열었다.

"콴족은…… 어떻게 되었소. 우리 병사들의 희생은 얼마나 되오."

목소리가 갈라져 밖으로 힘겹게 밀어내야 겨우 들릴 형편이었다.

"콴족은 지금 성 밖에서 진을 치고 있다. 우리 희생이 너무도 크구나."

장로들 대신 병든 마카부 족장이 노기를 억누르며 말했다.

세르멕은 어깨의 상처 때문에 아버지 쪽으로 고개를 돌릴 수가 없었다. 그러나 아버지를 본들 무슨 말을 할 것인가. 패전의 책임은 자신에게 있었다. 지친 눈이 다시 감기려 했다. 그때 누군가가 갑주 소리를 내며 다가왔다. 바로초였다.

바로초는 그나마 자신의 군사들은 큰 피해를 입지 않았다고 했다. 다행이었다. 하지만 어째서 그들은 키릴산 앞에서 기다리고 있던 콴족 병사들을 알지 못했을까. 바로초가 말했다.

“세르멕 님의 연락을 기다렸습니다. 아무리 기다려도 연락이 오질 않기에 저는 병사에게 광야로 나가보라고 했습니다. 병사가 돌아와서 세르멕 님이 벌써 성읍 쪽으로 쫓기고 있다고 말하더군요. 저는 일이 틀어졌다는 것을 알았습니다. 어쩔 수 없이 저도 성읍으로 퇴각하여 우리 군사들을 구하는 것이 낫겠다고 판단했습니다.”

상처의 통증이 다시 밀려왔다. 세르멕은 이를 깨물며 어깨의 통증을 참았다. 그러나 더욱 심한 아픔은 가슴에서 울렸다.

“내가 전쟁을 멈추게 했다. 이제 더 이상 피를 흘리는 것은 무의미하지 않느냐.”

아버지 마카부의 목소리가 들려왔다. 무겁게 가라앉은 침통한 목소리였다.

11

바로초는 흑두건이 전하는 이야기를 들은 뒤 차갑게 웃었다.

콴족과 전쟁이 끝난 지 얼마 되지 않았다. 그 후 세르멕이 사자로 토라를 콴족 땅에 보냈다. 달족 포로들의 송환을 위해서였다. 아직 토라가 달족 땅으로 돌아오지 않았건만, 콴족의 족장 히몰테는 미리 흑두건을 바로초에게 보내 소식을 알려온 것이었다.

'달족의 족장이 콴족의 족장 딸과 혼인하지 않으면 포로들을 돌려보내지 않겠다?'

그렇다면 세르멕은 메이를 버리거나 족장 자리를 내놓아야 한다. 바로초가 생각해도 세르멕을 궁지로 몰기 위한 기막힌 방법이었다. 토라가 돌아와서 그 말을 전했을 때 세르멕이 어떤 얼굴을 할지는 눈으로 보지 않아도 선명했다.

'기어이 세르멕에게 풀지 못할 문제가 생겼구나.'

전쟁이 끝났을 때 바로초는 그동안 공들였던 계획이 성공에 이르렀음을 직감했다. 콴족과의 전쟁에서 바로초 자신은 큰 공을 세웠다. 절체절명의 위기에 빠진 세르멕과 그의 군사들을 구한 것이 바로초라는 사실을 모르는 자가 없었다. 비록 달족이 패한 전쟁이지만 바로초 자신은 승자였다. 바로초가 흡족한 미소를 띠었다.

"잘 알았으니 이것을 콴족 족장께 갖다드리게. 내 고마움의 표시라고 말이야."

바로초가 내놓은 것을 보더니 흑두건의 눈이 휘둥그레졌다. 동쪽 땅에서는 보기 드문 유리와 옥이었다.

흑두건이 나가자 바로초는 안채로 들어갔다. 정원에서 여자 노예들이 봉우리를 맺기 시작한 구절초를 따다가 바로초를 향해 허리를 굽혔다. 토크족에게 비싼 값을 치르고 사온 서역 여자들이었다.

토크족 마을엔 서쪽의 대국인 융국을 통해 서역에서 데려온 노예들이 가끔 눈에 띄었다. 머리가 금처럼 노랗고 눈이 새파란 서역 여자들은 동쪽 말을 할 줄 몰랐다. 하지만 키가 크고 매력적인 신체를 갖추었다. 바로초의 욕망을 충족시키기에 맞춤한 외모였다.

바로초가 긴 안채 건물을 돌아 뒤뜰에 있는 정자로 올라가자 이미 술상이 차려져 있었다. 구절초 꽃망울을 따 넣은 술은 바로초의 코를 자극했다. 가을이 다가오지만 아직은 날씨가 포근해 노예들의 옷차림이 얇았다. 그 안에서 그녀들의 육체가 바로초의 욕망을 불러냈다.

바로초 저택 안채는 남자들이 얼씬거릴 수 없는 장소였다. 그것은 바로초의 아비 때부터 있어왔던 불문율이었다. 바로초는 죽은 아비에게서 씨족 장로라는 지위와 저택 안채의 비밀스러운 공간을 물려받았다.

'사내가 사내다움을 잃지 않으려면 여자들이 필요한 법이지.'

바로초의 아비가 죽기 전까지 가졌던 지론이었다. 덕분에 바로초는 이복형제들이 많았다. 바로초를 비롯한 대부분의 형제들은 노예의 몸에서 태어났으며 어미를 모르고 자랐다. 바로초의 아비는 젊은 매력이 떨어지기 무섭게 여자 노예들을 팔아치웠다. 바로초와 형제들은 모두 아비의 아내와 유모들에게서 자라났다.

바로초의 아비는 평소 여러 아들 중 자기와 가장 닮았다는 이유로 바로초를 편애했다. 바로초가 고하는 모든 말이 그의 귀에는 진실로 들렸다. 그러자 바로초의 형제들은 그가 자라났을 때 그 명이 다할 수밖에 없었다. 아비의 씨족을 순조롭게 물려받기 위해 형제들은 피의 제물이 되어야 했다. 바로초는 겨우 성년이 되자마자 완벽하게 그 일을 처리했다. 그 후 아비가 죽었을 때 아버지의 마지막 아내도 목숨을 잃었다. 아비가 죽기 전날까지도 멀쩡하던 그 여자는 의문의 죽음을 맞았다.

구절초 향 가득한 술이 몇 잔 들어가자 바로초의 숨소리가 거칠어졌다. 바로초의 손이 닿기도 전에 여자들의 입이 먼저 바로초의 육체를 더듬었다. 정자 안에 햇빛이 기어올라 그들의 육체를 환락으로 인도했다. 여자들이 바로초의 옷깃을 잡아 풀자 자신들의 하늘거리는 껍데기도 스르르 풀려나갔다. 여럿의 알몸이 한데 뒤엉켜 정자엔 가쁜 숨소리만이 가득했다.

환락의 세상에서 돌아오자 늘 그렇듯 바로초는 마음이 허전했다. 충족시키려는 열망이 불타오를수록 마음에 채워지는 것은 가벼워졌다. 그럴수록 바로초는 아루미가 그리웠다. 서역 여자들의 교태도 바로초의 마음을 돌려세울 수 없었다. 그는 여자들을 뿌리치고 마구간으로 달렸다.

항아리에 염소젖을 짜내던 아루미의 눈에 저만치 말을 달려 오는 바로초의 모습이 들어왔다. 아루미는 눈살을 찌푸리며 하던 일을 계속했다. 염소젖을 담은 항아리를 안고 일어섰을 때, 아루미는 바로초와 맞닥뜨렸다. 하지만 아루미는 인사도 없이 집 뒤편으로 사라져버렸다. 바로초가 그녀의 뒷모습을 바라보며 혀를 찼다.

'괘씸한 년.'

그러나 바로초는 그녀의 그런 모습에 더욱 흥분되었다.

아루미의 늙은 아비가 저는 다리를 이끌고 문간에 서서 고개를 조아렸다. 젊은 시절, 바로초 씨족의 병사로 참전했던 토크족과의 피 튀기는 전투가 그의 다리에서는 아직도 진행 중이었다.

바로초가 집 안으로 들어서자 술에 취한 젊은 사내가 비틀거리며 일어나다가 넘어졌다. 해가 지지 않았는데도 그의 얼굴은 벌써부터 불콰했다.

"다쿠, 내 말에 곡식이 실려 있네. 그걸 내려서 자네 누이에게 주게."

다쿠가 희색이 만연한 얼굴로 뛰어나갔다.

바로초가 딱딱한 나무의자에 앉으니 금방이라도 부서질 것 같은 소리가 났다. 노인이 바로초의 눈치를 살폈다. 이윽고 바로초가 노인에게 말했다.

"아루미를 내게 시집보내면 그대와 다쿠의 이 구차한 생활도 끝날 텐데 어찌 그리 망설이시오?"

검게 그을린 늙은 얼굴이 난감한 표정을 지었다.

"우리 아루미는 어미 없이 자란 아이라서 그런지 도대체 예의를 모릅지요. 이 애비가 아무리 타일러도 말을 듣지 않으니 어떻게 하겠습니까. 바로초 님의 마음은 고맙지만 다른 아이를 찾아보는 것이 낫겠습니다요."

노인이 말을 마친 순간 바로초의 눈빛이 가늘게 떨렸다.

"아루미가 다른 사람 딸이라도 되오? 그 아비에게 딸을 달라고 하거늘, 어찌 딴소리를 하는 것이오? 잔말 말고 추수가 끝나면 혼인을 치를 것이니 그리 아시오!"

바로초의 서슬 퍼런 말에 노인이 한숨을 쉬었다. 밖에서 아루미가 뛰어 들어왔다. 못에 뜬 새벽달처럼 맑기만 하던 눈이 오늘은 독기를 뿜었다.

"우리 아버지가 바로초 님의 노예인가요? 달족을 위해 전쟁을 치르시다가 불구가 된 부족의 은인께 너무 무례하지 않습니까! 제게는 따로 혼인할 사람이 있습니다. 몇 번을 말해야 알아듣겠어요!"

말문이 막혀 일어서는 바로초를 등지고 아루미가 밖으로 소리쳤다.

"다쿠! 바로초 님이 이만 돌아가신다는구나. 곡식 자루를 다시 말 등에 싣거라."

아루미의 태도는 완강했다.

바로초도 아루미의 마음을 빼앗은 자가 토라라는 소문을 들었다. 그가 호랑이를 때려잡고 아루미를 구해준 일도, 아루미가 가축을 몰고 콴족 땅에 들어갔다가 억류되었을 때 토라가 가서 데려온 것도 알고 있었다. 그렇더라도 그 노예 출신에게 아루미가 정을 준다는 것은 자기 씨족의 수치였다. 토라는 키릴산의 곰처럼 우악스러운 사내였다. 용담꽃처럼 숨겨진 빛을 간직한 아루미에게는 아무리 생각해도 어울리지 않는 인물이었다. 바로초는 아루미를 차지하기 위해서라도 어서 족장에 올라야 한다는 마음이 굳어졌다.

'그땐 토라 놈부터 없애야겠군.'

바로초의 입가에 차가운 웃음이 스쳐 갔다.

12

야멕강 둑이 터져 물살이 밀려왔다. 토라와 함께 초원을 말 달리던 아루미는 겁을 집어먹었다. 그러나 토라는 아무런 동요가 없었다. 아루미가 소리쳐도 토라는 돌아보지 않고 저만치서 비 뿌리는 초원을 달려갔다.

지평선 멀리까지 먹구름이 닿았다. 억수같이 쏟아지는 빗물을 뚫고 물살이 몰려오는 반대쪽으로 말을 몰았다. 한낮인데도 해가 진 것처럼 어둑했다. 위험을 알아챈 말은 재촉하지 않아도 죽을힘을 다해 뛰었다. 야멕강이 이토록 무섭게 범람하는 것을 아루미는 처음 보았다. 토사를 쏟아내는 붉은 물줄기가 사정없이 대지를 삼켰다.

갑자기 토라가 사라졌다. 사방을 훑어보아도 토라가 보이지 않았다.

"토라 님! 토라 님!"

물안개에 덮여 있는 둔덕을 넘어서며 아루미가 필사적으로 외쳤으나 토라는 간 곳 없고 대지가 무섭게 물에 잠겨갔다.

"토라 님—!"

아루미는 토라를 목청껏 부르다가 잠에서 깨어났다. 지독한 악몽이었다.

'토라 님이 무슨 봉변을 당하셨나.'

가슴이 뛰었다. 토라가 콴족 땅에 사자로 간다는 소식은 들었다. 그러나 여러 날이 지났건만 그가 돌아왔다는 소식은 없었다. 마음이 불안해진 아루미는 자리에서 일어났다. 더 이상 참을 수가 없었다. 오늘은 토라를 찾아가기로 마음먹었다.

아루미가 문을 나서자 동생 다쿠가 마당에 앉아 술을 마시고 있었다. 다쿠가 말했다.

"무슨 잠꼬대를 그리 심하게 해? 빌어먹을 토라 놈을 꿈속에서도 찾다니."

"함부로 말하지 마라, 다쿠. 그분이 아니었으면 난 죽은 목숨이었어. 짐승도 은혜는 잊지 않잖니. 술이나 마시지 말고 너도 사람 좀 되거라."

"바로초 님 같은 사람을 마다하는 누나는 정신이 있는 사람이야? 그렇게 목맬 때 못 이기는 척 시집을 가주면 아버지하고 나도 호강할 수 있다는 걸 왜 모르지?"

다쿠의 입에서 역한 술냄새가 풍겨왔다. 아루미는 눈살을 찌푸리고 말을 끌어내 밖으로 나왔다. 초원 언덕 너머로 부옇게 동이 텄다.

"누나, 술이나 좀 얻어와. 빌어먹을 술이 떨어졌잖아."

아루미는 대꾸 없이 말에 올라 내쳐 달렸다. 성읍에 도착하니 태양이 지평선 위로 훌쩍 올라왔다.

족장 저택의 호위병 숙소엔 토라가 없었다. 면식 있는 문지기에게 물어보니 토라가 아직도 돌아오지 않았다고 말했다.

'무사하셔야 할 텐데.'

마음이 급해진 아루미는 콴족 땅을 향해 말을 재촉했다.

'당신한테 작약 냄새가 나는구려.'

불안한 가슴을 안고 말을 달리는 아루미도 문득 그 생각만 하면 웃음이 나왔다. 어지간히 속내를 표현할 줄 모르는 토라가 그 말을 했을 때 아루미는 웃었다. 웃으면서도 가슴이 뛰었다.

마카부의 노예였던 토라는 우락부락한 외모만큼이나 괴력을 가진 사내였다. 아루미는 키릴산에서 그를 처음 마주쳤다. 약초를 뜯다가 호랑이와 마주쳐 몸이 얼어붙었을 때, 사냥을 하고 있던 그가 나타나 호랑이를 때려잡고 아루미를 구해주었다.

이후 그 일은 부족 사람들의 입으로 퍼져나가고 마카부 족장에게까지 알려지게 되었다. 마카부는 감탄하며 그를 족장의 호위부장에 앉혔다. 그가 노예라는 사실은 마카부에게 하등 문제가 되지 않았다. 마카부는 누구든 부족을 위해 희생할 줄 아는 사람은 부족민으로 여겼다.

노예가 부족의 일원이 되면 그 주인이었던 사람이 이름을 주는 것이 달족의 전통이었다. 마카부는 전통에 따라 그에게 토라라는 이름을 주었다.

토라는 활을 잘 쏘기도 했지만, 그가 만든 활은 누구도 따르지 못하는 위력이 있었다. 그럼에도 토라는 노예 출신이라는 이유로 사람들에게 보이지 않는 멸시를 당했다. 하지만 그는 개의치 않았다. 말없이 꿋꿋하게 자기 일을 해내는 그를 세르멕도 두텁게 신임했다.

토라는 바로초 씨족 사람들의 눈을 피해 항상 밤에 아루미의 집을 찾았다. 아루미에게 바로초의 이야기를 들었을 때, 웬만해서는 감정을 드러내지 않던 토라가 분개하며 말했다.

"세르멕 님이 족장에 오를 때까지 참아야 하오. 그땐 바로초가 어찌 할 수 없게 만들겠소."

아루미의 말이 벌써 달족 땅을 벗어나 달려갔다. 작년 봄 콴족에게 붙들렸던 곳이었다. 풀 뜯는 양 무리를 뒤따랐다가 콴족에게 붙들렸을 때, 아루미는 양 열 마리를 빼앗기고 풀려났다. 아픈 마음으로 돌아오던 아루미는 뒤늦게 달려온 토라와 만났다.

"어떻게 알고 오셨어요. 아직 달땅에 사람을 보내지도 않았는데."

"당신을 본 사람이 있었소. 콴족 사람들에게 잡히기 전에 데려가려 달려왔는데 늦었구려."

토라는 며칠 후에 아루미의 집으로 찾아왔다.

"이거면 양을 빼앗긴 값은 할 거요."

그는 은덩이 하나를 내놓고는 대꾸할 시간도 없이 가 버렸다. 아루미가 족장 댁으로 가서 베키라 마님에게 은을 내놓았으나 마님 또한 미소만 지을 뿐 받지 않았다.

"네가 직접 돌려주려무나. 어쩐지 토라가 새로 만든 활을 가져와 세르멕을 찾는다 했더니, 이것 때문이었구나."

아루미는 토라의 거친 외모 속에 자리한 따뜻한 속내를 느꼈다. 아루미가 호위병 거처로 찾아갔을 때 토라는 없고 호위병들이 그녀를 농락했다.

"이토록 아리따운 처녀가 그 노예 녀석은 왜 만나려고 하지?"

마침 돌아온 토라가 한주먹에 그 호위병들을 때려눕혔다.

“나한테 노예라고 놀리는 건 괜찮아. 하지만 여자를 농락하는 것은 부끄러운 일이지.”

토라는 은을 되돌려 받는 대신 아루미의 말에 사슴을 실어주었다.

“사냥을 다녀왔소. 아버지에게 요리를 해드리구려.”

그 뒤로 아침이면 아루미의 집 앞에 사냥한 짐승들이 자주 뒹굴었다. 어떤 때는 곡식 자루도 보였다. 아루미는 밤을 새며 기다리다가 동 트기 전 멧돼지를 내려놓는 토라를 만났다.

“술상을 차렸어요.”

죄 지은 사람처럼 허겁지겁 말에 오르려던 토라는 아루미의 손길에 이끌려 돌아섰다.

그날 아루미는 거의 혼자 이야기를 했다.

“당신 음식이 달구려.”

토라는 아루미가 품에 안겼을 때 겨우 한마디 할 뿐이었다. 맹수 같던 그의 품이 아늑하다는 것을 아루미가 처음으로 느낀 날이었다.

멀리 뽀얀 먼지가 보였다. 달땅을 향해 달려오는 것을 보니 토라가 틀림없었다. 아루미는 반가운 마음에 말을 재촉했다. 그러나 가까이 다가온 것은 콴족 사람들이었다.

“달족 처녀가 아니냐. 여기서 뭐하는 거지?”

“우리 땅을 염탐하는 달족 년인 것 같다. 이년을 잡아가면 족장님께서 상을 후하게 주시겠지.”

아루미는 염탐꾼으로 몰려 한순간에 붙들렸다. 아루미가 아무리 설명을 해도 그들은 듣지 않았다.

"잔말 말고 따라와라."

그들은 겁에 질린 아루미를 묶고는 끌고 갔다. 그렇게 한참을 끌려가고 있을 때, 저 멀리서 토라가 말을 타고 달려왔다.

"나는 쾬족 족장을 만나고 오는 달족 사자요. 이 여자는 내 아내인데 오랫동안 내가 돌아오지 않으니 나를 찾아온 모양이오."

"정말이오?"

그들이 아루미에게 물었다.

"네……."

쾬족 사람들이 아루미를 풀어주었다. 아루미는 풀려나자마자 토라의 가슴에 안겨 울었다.

"갑시다. 이제 괜찮소."

두 사람은 달땅으로 향했다.

"내가 오늘 돌아오는 건 어떻게 알았소."

"달신께서 가르쳐주셨어요."

"거 신통한 일이구려."

"제가 당신 아내인가요?"

"어쩔 수 없었소. 그렇게 말할 수밖에."

토라의 얼굴이 붉어지고 아루미의 얼굴엔 웃음이 깃들었다. 아루미가 속삭였다.

"저도 그렇게 되길 바라요, 토라 님."

토라의 얼굴이 더욱 붉어졌다.

13

코타이 노인이 키릴산에서 캐 보낸 약초는 효험이 좋았다. 세르멕은 상처의 고통이 전보다 덜어지는 것을 느꼈다. 메이가 상처를 감싸는 헝겊을 풀어낼 때마다 풍기던 냄새도 많이 없어졌다.

"상처 냄새가 역하지 않소?"

"당신에게 나는 냄새인데 어떻게 역할 수 있겠어요."

세르멕이 부상을 입은 이후로 메이는 족장 댁에서 기거했다. 세르멕을 치료하기 위해서였다. 베키라가 말려도 소용없었다. 코타이 노인이 조제한 약이 필요할 때만 집에 다녀왔다.

"상처가 빨리 아물어서 다행이에요."

약초를 상처에 바르면서 메이가 미소 지었다.

"당신이 이토록 정성을 쏟는데 어련하겠소."

메이가 세르멕의 얼굴을 쓰다듬었다. 그녀가 누워 있는 세르멕을 지그시 내려다보았다.

"약이 달여졌을 거예요. 지금 가져올게요."

메이가 일어나 방을 나갔다. 메이가 있던 자리에 여전히 그녀의 향기가 남아 있었다.

조금 후에 그토록 기다리던 토라가 방으로 들어왔다. 세르멕은 상처의 아픔도 잊고 자기도 모르게 일어났다.

"히몰테 족장이 무어라 하던가."

토라의 표정이 심상치 않았다. 그가 머리를 푹 숙였다.

"……포로들을 돌려보낼 수 없다고 하더군요. 공물도 필요 없다고 했습니다. 결국 우리 제안을 받아들일 수 없다는 말이지요. 그런데 히몰테 족장이 뜻밖의 말을 꺼냈습니다."

세르멕은 토라의 눈빛에서 불안을 느꼈다. 그런 세르멕의 마음을 알아챘는지 토라도 입을 다물었다. 세르멕이 토라의 얼굴을 살폈다. 거기에 어떤 의미가 스며 있는지 읽어내려는 것 같았다. 토라는 끝내 말하지 않을 수 없었다.

"……세르멕 님이 자기 딸과 혼인을 하라더군요. 그렇게 해서 부족을 함께 결속시키자고 말입니다. 그러면 공물도 안 받을 테고 포로도 돌려보낼 수 있다는 말이었습니다."

문밖에서 그릇 깨지는 소리가 들렸다. 토라가 문을 열어보니 메이가 약그릇을 떨어트린 채 서 있었다. 그녀의 얼굴이 바닥처럼 젖어 갔다.

14

"아버지, 제가 왜 달족으로 시집을 가야 하는 거지요? 우리 콴족에도 신랑감이 얼마든지 있단 말이에요. 그깟 싸움에 진 개들한테 왜 굽실거려야 하느냐구요."

콴족의 족장 히몰테가 흑두건과 마주 앉았을 때, 딸인 가우리가 들어와 당돌하게 외쳤다. 히몰테는 당황했다. 부족 사람들 모두가 두려워하는 히몰테 족장이지만 딸만은 그렇지 않았다. 하지만 딸의 투정을 잠재울 수 있는 방법을 히몰테는 알고 있었다. 달족의 바로초가 보낸 귀한 옥과 유리 중 하나만 있어도 가우리의 마음을 돌려놓는 데 충분했다.

사실 가우리의 말도 틀린 말은 아니었다. 그러나 딸을 달족에 시집보내려는 이유가 있었다. 딸을 잃는 것이 아니라 더 많은 것을 얻기 위해서였다. 그동안 꿈꿔왔던 일이 단번에 이루어질 수 있는 호기였다.

히몰테 족장은 꿈에 부풀어 있었다. 히몰테는 그동안 자신에게 반기를 들었던 콴족의 모든 씨족들을 굴복시켰다. 적지 않은 세월이 걸렸지만 그는 기필코 그 일을 해냈다. 그러나 히몰테의 꿈은 그걸로 끝이 아니었다. 그는 동쪽 부족들의 땅을 통일하여 서역이나 융국처럼 국가를 건설할 야망에 불타올랐다. 동쪽 땅에서는 누구도 이룩하지 못한 대업이었다.

이따금씩 융국 땅에서 오는 대상(隊商)들은 저마다 동쪽 부족들은 미개하다고 했다. 융족이나 서역의 부족들이 이미 국가를 이루어 큰 세력으로 부상한 이때에 그것은 위험천만한 말이었다. 동쪽 부족들은 각자의 방식대로 살아가고 거기에 안주했다. 변화를 바라지 않았다. 이대로는 그렇지 않아도 팽창일로에 있어 그 거리가 차츰 가까워오는 융국에게 모두 복속될 판이었다.

무력에 의해 복종하고 있었지만 콴족의 장로들이 인정할 수밖에 없는 것은 국가를 건설하고자 하는 히몰테의 당돌한 야망이었다. 그들이 히몰테와 전쟁을 치를 때만 해도 건방진 젊은이의 우스운 객기 정도로 치부했다. 그러나 결국 히몰테가 모든 씨족을 복속시키고 콴족의 족장에 올랐을 때, 그의 말이 빈말이 아님을 믿게 되었다.

콴족에겐 동쪽의 자잘한 부족들은 당장이라도 복속시킬 수 있는 힘이 있었다. 문제는 달족이었다. 그들은 예로부터 다른 부족들과는 달리 결속력이 끈끈했다. 씨족간의 단합이 오래전부터 이루어졌고 부족 결속의 요체인 장로회의의 권위가 높았다. 게다가 달족에는 코타이라는 현자가 있어서 경제력 또한 강력했다. 초원의 호랑이라 일컬어지던 마카부 족장이 병들어도, 아니 죽고 없어져도 그들의 번영은 지속될 것이었다. 히몰테는 어떻게든 달족의 굴복을 끌어내기 위한 묘안을 짜내느라 밤잠을 설쳤다. 그때 달족 최대의 씨족을 이끄는 바로초 장로가 은근한 손길을 내밀었다.

'당신이 나를 돕는다면 나 또한 당신을 돕겠소.'

바로초는 장로회의에서 후임 족장으로 결정된 세르멕을 제치고 족장에 오르고 싶어 했다. 그러려면 먼저 세르멕의 세력을 꺾어야 했다. 바로초는 세르멕의 지도력에 의심을 품게 하는 것이 그의 몰락을 재촉하는 가장 빠른 길이라는 결론을 내렸다. 특히 다른 부족과의 전쟁에서 패한다면 효과가 클 것이었다.

'당신의 승리를 보장해줄 테니 달족을 침공해 주시오.'

바로초는 쾬족이 달족과 전투를 벌여 승리한다는 자체가 히몰테에게 엄청난 전리품이 되리라 생각한 것이 틀림없었다. 그러나 바로초는 한 가지를 간과했다. 그는 새롭게 태어난 쾬족의 진면목을 모른다. 씨족이 분열되어 부족의 힘이 나약했던 예전의 쾬족이 아닌 것이다. 게다가 자신의 욕망을 그 가소로운 달족 장로는 눈치조차 채지 못하고 있었다.

'너는 네 욕심을 채워줄 상대를 잘못 골랐어.'

히몰테의 입가에서 빙그레 웃음이 새어 나왔다.

15

그날 저녁 히몰테의 딸 가우리가 콴족 성읍 밖의 작은 건물로 들어섰다. 족장 소유의 가축우리에 붙어 있는 집이었다. 안으로 들어서니 어둠 속에서 젊은 사내의 목소리가 들렸다.

"오늘도 안 오시는 줄 알았습니다, 아기씨."

"함부로 여기 들어와 있으면 어떡하느냐. 봉변을 당하려고 그러느냐?"

가우리가 눈을 흘겼지만 사내는 미동도 없었다. 탁자에 호리병이 놓여 있고 그는 취해 있었다.

"감히 족장의 사위 될 사람에게 누가 봉변을 준다는 말이오. 안 그렇습니까, 아기씨?"

사내가 자신의 목에 걸린 가우리의 징표를 들어 보이며 끈적한 눈길을 보냈다. 그러나 가우리는 웃지 않았다. 이제 그를 유인할 때 써먹은 호박(琥珀) 목걸이가 그 수명이 다한 것이다. 술 취한 사내의 눈엔 자신을 쏘아보는 가우리의 모습이 들어오지 않았다. 술병을 가져가는 그의 입가에 실실 웃음이 흘렀다.

가우리는 그에게서 풍기는 술냄새에 메스꺼움을 느꼈다. 며칠 전부터 생긴 증세였다. 그녀는 남자 앞에서 헛구역질이 올라오는 것을 참을 수 없었다. 사내의 눈이 동그랗게 커졌다.

"이건 분명…… 아기를 가진 거로군요. 우리 아기 말이오."

사내가 환한 웃음을 지었다. 그러나 가우리는 표정을 일그러뜨렸다.

욕정이 넘치는 가우리는 아버지가 혼인할 상대를 고를 때까지 참고 기다리지 못했다. 족장 저택의 젊고 건장한 호위병사들은 그녀의 인내심을 허물어트리기에 충분했다. 처음에 그들은 가우리의 눈웃음에도 자제심을 잃지 않았다. 족장의 호위병사가 되려면 충성심이 높고 무거운 입을 가져야 했다. 그러나 가우리의 추파는 집요했다.

가우리는 족장 저택의 자기 방으로 사내를 유인했다. 그러나 저택에서의 밀회는 오래갈 수 없었다. 곧 불쌍한 호위병사 하나가 밤마다 뒷담을 넘다 발각되었다. 그가 혹독한 문초를 당할 때 가우리는 어떤 변호도 하지 않았다. 그는 족장의 딸을 겁탈하려 했다는 죄목으로 참수를 당하고 말았다.

그 후로 가우리는 다른 묘안을 짜냈다. 그녀는 히몰테에게 초원에 거처를 마련하여 가축들을 돌보며 생활하고 싶다고 말했다. 그것은 부족 여자들이 영위하는 보통의 생활방식이기도 했다. 농토를 가꾸거나 사냥을 하는 남자들과 달리 가축을 돌보는 것이 부족 여자들의 덕목이기 때문이었다. 히몰테로서는 딸의 가상한 청을 들어주지 않을 이유가 없었다. 당장 가축우리 한쪽에 조촐하지만 쾌적한 집이 지어졌다. 그녀를 안전하게 호위할 사내들도 편성됐다. 가우리는 쾌재를 불렀다.

가우리는 한 사내와 오래 상대하지 않았다. 족장의 딸과 밤을 지냈다는 이유로 사내들이 자꾸만 자신을 족장의 사윗감이라 오해를 했던 것이다. 가우리에게는 어이없는 일이었다. 처음엔 영문을 모른 채 육체를 탐닉하다가도 얼마간 지나면 꼭 그런 오해들을 했다. 그럴 때쯤이면 가우리도 그 사내에게 감흥을 잃어갈 무렵이었다. 결국 그 사내는 성읍 안의 족장 저택으로 옮겨 가게 되고 미리 점찍어 둔 새로운 사내가 가우리를 상대했다.

하지만 이 사내는 족장 저택으로 옮겨 갈 수 없게 되었다. 그는 알아서는 안 될 것을 알아버렸다. 날이 밝기 전까지 그는 시체가 되어야 했다. 가우리는 문득 아비의 심복인 흑두건을 떠올렸다. 그라면 뒤처리를 깨끗이 해줄 것 같았다.

16

바로초의 집에 장로들이 모여들었다.

지금 달족의 어려운 상황을 벗어나기 위해서는 세르멕이 히몰테의 요구에 응해야 했다. 그러나 세르멕은 좀처럼 반응이 없었다. 바로초는 장로들을 끌어모아 세르멕을 압박하기로 했다.

그동안 장로들에게 베풀어 두었던 호의가 위력을 발휘할 때였다. 가장 세력이 큰 씨족 장로인 바로초는 꾸준히 장로들에게 도움을 주어왔다. 다만 연로한 장로들은 예외였다. 그들은 마카부 가문과의 결속이 끈끈했다. 무슨 일이 있어도 족장의 아들인 세르멕의 편에 설 사람들이었다.

바로초는 젊은 장로들이 모이자 근심스럽다는 듯이 말했다.

"콴족과의 전쟁에서 패한 결과가 결국 이렇게 다가왔군요. 내가 그때 좀더 지혜롭게 세르멕 님을 보좌하지 못한 것이 한스럽습니다."

그 말은 은근하게 불만이 타오르던 젊은 장로들의 마음에 기름을 끼얹었다. 장로들이 바로초의 말에 항변했다.

"그것이 어째서 바로초 님의 잘못이란 말입니까. 신중하게 군사들을 이끌지 못한 세르멕 님의 잘못이지요."

"맞습니다. 오히려 바로초 님은 그 긴박했던 상황에서 달족 병사들을 구하지 않았습니까. 세르멕 님도 바로초 님 덕분에 목숨을 건졌습니다."

"세르멕 님이 마카부 족장님의 반만이라도 능력을 갖추었으면 좋았으련만, 부자간이라도 그렇게 다를 수 있는지 참으로 아쉽습니다."

장로들이 기대했던 이상의 반응을 보이자 바로초는 슬그머니 물러섰다.

"아닙니다. 그래도 세르멕 님은 우리 달족을 이끌어갈 훌륭한 재목이십니다. 다만 우리 달족은 콴족의 히몰테 족장에게 허를 찔렸을 뿐이지요. 아무리 지혜로운 사람이라도 전투 경험이 일천한 것은 어쩔 수 없는 일이 아니겠습니까."

장로들은 다시 바로초의 말이 이치에 닿지 않음을 설명하려 애썼다.

"그것은 자비로운 바로초 장로께서 세르멕 님을 두둔하려는 말씀에 불과합니다. 마카부 족장님이 대부족인 토크족을 무너뜨렸을 때도 지금의 세르멕 님 나이였습니다. 어찌 젊은 나이를 들어 능력 없는 핑계를 대신하겠습니까."

"맞습니다. 그렇다면 어찌 바로초 님은 젊은 나이에도 정확한 판단으로 달족과 세르멕 님을 구했겠습니까. 안됐지만 세르멕 님은 바로초 님에 비하면 지혜가 부족합니다."

젊은 장로들은 세르멕의 족장 수행 능력을 성토하고 나섰다. 바로초가 의도했던 혼인 문제는 오히려 뒷전이었다. 바로초로서도 생각지 못한 반응이었다. 그러나 바로초는 흉중에 있는 말을 아꼈다.

그들의 생각이 모든 장로들의 의견으로 모아질 수 있기 위해서는 신중해야 했다.

"부끄러운 말씀입니다. 어찌 제가 세르멕 님에 비할 수 있겠습니까. 세르멕 님은 달족의 족장에 오르실 분이십니다. 감히 불경스러운 말을 꺼내서는 안 되겠지요."

하지만 장로들은 그의 말에 동조하지 않았다. 바로초는 그제야 비로소 본론을 꺼냈다.

"그래서 말씀인데, 세르멕 님과 콴족 족장 딸의 혼인을 통해 우리 달족이 처한 어려움을 풀 수 있게 됐으니 다행입니다만, 세르멕 님은 그 문제엔 좀처럼 말씀이 없으십니다. 어서 회답을 콴족에게 알려야 할 텐데 말입니다."

"세르멕 님은 콴족의 요구에 응하기 힘들 겁니다. 세르멕 님은 정혼한 사람입니다. 그 상대가 누굽니까. 코타이 노인의 따님이 아닙니까. 다른 분도 아니고 그분의 따님을 버린다는 것은 세르멕 님으로서는 어려운 일일 겁니다."

한 장로의 말에 다른 장로들이 눈을 부라리면서 일어섰다.

"그 무슨 말씀입니까. 그럼 세르멕 님의 개인적인 정리(情理) 때문에 우리 달족이 모두 불구덩이 속으로 들어가야 한다는 말입니까? 가당치 않은 말씀입니다."

"그럼요. 세르멕 님과 코타이 노인의 관계를 모르지 않지만 그것은 어디까지나 개인적인 일이지요. 세르멕 님이 달족의 족장이 될 분이라면 콴족 족장 딸과의 혼인을 수락해야 합니다. 지금 콴족 땅에 끌려가서 고생하는 젊은이들이 한둘입니까? 어서 그들을 구해와야지요."

"차라리 장로회의에서 세르멕 님의 족장 추대를 취소하는 것이 어떻겠습니까. 그렇게 되면 본인도 원치 않는 혼인을 하지 않아도 되고 말입니다. 우리가 힘을 합쳐서 바로초 님을 족장에 추대하는 것이 모두에게 이로울 것 같습니다. 안 그렇습니까?"

그 말은 젊은 장로들이 감히 꺼내지 못했던 이야기였다. 그러나 한번 발설되고 나자 터져버린 봇물처럼 의견이 빠르게 모아졌다.

세르멕의 족장 추대를 취소하자는 말은 마카부 족장이 건재하다면 있을 수 없는 이야기였다. 그런데 지금은 족장의 생명이 꺼져가고 있는데다가 세르멕의 자격까지도 의심을 받고 있었다. 논의는 바로초가 기대했던 대로 순조롭게 흘러갔다. 하지만 바로초는 이럴 때일수록 냉정해야 함을 잘 알았다.

"여러분이 이 사람을 인정해주시는 것은 고맙습니다만, 저는 족장님과 세르멕 님을 배반하고 싶지 않습니다. 우리 조상님들의 가르침에 위배되기 때문입니다. 우리 달족의 결속력은 다른 부족들도 두려워하는 힘입니다. 어찌 달족의 전통을 깰 수 있겠습니까."

바로초의 말은 모든 장로들의 마음을 더욱 굳게 만들었다. 지혜와 능력, 겸손한 성품과 전통을 지키려는 미덕까지 두루 갖춘 바로초가 아니라면 그 누가 이 어려움을 타개할 수 있을까. 세르멕은 그 능력의 한계를 보였다. 더구나 그는 개인적으로도 어려운 갈림길에 놓여 있었다.

젊은 장로들은 결심을 굳히고 바로초의 집을 나섰다.

17

메이가 다급하게 소식을 전했다. 마카부가 곧 임종할 것 같다는 말이었다. 세르멕이 방으로 들어서자 코타이 노인도 와 있었다. 베키라의 무릎을 베고 누워 있던 마카부가 힘없는 목소리로 물었다.

"……퀀족에게 잡혀갔던 우리 포로들은…… 돌아왔느냐?"

마카부는 마지막 순간까지 달족을 놓지 않았다. 세르멕은 가슴이 아려왔지만 솔직하게 말하지 않을 수 없었다.

"아직 못 돌아왔습니다."

"어째서……? 히몰테가…… 무리한 요구를 하더냐?"

메이가 얼굴을 숙이고 눈물을 떨어뜨렸다. 코타이 노인도 돌아앉아 창밖의 먼 하늘을 쳐다보았다.

"저더러 자기 딸과 혼인을 하랍니다. 그러면 달족 포로를 놓아주겠다는군요."

마카부의 삶에 생각지도 못했던 굴욕적인 일이었다. 이 참담한 순간에 마카부는 달족의 영웅들을 하나씩 떠올렸다.

북쪽의 혹독한 땅에서 부족을 지키려고 갖은 지혜를 짜냈던 바잔 족장과 그 후예들, 부족을 이끌고 이주를 감행해서 마침내 달땅을 발견한 쿠르칸 족장, 농사가 부족의 부흥을 가져올 것을 내다보고 사람들의 생활방식을 바꾸려 노력을 다했던 다흘 족장……. 마카부도 이제 곧 열조(烈祖)에게 돌아갈 것이다. 그러나 그들을 어떻게 마주할 것인가.

마카부의 눈이 감겼다. 그 눈에 눈물이 주르륵 흘러내렸다.

"우리 달족이…… 어쩌다가……."

베키라가 마카부의 손을 꼭 쥐었다.

'역시 달족의 앞날은 어둡지 않습니다. 마카부 같은 청년들이 우리 달족의 앞날을 지켜줄 것이라는 확신이 드는군요.'

마카부는 그 옛날 코타이의 말을 마음속으로 되뇌었다.

'달족이 내 생명과 함께 꺼져갈 줄은 몰랐구나.'

달족의 불행을 안고 눈을 감아야 하는 현실이 그에겐 견딜 수 없는 일이었다.

"어쩌면 좋다는 말이오, 코타이……."

마카부는 힘겹게 눈을 뜨고 코타이 노인을 쳐다보았다. 나는 새를 바라보는 것처럼 마카부의 눈동자가 초점을 잃어갔다. 방 안의 정적이 무겁게 가라앉고 마카부의 눈동자는 힘을 잃었다. 이어서 그의 숨결도 멈추었다.

18

달족의 마카부 족장은 병이 들었어도 히몰테에게 두려운 존재였다. 그런 마카부가 죽었다는 소식이 전해지자 히몰테는 불끈 주먹을 쥐어 올렸다.

히몰테는 콴족 장로들과 함께 잔치를 벌였다. 그동안 공이 컸던 흑두건에게는 적지 않은 가축을 상으로 내려주었다.

흑두건은 감회가 새로웠다. 지금까지 부평초처럼 살아온 세월을 떠올렸다.

그는 토크족 출신이었다. 흑두건의 아버지는 토크족의 터더엔이 족장에 오르기 위해 전쟁을 벌일 때부터 도움을 아끼지 않았던 씨족의 장로였다. 그는 터더엔과 함께 달족과의 전쟁 중 광야에서 마카부의 손에 죽었다. 그 후 토크족 땅엔 내분의 회오리가 몰아쳐 씨족 간의 살육이 극에 달했다.

족장 편에 섰던 씨족 가문이 모두 그랬듯이 그의 가문도 다른 씨족에 의해 여지없이 풍비박산되었다. 그 와중에 어머니가 어린 그를 데리고 도망하는 바람에 구사일생으로 목숨을 건졌다. 어머니는 그를 데리고 콴족 땅으로 이주했다. 토크족 땅보다는 차라리 그편이 더 안전했다.

콴족 땅에서 노예처럼 멸시를 받으면서도 그의 어머니는 아들을 건강하게 키웠다. 흑두건은 가문의 기질을 이어받아 남다른 무사로 자라났지만, 이방 족속을 무사로 받아줄 콴족 장로는 없었다. 어쩔 수 없이 남의 양떼나 몰면서 사는 중에 그에게 기회가 와주었다. 당시 씨족 장로였던 히몰테가 다른 씨족을 상대로 전쟁을 벌이면서 콴족에도 내부 분열이 일어났던 것이다.

전쟁 상황을 주시하던 그는 장차 히몰테가 콴족의 모든 씨족 위에 군림하게 될 것을 꿰뚫어보았다. 판단이 서자 그는 지체 없이 히몰테를 위한 일을 하기 시작했다. 그는 씨족 장로들의 기밀을 알아내 히몰테에게 알렸다. 정확한 정보를 손에 넣기 위해 그는 어떤 위험도 감수했다. 그의 도움으로 히몰테는 장로들을 하나씩 제압해 나갔다. 처음엔 미심쩍어하던 히몰테도 점차 그를 신뢰하게 되었다. 히몰테가 모든 장로들을 무릎 꿇리고 콴족의 족장에 오르자 그는 히몰테의 측근으로 부상했다.

천신만고 끝에 콴족의 당당한 일원이 되었다고 생각했지만 흑두건은 토크족 출신이라는 꼬리를 떼지 못했다. 족장이 총애할수록 그에게는 모함이 잇따랐다. 만약 히몰테가 그를 신뢰하지 않았다면 그는 벌써 죽었을 것이었다.

콴족 땅이 아니면 그는 늙은 어머니를 모시고 이주해 갈 안전한 곳이 없었다. 할 수 없이 그는 그림자 같은 인생을 살기로 작정했다. 사내는 족장이 내려준 직책들을 버리고 족장의 개인무사로 남기를 자청해서 히몰테의 승낙을 받아냈다.

그는 어떤 모함도 받을 일 없이 마음 편하게 살아갈 수 있는 길이 열렸다고 믿었다. 만약 그의 인생에 족장의 딸인 가우리가 끼어

들지만 않았어도 그의 삶은 더없이 만족스러웠을 것이다.

흑두건이 가우리의 부탁으로 호위병의 시체를 치워주었을 때, 그 대가로 가우리가 자신의 육체를 제공하면서부터 번민이 시작되었다. 한 번으로 그칠 줄 알았던 그녀가 아예 노골적으로 끊임없이 그의 육체를 요구했기 때문이었다.

처음에 번민했던 흑두건은, 가우리와 반복하여 밤을 보내면서 점점 남자의 욕망이 꿈틀대는 것을 느꼈다. 어느덧 그는 가우리를 통해 콴족 땅에서 명망 있는 가문을 열 수 있다는 꿈을 갖게 되었다.

그러나 가우리는 당장 달족 족장의 부인이 될 몸이었다. 히몰테 족장과 달족의 바로초 사이에 가교 역할을 한 자는 다름 아닌 자신이었고, 그 결과 가우리는 세르멕에게 시집을 가게 되었다. 하지만 이제 와 생각하건대 가우리는 자기의 여자가 되어야 했다. 어처구니없게도 흑두건은 자기가 다리를 놓았던 바로초와 히몰테 사이의 약속을 깨트리기 위해 궁리해야 하는 처지가 되었다.

잔치 자리에서 나온 흑두건은 가우리의 집으로 향했다. 무엇보다도 먼저 가우리가 자신의 생각을 알아야 했다. 족장이 베푼 잔치에서 기분 좋게 취한 그는 용기가 부풀어 올랐다. 가우리의 도움을 받는다면 그까짓 달족 놈들과의 약속은 얼마든지 깰 수 있다는 자신감이 들었다.

"이제 오시는군요. 오실 줄 알고 기다렸어요."

가우리는 그의 취기에 맞추어 적당히 교태까지 부릴 줄 알았다. 게다가 그와 살이 닿자마자 가우리는 몸을 떨며 자지러졌다. 세상에 이토록 완벽한 육체적 결합은 없었다. 그와 함께할수록 가우리의 갈증은 더 심하게 타오르는 것 같았다. 흑두건은 그녀를 안을 때마다 세상을 모두 품에 안은 느낌이 들었다.

"아직도 달족 놈에게 시집가기 싫은 마음이 변치 않았소?"

그에게서 겨우 떨어져 숨을 고르던 가우리가 영문 모를 눈으로 쳐다보았다. 그녀는 아직 그의 말을 이해하지 못한 눈치였다.

"내 말은, 당신이 원한다면 나와 혼인할 수 있다는 말이오."

흑두건은 자기 말을 믿어도 된다는 듯이 그녀를 힘껏 안았다.

"그다음 일은 내가 알아서 처리하겠소."

가우리는 기쁜 듯이 그의 육체를 또 더듬었다. 아직 숨을 고르기 전에 흑두건은 또다시 그녀와 한 몸이 되었다.

몽롱하게 새벽잠을 깼을 때, 흑두건의 기분은 더할 나위 없이 좋았다. 그는 달콤했던 지난밤을 가만히 음미했다. 가우리는 아직도 잠든 듯 기척이 없었다.

그는 히몰테 족장을 설득하여 일을 순조롭게 진행시킬 방법을 고민했다. 가우리도 족장이 허락할 때까지 온갖 떼를 쓸 것이다. 생각해보면 그리 어려울 일도 아니었다. 그의 얼굴엔 빙그레 웃음이 피어올랐다.

그가 기분 좋게 기지개를 펴려고 팔을 움직였다. 그런데 몸이 말을 듣지 않았다. 그가 다시 한번 팔을 뻗으려 할 때, 히몰테의 사나운 얼굴이 눈앞에 나타났다.

"네 이놈! 토크족 놈 주제에 감히 내 딸을 넘보느냐!"

흑두건은 자기 몸이 묶여 있음을 그제야 깨달았다. 영문을 모른 채 멀뚱히 족장을 바라보니 그 옆에 가우리가 표독스러운 눈을 하고 서 있었다.

"아버지, 저자가 호위병을 죽였을 때 처지가 불쌍해서 비밀을 지켜주었거든요. 그럼 고마운 줄을 알아야지, 나를 겁탈하려고 몰래 내 집엘 들어와 자빠져 있네? 이 짐승 같은 토크족 놈이 분수도 모르고……."

갑자기 이 무슨 해괴한 악몽인가. 그는 눈을 감았다.

'이건 꿈이야.'

하지만 곧 이어서 그를 현실로 안내하는 고통이 엄습해왔다. 우악스러운 발길질이 그의 얼굴로 날아온 것이다.

19

족장 마카부의 시신은 성읍 외곽의 큰 바위 위에 얹혔다. 시간이 지나면 마카부는 바람과 흙 속에 섞여 하나가 될 것이다. 마카부의 시신을 바위로 옮기는 동안 달족은 숙연했다. 그의 이름은 부족의 옛 영웅들에 이어 전설로 남을 것이었다. 지금은 콴족의 기세에 그 빛을 잃어가고 있지만, 그렇기에 마카부의 존재는 달족 사람들의 가슴에 더욱 그리움을 자아냈다. 그의 존재와 부재의 차이가 너무도 선명했다.

장례가 끝나고 코타이 노인은 집으로 돌아와 딸과 마주 앉았다.

코타이 노인은 부족의 앞날에 대한 불안을 떨쳐버릴 수 없었다. 그는 지난 콴족과의 전쟁이 마음에 걸렸다. 어처구니없게 일어난 시작처럼 그 결말 또한 이해할 수 없었다. 코타이는 세르멕이 그토록 허무하게 전쟁에 패할 사람은 아니라고 믿었다. 그러나 손쓸 새도 없이 무너졌을 뿐만 아니라 전쟁의 결과로 뜬금없이 바로초가 부족의 신망을 얻었다.

'세상엔 석연치 않게 돌아가는 일이 좀 많은가. 나도 이젠 늙었나 보군.'

자꾸만 까닭 없는 의구심에 잠기게 되는 것이 스스로도 답답했다.

'부질없는 노파심인 게야.'

이제 와 아무리 생각해도 자기 딸의 행복은 희생되어야 했다. 아직 세르멕의 결정은 알 수 없었지만 부족의 분위기는 심상치 않았다. 마카부의 위대한 치적 앞에 그 아들의 가치가 오히려 초라해지고 있었다. 세르멕으로서는 판단의 자유가 있을 수 없었다.

"세르멕의 마음을 편하게 해주거라."

코타이 노인의 말에 메이는 참았던 서러움이 밀려왔다.

"그렇게 하겠습니다. 아버지."

메이는 아버지 앞에서 눈물을 보이지 않으려 애썼지만 눈물이 멈추지 않았다. 코타이 노인은 소리 없이 눈물을 흘리는 딸자식을 애써 외면했다.

메이는 세르멕의 여자가 자기 아닌 다른 사람이 될 것이라고는 상상도 하지 못했다. 한 하늘 밑에 세르멕과 떨어져 산다는 것은 이해할 수 없는 일이었다. 족장의 부인이란 다른 아내들보다 더 힘들 일이 많을 것이라고 해도 메이는 얼마든지 감수할 자신이 있었다. 하지만 지금은 그를 놓아줌으로써 사랑을 표할 때였다.

20

마카부의 장례를 치른 후에 세르멕은 장로들과 마주 앉았다.

젊은 장로들은 세르멕의 초대를 달갑게 생각지 않았다. 족장의 장례가 끝난 지금 후계자인 세르멕은 정식으로 장로회의를 소집해야 했다. 반면에 늙은 장로들은 세르멕의 눈치를 살폈다. 곧 족장에 오를 세르멕이 콴족의 혼인 제의를 어떻게 받아들일지 알 수 없는 노릇이었다. 혹시 뜻하지 않은 일이 벌어질지도 불안했다. 요즘 부족의 젊은이들 사이에서 심상치 않은 소문이 떠돌고 있는 것에 그들은 신경이 쓰였다. 물론 달땅의 철없는 젊은이들 사이에서 어떤 소문이 떠돈다 해도 이미 결정된 세르멕의 족장 추대는 변할 수 없었다. 하지만 저택의 대청에 모인 젊은 장로들의 분위기는 미심쩍었다.

세르멕이 입을 열었다.

"마카부 대족장의 장례가 끝나자마자 제가 여러분을 제 집에 모신 것은 당면한 부족의 문제를 해결하기 위해서입니다. 우리는 지금 어려운 지경에 처해 있기에 한시라도 지체할 수 없다는 생각입니다."

세르멕의 말에 장로들이 술렁이며 귓속말이 오갔다. 그때 젊은 장로 한 사람이 일어섰다.

"콴족의 요구에 대한 문제를 의논하려고 저희들을 부르신 것이 아닌지요. 저희 장로들은 세르멕 님의 빠른 결단을 기다리고 있습니다. 물론 달족 전체를 위한 결단이 되어야 하겠지요."

도발적인 태도였다. 명색이 족장에 오를 세르멕 앞에서 그는 무례하기까지 했다. 그러나 그것은 시작에 불과했다. 다른 젊은 장로가 일어섰다.

"맞습니다. 마카부 족장님의 장례식도 끝났으니 어서 결정을 내리셔서 콴족에게 알려야 할 것입니다. 지금도 늦은 감이 있습니다."

"어찌 그런 이야기를 우리끼리 할 수 있겠습니까. 그토록 중대한 문제는 당연히 부족민과 함께하는 장로회의에서 나와야 하는 것입니다. 왜 장로회의를 소집하지 않고 따로 이 자리를 만들었는지 세르멕 님의 해명이 있어야 할 것입니다."

젊은 장로들이 노골적으로 따지고 들자 늙은 장로들도 가만있지 않았다.

"거 무슨 소리요? 명실상부한 족장님 앞에서 너무 무례하지 않소? 우리 달족의 장로들이 언제부터 이토록 위계를 지키지 않았다는 말이오? 부족의 은인이신 마카부 대족장님의 장례가 방금 전에 끝났소. 그분께 송구하지도 않소?"

"그래요. 세르멕 님께서는 우리를 부르신 연유가 따로 있을 듯합니다. 그 말씀이 어떤 것이든 우리는 따라야 하는 것이 도리입니다."

늙은 장로들의 말은 그나마 엄숙했던 좌중에 벌떼를 풀어놓은 꼴이 되었다. 장로들이 두 패로 갈라져 상대방을 성토했다.

세르멕 님은 아직 부족민들 앞에서 정식 족장에 오르지 않았다. 우리가 그분의 말에 순순히 따라야 하는 까닭이 무엇인가.

그러면 다른 쪽에서는,

이미 그분이 족장인 것은 자명한 사실이다. 그렇다면 당신은 세르멕 님이 족장에 오르는 것을 반대한다는 말인가. 전통에 따라 결정된 장로회의의 결의를 당신은 무시할 생각인가.

또 다른 편에서는,

전통을 무시할 수는 없지만 때에 따라서 예외도 있을 수 있다. 전통에 얽매여 부족을 어려운 지경으로 몰고 갈 수는 없는 것이 아닌가. 조상들이 남겨준 전통이란 부족의 안위를 위해서만 존재 가치가 있는 것이다.

장로들의 공방은 끝이 없었다. 장로들끼리 품위를 잊고 서로 고함치는 일은 마카부 족장 시절까지 달족에서는 있을 수 없는 일이었다.

그런데 그들의 설전 사이에서 한 가지 눈에 띄는 일이 있었다. 늙은 장로들은 젊은 장로들과 설전을 벌이면서도 침묵하고 있는 바로초를 향해 눈을 부라렸다. 바로초도 그것을 의식했는지 한 팔을 들어올렸다.

"여러분, 잠시 제가 한 말씀 드리겠습니다."

그가 자리에서 일어서자 모든 장로들이 숨을 죽이며 바로초의 입에 시선을 집중했다.

"세르멕 님 앞에서 너무 무례한 언사는 삼가도록 해야겠습니다. 우리가 지금 세르멕 님께 따질 것은 아무것도 없습니다. 아까 어느

분이 말씀하신 것처럼 족장에 오르실 세르멕 님을 부정한다는 것은 있을 수 없는 일이지요. 그러니 각자 마음을 가라앉히시기 바랍니다. 다만 제가 한마디 하고 싶은 것은……."

바로초의 태도에는 위엄이 있었다. 늙은 장로들까지도 예전부터 그 앞에서는 서늘함을 느껴왔다. 그것은 그의 속내를 알지 못하는 것 이상으로 중요한 이유가 있었다. 그의 가문은 달족에서 가장 세력이 큰 가문이었다. 부족 간의 전쟁에서 그의 가문 사람들은 누구보다도 활약을 떨쳤다. 콴족과의 전쟁에서도 바로초는 세르멕과 수많은 달족 청년들의 생명을 구해냈다. 그 후로 부족에서 그에 대한 칭송은 나날이 높아졌다. 그러나 늙은 장로들은 바로 그런 점 때문에 바로초를 못마땅하게 여겼다. 그의 명성이 세르멕을 능가하는 것을 경계해야 하는 까닭이었다.

바로초의 말이 계속되었다.

"세르멕 님이 족장으로서 달족을 책임질 수 있는 모범을 보이실 것을 부족민들은 추호도 의심하지 않습니다. 혼인 문제에 있어서도 부족민들의 바람에 어긋나지 않는 결정을 내리시리라 믿습니다. 그러면 어차피 미적거릴 이유가 없다는 생각입니다. 장로회의가 소집되기 전이라도 콴족에게 사람을 보내는 것이 옳습니다. 콴족 족장 히몰테에게 더 이상의 빌미를 주어 우리 부족은 물론 세르멕 님 자신을 어렵게 만들 일을 피해야 할 것입니다."

세르멕을 향해 말하는 바로초의 목소리는 조용했으며 태도는 공손했다. 세르멕에게 도전할 수 있는 유일한 인물이라는 인상을 누구도 받지 못할 정도였다. 그러나 세르멕의 얼굴은 어두워졌다.

세르멕이 자리에서 일어났다.

"달족은 위대하신 마카부 족장의 명징한 통찰력과 불굴의 용맹성으로 동쪽 땅 누구 못지않은 부족으로 성장했습니다. 우리 달족은 모든 부족들로부터 존경을 받으면서 평화를 사랑했습니다. 그렇게 된 이면에는 장로들과 그 가문의 희생이 뒤따랐다는 것을 부족민들은 잘 알고 있습니다. 하지만 지난번 콴족과의 전쟁에서 우리는 패했습니다. 물론 그것은 저의 우둔함 때문이었습니다. 그렇더라도 저들은 동쪽 땅 부족 간의 암묵적 합의를 무시하면서까지 달족의 포로들을 억류해 놓고 압박을 가하고 있습니다. 내가 보기에 저들이 궁극적으로 바라는 것은 우리 달족의 분열입니다. 왜냐하면 달족이 이만큼 성장한 것은 씨족 간의 결속력이 튼튼했기 때문이라는 것을 알기 때문입니다. 나는 우리 달족이 조만간 예전의 힘을 되찾을 것을 추호도 의심하지 않습니다. 지금까지 보여주었던 우리의 결속을 지속시킨다면 우리가 원하는 이상의 미래를 보장받을 수도 있습니다. 그러기 위해서는 무엇보다 결속의 방해물을 제거해야만 합니다. 그 방해물은 우리 목을 조일 것이며 우리 심장을 갉아먹으면서 달족을 멸망시킬 싹으로 자랄 것입니다. 내가 여러분을 오늘 이 자리에 모이게 한 것은 장로회의 이전에 먼저 그 싹을 잘라야 한다는 필요 때문입니다. 부족민들의 혼란을 막기 위해서는 어쩔 수 없이 가져야 할 자리였습니다."

세르멕이 잠시 말을 멈추었고, 장로들은 미동도 하지 않았다. 그러나 그들의 머릿속은 빠르게 회전했다. 도대체 저 사람이 무슨 말을 하려나, 전에 없이 강경한 어조로 말하는 저 사람이 혹시 누군가를 살해할 목적인가, 그도 아니면 콴족과 다시 전면 전쟁을 선포하려는가.

바로초의 눈빛은 더욱 예사롭지 않았다. 세르멕의 이야기를 들으며 자기도 모르게 자꾸만 가늘어지는 눈을 어찌 할 수 없었다.

'목을 조이고 심장을 갉아먹을 멸망의 싹이라? 결속의 방해물을 제거한다? 저자가 어떤 속셈으로 저런 말을 하는 것일까. 혹시 내 계획을 모두 눈치챈 것이 아닐까. 늙은 장로들과 함께 이미 말을 맞추어 놓은 것일까. 밖에서 이미 군사들이 이 집을 에워싼 것은 아닐까. 나를 제거하기 위해 끈질기게 기다린 날이 오늘인가. 아냐, 그럴 리가 없어. 내 계획은 아무도 모르는 일이야. 콴족의 히몰테 족장이 발설했을 리가 없어. 이 이야기가 새어 나가면 자기한테도 유리할 것이 없다는 것을 잘 알 텐데. 저자는 분명 내 덫에 걸려든 거야. 멀쩡한 자기 정혼자를 버리고 굴욕스러운 혼인을 피하기 위해 어떻게든 발버둥치는 것이겠지. 그래, 제발 그렇게 결정해다오. 이 바로초가 기다리던 것이 아닌가. 너는 그 말이 끝나는 순간 족장 자리에서 내려와야 할 것이다. 장로들이 가만 안 둘 테니까. 아니지, 저 음흉한 자가 혹시 나를 함정에 빠트리려는 것은 아닐까. 나를 시험하여 어떤 알 수 없는 이유를 들어 공격하려는 것은 아닐까. 콴족 여자와의 굴욕스러운 혼인을 피하기 위해 나를 희생양으로 만들려는 것인가.'

바로초의 머릿속은 빠르게 돌아갔다. 장로들과 바로초의 바쁜 생각들은 이어진 세르멕의 말로 멈추었다.

"저는 지난번 전쟁에서 치명적인 실책을 범했습니다. 적의 움직임을 예상치 못하고 부족에 큰 해를 끼친 것입니다. 바로초 장로의 지혜로운 판단과 신속한 대응이 아니었다면 거의 모든 달족 군사들과 나는 죽음을 면치 못했을 것입니다. 우리가 전쟁에 패한 후로 콴족의 족장은 보란 듯이 저에게 자기 딸과 혼인할 것을 강요하고 있습니다. 내게는 정혼자가 있는데도 말입니다. 이 모든 일은 내가 자초한 일이기도 합니다. 모두 내 책임인 것을 통감하지만, 콴족의 요구에 응할 생각은 없습니다. 대신 나는 달족 앞에 대가를 치를 생각입니다. 그렇게 함으로써 달족의 결속에 치명적인 방해물의 싹을 자를 것입니다. 그 싹은 바로 나 자신입니다. 내가 족장에 오르지 않는다면 히몰테의 요구에 응하지 않아도 될 것이고, 장로들의 결속도 다시 견고해질 것입니다. 우리 달족 일부에서 내게 불만이 있음을 알고 있습니다. 내가 족장이 되지 않는다면 그 문제도 해소될 것입니다. 무엇보다 중요한 것은, 내가 족장에 오르지 않게 됨으로써 훌륭한 달족의 족장이 탄생할 것이라는 점입니다. 지혜롭고 용맹하며 부족의 존경을 한 몸에 받고 있는 분께서 족장에 오를 수 있는 길이 열리게 됩니다. 그분은, 바로초 장로입니다."

장로들의 입이 쩍 벌어졌다. 누구보다 놀란 사람은 바로초였다.

21

흑두건은 자기가 어느 쪽으로 끌려온 것인지 알 수 없었다. 그는 눈이 가려진 채 한참을 끌려와서 바위에 묶였다. 한낮의 태양에 달구어진 바위가 등을 갉아먹는 것처럼 뜨거웠고 하늘을 향한 가슴도 햇빛에 타들어가는 것 같았다.

'독수리 밥이 되게 할 셈이군.'

이미 각오한 것이어서 사내는 두렵지도 않았다.

사내는 가우리가 두 얼굴을 가지고 있을 줄은 생각도 못했다. 이제 와서 스스로의 어리석음을 한탄해도 때는 늦었다. 다만 그는 어머니가 걱정되었다. 자기가 죽으면 어머니도 안전할 수 없었다. 콴족 땅에서 기어코 성공했던 아들의 몰락을 보면서 어머니도 절망에 빠져들 것이다. 사내는 가슴이 찢어지는 고통을 느끼면서도 머리를 짜내야 한다는 생각에 사로잡혔다.

'이대로 죽을 수는 없어. 어떻게든 어머니를 구해야 한다. 죽더라도 어머니를 안전한 곳에 모셔놓고 죽어야 한다. 그러나 어머니를 안전하게 모실 곳이 어디란 말인가.'

머릿속이 뒤죽박죽 엉켜 있어 어떤 명료한 해결책도 생각나지 않았다. 그는 이 자리에서 꼼짝없이 죽음을 면치 못할 처지였다. 그때, 병사 하나가 다가오더니 그에게 이죽거렸다.

“네 어미가 죽었다. 아들을 만나겠다고 떼를 쓰다가 그리 되었다는구나.”

병사의 말은 흑두건의 마음을 무너뜨렸다. 울부짖는 그의 얼굴에 병사들은 침을 뱉으며 웃었다.

흑두건은 이제껏 인생을 왜곡되게 살았음을 깨달았다. 그동안 어떤 사람들과도 친분을 갖지 않았고, 오로지 출세를 위한 달음박질의 외로운 인생을 살았다. 사람의 온후한 정을 나눌 동료는 고사하고 주위에 서성이는 모든 사람들은 그를 위협하는 적들이었다. 그가 오직 관심을 가졌던 사람은 출세를 도와줄 족장뿐이었다. 족장이 원하는 일이라면 어떤 궂은일이라도 마다하지 않았다. 그는 히몰테가 장로들 위에 군림할 때까지 오랜 나날 그 일을 감당했다.

히몰테가 족장에 올랐을 때, 이제 그토록 바랐던 출세의 정점에 오를 줄 알았건만 토크족 출신이라는 굴레가 다시 발목을 잡았다. 한때 낙심했던 그는 삶을 새롭게 시작하기로 마음먹었다. 족장의 개인무사로서 그는 막후에서 위험한 일들을 도맡아 처리했다. 죽음을 무릅쓰고 적지에 드나들던 일도 많았다.

고달프고 위험한 일들은 족장을 위해서만 국한된 것이 아니었다. 가우리의 놀라운 부탁을 들었을 때 그는 눈을 질끈 감고 해치웠다. 가우리 역시 장차 자신에게 도움을 줄 수 있다고 판단했기 때문이었다. 그런데 그녀는 상상하지도 못했던 대가를 주었고, 흑두건은 출세의 정점으로 돌아갈 수 있다는 환상을 품게 되었다.

그녀는 출세욕에 눈이 먼 사내를 능숙하게 이용했다. 흑두건은 욕망에 눈이 멀어 삶의 길을 명확히 보지 못했다는 것을 깨달았다.

돌이켜보면 그 욕망이 삶을 지탱해준 힘이었다는 데 흑두건은 더욱 큰 고통을 느꼈다. 만약 새로운 삶이 주어진다고 해도 지난날과 다른 삶을 살 수 있을지 자신이 없었다. 그에게 존재의 가치란 지칠 줄 모르고 출세의 길로 가는 과정이 전부였다. 이제 죽음 앞에 선 그는 자신의 값없는 생명에 부끄러움이 몰려왔다. 어떤 식으로든 자신은 용납될 수 없다는 절망에 휩싸이면서 두려움이 엄습했다. 그것은 단순히 목숨의 위협 앞에 오는 두려움과는 달랐다. 죽음을 앞둔 모든 인간이 그렇듯 그 역시 내면에서 들려오는 소리를 들었다.

사내가 마지막으로 할 말이 있다는 소리에 그를 지키던 호위병사들이 비웃었다.

"마지막으로 할 말은 죽을 때 하는 것도 모르느냐. 넌 죽으려면 며칠 기다려야 할 거다."

병사들의 웃음소리가 멀리에서 들려왔다. 그런데 얼마 후, 가까이서 한 병사의 목소리가 들려왔다.

"무슨 말을 하고 싶은 거냐. 네놈이 죽기 전에 어디 한번 들어나 보자."

사내는 고개를 아래로 떨어뜨린 채 나직한 목소리로 말했다.

"자네 칼로 나를 죽여주게. 토막을 내줄 수는 없겠나. 독수리들이 더 편하게 먹을 수 있을 것이네."

"별 우스운 놈 다 보겠네. 자기 시체를 뜯어먹을 독수리까지 걱정하면서 죽는 놈은 처음 보겠구나."

"내 값없는 목숨에 위로를 주고 싶어서 그러네."

사내의 말에 병사가 대꾸 없이 있더니 뜻밖의 질문을 했다.

"너는 무슨 죽을죄를 지은 것이냐? 족장님께서 평소 너를 그토록 아끼던데, 어째서 갑자기 죽을 운명이 되었느냔 말이다."

죽음을 앞에 둔 사내의 입에서 너털웃음이 나왔다. 자신의 비참한 신세를 비웃는 웃음이었다.

"이 어리석은 놈이 그 요망한 가우리 년에게 당한 것이지."

"가우리라고? 잠깐, 혹시 너도……."

병사가 목소리를 낮추며 물었다.

"너도 가우리의 상대였느냐?"

"그 이전에 상대하던 자의 시체를 치워준 것이 더 큰 실수였네. 그자는 그년에게 직접 죽임을 당했지."

사내의 말을 듣고 병사가 무언가를 생각하는 눈치였다.

"혹시…… 그 시체에 호박 목걸이가 걸려 있지 않았더냐?"

"자네가 그것을 어떻게 알지?"

갑자기 병사가 탄식을 내뱉으며 훌쩍였다. 사내는 놀라지 않을 수 없었다.

"내 아우였어. 그 아이가 내 아우였다네. 아우가 갑자기 종적을 감추어서 우리 어머니는 지금도 자리에서 일어나지 못하시네."

한참을 훌쩍이던 병사가 더욱 목소리를 낮춰서 말했다.

"나도 그 족장 딸년을 의심하고 있었어. 아우가 가우리 년하고 잤다고 자랑하더니, 나중엔 족장 사위가 될 거라는 이상한 소리를 했었네."

병사가 처량하게 울고 있는 동안 사내의 가려진 눈이 빛나기 시작했다.

22

바로초는 족장의 자리에 오른 뒤 이제껏 자신을 도와준 히몰테에게 줄 선물로 대량의 가축을 각 씨족들에게서 갹출해 놓았다. 콴족에서 사람이 오면 달족의 포로와 맞바꿀 생각이었다.

문제는 세르멕이었다. 그가 족장을 스스로 포기했어도 그 일을 마음으로 수긍하지 않는 늙은 장로들이 많았다. 그들은 세르멕이 족장으로 복위할 수 있다면 무슨 일이든 할 자들이었다. 그렇기에 세르멕이 살아 있다는 것 자체가 바로초에겐 위협이었다. 그렇다고 섣불리 세르멕의 목을 조일 수도 없었다. 아직도 그는 엄연한 자기 씨족의 장로였다.

바로초는 마음을 가다듬고 차근히 일을 도모하기로 했다. 그렇다면 지금 서둘러야 할 것은 아루미와의 혼인이었다. 족장에 오른 이상 그녀와의 혼인을 미룰 이유가 없었다. 바로초는 아루미를 품을 생각에 가슴이 뛰었다.

"콴족에서 사람이 왔습니다, 족장님."

아루미의 집을 방문려던 바로초는 미간을 찌푸렸다.

'하필 이런 때에.'

바로초는 콴족의 사자를 보고 놀랐다. 자기 집을 드나들던 흑두건의 사내가 아니었다.

"자넨 처음 보는 얼굴이군. 흑두건은 어찌 된 것인가."

"그자는 죄를 짓고 죽을 목숨이 되었습니다."

"무슨 죄를 지었기에?"

"가우리 아기씨에게 흑심을 품었다고 합니다."

가우리라면 세르멕과 혼인시키려던 히몰테의 딸이었다. 바로초는 어이가 없었다.

'히몰테와 나 사이를 오가면서 그자가 엉뚱한 생각을 했다는 말인가. 보기와 달리 한심한 자였군.'

바로초가 내심 혀를 차고는 밝은 얼굴로 콴족의 사자에게 말했다.

"우리 포로들은 언제 송환하겠다고 하시던가. 나는 히몰테 족장님께 바칠 가축이 준비되었네."

사자가 눈을 동그랗게 뜨고 말했다.

"저희 족장님께서는 그것보다도 먼저 혼인 날짜를 잡아오라고 하셨습니다."

바로초의 입에서 웃음이 싹 가셨다.

"혼인? 무슨 혼인 말인가?"

"무슨 혼인이라니요? 가우리 아기씨와 족장님의 혼인 말씀이지요."

"그 여자와 나를?"

"달족의 족장과 콴족의 족장 따님의 혼인은 전부터 약조되었던 것이 아닙니까?"

바로초는 머리를 얻어맞은 기분이었다. 히몰테의 딸은 세르멕의 혼인 상대였지, 자신과 혼인을 이야기한 적은 없었다. 혼미한 와중에도 바로초는 재빠르게 머리를 굴렸다. 아직 히몰테의 뜻을 거스르기에는 일렀다. 콴족을 정면으로 상대하려면 좀더 시간이 필요했다.

"……히몰테 족장님께서 따님을 나한테 주려고 하실 줄은 생각도 못했네. 혼인 날짜는 히몰테 족장님께서 원할 때라면 언제든 좋다고 전해드리게."

콴족의 사자가 떠나자마자 바로초는 곁에 있던 화병을 집어 던졌다. 생각할수록 울화통이 치밀었다.

'히몰테, 이놈이 어째서 자기 딸을 나와 혼인시키려는 것일까.'

무엇보다 바로초를 초조하게 한 것은 아루미와의 혼인이 어렵게 되었다는 것이었다. 하지만 바로초는 아루미를 포기할 수 없었다.

'조금만 기다리자.'

바로초가 이를 갈면서 자리에 털썩 주저앉았다.

23

바로초가 히몰테 족장의 딸과 혼인할 것이라는 이야기가 부족 전체에 퍼져갔다. 달족엔 또다시 불안과 희망이 교차했다. 어떤 사람들은 세르멕이 피했던 굴욕적인 혼인을 바로초도 거부해야 한다고 주장했다. 또 한쪽에서는 양 족장가가 혼인으로 맺어지는 것은 평화를 의미한다고 말했다. 부족민들은 그 혼인에 얽힌 내막을 알지 못했다. 그런데 코타이 노인이 어두운 얼굴로 세르멕을 찾아왔다.

"아무래도 족장 자리를 내놓은 것은 잘못된 결정이었던 것 같네."

갑작스러운 코타이의 말을 세르멕은 이해할 수 없었다.

"어르신. 제가 아니더라도 바로초가 달족을 잘 이끌 것입니다."

코타이 노인의 얼굴에 알 수 없는 그늘이 내려졌다.

"히몰테가 전쟁을 일으킨 이유가 자네는 궁금하지 않던가?"

"그자는 우리 달족을 제압할 기회를 노려왔습니다. 누구나 다 아는 사실이지 않습니까."

"그렇다면 전쟁에 이기고서도 자기 딸을 시집보내는 것으로 그 전쟁을 마무리할 사람일까?"

"그렇게 해서 두 부족 간의 화평을 견고히 하려는 것이 아니겠습니까."

"우리 달족은 마카부 족장 시절에 동쪽의 최강자였네. 그랬어도 우리는 다른 부족을 함부로 하지 않았네. 부족 간의 평화는 그때부터 있었던 걸세. 새삼스레 무슨 평화를 더 얻겠나."

"어르신, 무슨 말씀을 하시려는지요."

"이보게, 세르멕. 콴족이 전쟁을 일으키고 우리가 패해서 달라진 것이 무엇인가. 콴족의 입장은 지금도 달라진 것이 없네. 그들은 승리했음에도 공물도 안 받겠다 했고, 포로도 돌려보내기로 했네. 히몰테는 자기 딸을 자네한테 시집보내려 했지만, 이젠 바로초에게 주기로 했어. 결국 히몰테는 자기 딸을 달족 족장에게 시집보내기 위해 전쟁을 일으킨 꼴이 되지 않았는가."

세르멕이 할 말을 잃고 코타이 노인을 바라보았다.

"그런데 우리에겐 달라진 것이 있네. 먼저 자네가 부족민들의 신망을 잃었네. 또한 족장 직위까지 내놓았어. 반대로 바로초는 전쟁을 통해 부족의 신망을 얻었고 족장이 되었네. 자네와 바로초의 입장이 뒤바뀐 것일세. 여기에 무슨 흉계가 있다고 생각지 않나."

"바로초가 저보다 지혜로운 사람이라 그리 된 것이지요. 콴족 족장이 어떻게 우리 달족의 사정까지 마음대로 할 수 있겠습니까."

"키릴산에 매복했다가 콴족 병사들을 그리로 끌어들여 요절내자면서 달족 군사 태반을 자네로부터 가져간 사람이 바로초가 아니던가. 그런데 콴족 병사들을 유인해 가던 자네는 키릴산 근처에서 또 다른 콴족 병사를 만났네. 게다가 우리 성읍 앞에서 또 한 번 콴족의 매복에 걸렸지. 히몰테가 우리 달족의 사정을 알기 전에야 어찌 그리도 완벽하게 자네를 궁지에 몰 수 있었겠나."

"히몰테의 지략에 어리석은 제가 대처하지 못했던 것이지요. 그 생각만 하면 아직도 부족민들 앞에 얼굴을 들지 못하겠습니다."

"내 말을 들어보게, 세르멕. 히몰테가 자네를 궁지에 몰아세울 지략가라면, 어찌 바로초 앞에는 나타나지 않았다는 말인가. 그는 바로초가 달려오자 기세에 눌린 듯 슬쩍 길을 비켜주기까지 했네. 그래서 우리 군사들이 성읍 안으로 피할 수 있었지. 히몰테는 오히려 바로초를 도와준 셈이란 말일세."

세르멕은 아직도 코타이 노인의 말을 이해할 수 없다는 얼굴이었다.

"히몰테가 어떤 사람인가. 그가 족장에 오를 때에도 자기 부족 장로들을 상대로 전쟁을 일으킨 사람일세. 그런 그가 달족에게 승리한 지금 단순히 자기 딸을 시집보내고 말 것이라 생각하나? 어림없는 소릴세. 그 딸이 바로 달족을 삼키기 위한 미끼라는 것이야."

"그것이 사실이라면 우리는 위험에 처하겠지요. 그렇지만 어르신께서 너무 과민하게 사태를 보시는 것은 아닌지요."

"자네에게 사실을 이야기해줄 사람이 있네. 잠깐 기다려보게."

코타이 노인이 밖을 향해 외치자 검은 천을 둘러 얼굴을 가린 한 사내가 들어왔다. 방으로 들어와 얼굴을 가린 천을 벗겨낸 그를 보고 세르멕의 눈이 휘둥그렇게 커졌다. 상처투성이에 초췌한 모습이었지만 히몰테의 무사인 흑두건이었다. 그가 세르멕 앞에 무릎을 꿇고 절했다.

"세르멕 님께 바로초의 비밀에 대해 드릴 말씀이 있어서 왔습니다."

영문을 몰라 쳐다보는 세르멕에게 그가 말했다.

"바로초와 히몰테 족장은 각자의 이익을 위해 서로 손을 잡았습니다. 세르멕 님이 전쟁에서 궁지에 몰리고 바로초가 달족의 족장이 된 것은 두 사람의 음모로 이룬 결과입니다."

세르멕의 표정이 머리를 얻어맞은 사람처럼 멍해졌다. 그러나 곧 세르멕은 의아하다는 듯 물었다.

"자네는 히몰테의 심복이 아닌가. 그런데 어찌 히몰테의 비밀을 내게 고하는 것인가?"

"히몰테의 딸 가우리 때문입니다. 히몰테는 자기 딸의 부정한 행실을 모릅니다만, 가우리는 족장의 호위병들을 자기 방에 끌어들여 욕정을 채우는 여자입니다. 그 여자는 자신과 어울리던 병사 하나를 죽여서 제게 그 시체를 처리해달라고 부탁했습니다. 그런데 그 요망한 계집이 살인을 제게 뒤집어씌웠지요. 제가 오래도록 충성을 바쳤건만 히몰테는 자기 딸의 말만 믿고 저를 독수리 밥이 되게 했습니다. 다행히 죽은 병사의 형 되는 사람의 도움으로 가까스로 탈출해서 이리 온 것입니다."

방금 지옥에서 빠져나온 듯한 그의 몰골이 저간의 사정을 뒷받침해주었다. 흑두건의 이야기는 세르멕을 분노로 전율케 했다.

'우리가 작전을 결정한 것은 성읍을 나오기 전입니다. 만약 저들의 간자가 우리 계략을 미리 알아냈다면 오히려 우리가 위험해집니다.'

토라의 불길한 예감이 현실로 드러난 것이었다.

모든 사실을 알게 된 이상 세르멕은 가만히 앉아 있을 수 없었다. 바로초를 처단하고 히몰테의 야욕을 막기 위해서는 서둘러야 했다.

24

어두운 바깥에서 기척이 들리자 아루미는 토라라는 것을 직감하고 뛰쳐나갔다.

바로초가 족장에 오른 이상 두 사람의 미래는 불안했다. 그런데 얼마 뒤 바로초가 콴족의 족장 딸과 혼인할 것이라는 소문이 돌았다. 아루미는 다시 희망을 품었다. 그러나 애타게 기다렸지만 토라는 요즘 아루미를 찾지 않았다.

모처럼 토라를 마주하자 아루미는 그가 벌써 남편 같은 착각이 일 정도였다. 그러나 아루미의 마음과는 달리 토라의 얼굴은 밝지 않았다. 그는 망설이는 듯한 행동으로 아루미의 몸을 달게 했다. 답답함을 이기지 못하고 아루미가 말했다.

"저를 언제 데려가실 거예요?"

"……당장은 혼인할 수 없을 것 같소."

아루미는 놀랐다. 그의 얼굴을 들여다보아도 그 말뜻을 알 길이 없었다. 바로초 때문에 그런 것은 아닐 것 같았다. 바로초는 콴족의 족장으로부터 혼인을 강요받고 있었다. 그러나 이어진 토라의 말은 아루미의 생각을 뒤집었다.

"바로초 때문이오."

아루미의 얼굴이 흙빛으로 변했다.

“아루미, 잘 들으시오. 우리 부족에 어려운 일이 벌어지게 되었소. 오늘 이후로 당신을 보게 될 날이 언제가 될지 나도 모르게 되었다는 말이오.”

토라의 말은 아루미를 미궁으로 끌고 갔다.

“속 시원히 말해봐요, 토라 님. 무슨 일이 있는 거죠? 달족이 또 콴족과 전쟁을 벌여야 하나요? 그래서 당신이 이토록 불안한 건가요?”

“아니, 콴족하고 전쟁할 일은 현재로선 없소. 어려운 일은 우리 부족 내부의 문제요. 우리 두 사람은 당분간 만나지 못하게 될 거요. 바로초 씨족 땅인 이곳을 내가 한동안 못 오게 될 것 같소.”

어떻게 이런 일이 달족에서 일어날 수 있다는 말인가. 어찌 같은 달족 사람이 씨족이 다르다고 그 땅을 밟을 수 없다는 말인가. 씨족 간에 전쟁이라도 일어난다는 말인가. 아루미가 아는 한 지금까지 달족에서 씨족 간에 전쟁이 벌어진 일은 없었다. 족장 자리를 두고 씨족 장로들이 암투를 벌인 일도 없었다. 바로초가 세르멕의 족장 직위를 빼앗은 것도 아니었다. 세르멕이 족장을 포기했고, 장로들의 결의에 따라 바로초가 족장에 오른 것이었다. 전 부족민들이 알고 있는 자명한 사실이었다.

“말해봐요, 토라 님. 바로초 씨족 땅을 토라 님이 어째서 못 온다는 말이에요? 토라 님이 어려운 입장에 처해졌나요? 누군가 토라 님을 위협하고 있나요? 말해봐요. 왜 제게 말하기를 주저하죠? 도대체 어떤 어려운 일이기에.”

아루미가 아무리 매달려도 토라의 입은 열리지 않았다.

알 수 없는 의혹을 남기고 토라가 말에 올랐다. 아루미는 더 이상 그에게 매달릴 수 없다는 것을 깨달았다. 아루미가 다급하게 말했다.

"토라 님, 그래도 저는 희망을 가져요. 어떤 어려움이 있어도 당신은 제게 오셔야 해요. 아니면 제가 가겠어요."

뜻밖에도 토라가 가던 길을 멈추었다. 그는 작심한 듯 말 머리를 돌렸다. 그 자리에 선 채 그는 아루미에게 들리도록 조금 큰 소리로 말했다.

"비열한 바로초가 콴족과 음모를 꾸몄다는 것을 세르멕 님이 알게 되었소. 이제 바로초는 족장에서 물러나 죽음을 맞게 될 것이오. 그때까지 당신은 잠자코 기다려주시오."

토라가 말 머리를 돌려 가버렸다. 아루미는 토라가 간 뒤에 그의 말뜻을 곰곰이 생각해보았다. 콴족과 음모를 꾸몄다니, 그 때문에 바로초가 족장에서 물러나 죽음을 맞게 되다었니. 바로초가 사라진다면 아루미는 한시름 놓을 것이다. 그러나 아루미는 마음 한구석 어딘가가 불안해져옴을 느꼈다.

다쿠는 밖에서 들려오는 기척에 잠이 깼다.

'저놈이 또 찾아왔군.'

토라가 한동안 보이지 않자 이제 자기 누이를 단념했다고 믿었다. 바로초가 족장이 되었으니 어찌 할 수 없을 것이라 생각했다. 그런데 이자가 또 찾아와 누이 마음을 흔들어 놓고 있었다.

다쿠 역시 바로초가 콴족의 족장 딸과 혼인한다는 소문을 들었다. 그러나 그는 바로초의 마음을 알고 있었다. 그가 누이에게 목매던 일을 생각하면 콴족 여자와 혼인한다 해도 마음속에 자기 누이를 지울 수 없을 것이다. 혼인의 단꿈이 식으면 그는 누이를 다시 찾을 것이다. 아내든 첩이든 그것이 무어 중요하겠는가. 다쿠에겐 누이가 족장의 여자가 되는 것이 중요했다. 그렇게 되면 지긋지긋한 가난을 벗어나 당당하게 살 수 있는 길이 열리게 된다. 다쿠는 그런 더없는 기회를 두고도 토라만 고집하는 누이가 못마땅했다. 토라만 없어져 준다면 만사가 잘 풀리리라 믿었다. 하지만 그 곰 같은 덩치를 어찌 할 수도 없고 답답하기만 했다. 그런데 이 새벽에 뜻밖의 말을 들은 것이다.

'뭐라고? 바로초가 죽음을 맞을 것이라고?'

다쿠에게 그것은 있어서는 안 되는 일이었다. 바로초가 콴족과 어떤 음모를 꾸몄다 해도 그가 죽는다면 자기의 희망도 죽는 것이다. 더구나 그 말을 한 자가 토라라는 데 다쿠의 눈이 가늘어졌다.

'이제 이 다쿠의 세상이 가까웠군.'

그의 가늘어진 눈꼬리에 웃음이 떠올랐다.

25

히몰테의 명령으로 병사 하나가 초원으로 달려갔다.

히몰테는 흑두건의 뼈를 성벽에 걸어둘 요량이었다. 아무리 공이 큰 자라도 무엄함을 보인 자는 용서하지 않겠다는 의지를 히몰테는 분명히 하고 싶었다.

요즘 히몰테는 기분이 좋았다. 반감을 가질지 몰라 걱정했던 바로초는 자기 뜻을 거역하지 않았다. 하긴 그자가 가우리와 혼인을 못하겠다고 버틸 수도 없을 것이다. 이제 그자를 조종하며 달족에 자기 세력을 심는 일만 남았다. 달족은 모르지만 그들의 족장은 자신과 내통했다는 치명적인 결함을 안고 있다. 그것을 약점으로 바로초를 조종할 것이다. 이제 달땅이 손아귀에 들어올 날이 멀지 않았다.

완벽한 시기가 무르익을 때까지 가우리가 말썽 없이 바로초와 살아주어야 했다. 히몰테는 가우리가 말썽을 일으킬 일은 없다고 믿었다. 그는 딸 생각만 하면 미소가 흘러나왔다. 그러나 히몰테는 이내 흑두건을 떠올리고 분노가 치밀어 오르는 것을 느꼈다. 그토록 아껴주었건만 그 토크족 놈은 가우리를 넘보는 치명적인 실수를 저질렀다.

'감히 내 딸의 침상에 누워 있다니.'

그자는 지금쯤 독수리 밥이 되어 하얀 뼈만 초원에 굴러다닐 것이다. 그자의 뼈를 보면서 다른 이들도 족장에게 두려움을 느껴야 했다. 히몰테의 주먹이 불끈 쥐어졌다.

"아버지, 무슨 생각을 그리 골똘하게 하시나요?"

가우리가 웃으면서 다가왔다. 가우리를 보자 히몰테는 원치 않는 혼인을 치러야 하는 딸에게 측은함이 느껴졌다. 그런데 가우리가 뜻밖의 말을 꺼냈다.

"제 혼인은 언제쯤 시켜주실 건가요? 아직도 멀었나요?"

히몰테가 의아한 눈으로 쳐다보니 가우리가 부끄러운 듯 웃었다.

"어차피 혼인이 결정된 거, 날짜를 끌 이유가 없지 않아요? 제가 어서 혼인을 해야 아버지 마음도 편해질 테지요."

아비를 생각하는 딸의 마음이 가상했다. 히몰테는 마음에도 없는 말을 했다.

"고맙기는 하다만 아비는 너무 서두르고 싶지는 않구나. 네가 아비 곁을 떠나면 자주 볼 수도 없을 텐데, 무어 서두를 일이 있겠느냐."

그러자 가우리의 얼굴이 어둡게 변했다.

"얘야, 왜 그러느냐? 시집을 가기 싫었던 게 아니었느냐?"

가우리가 부끄럽다는 듯 얼굴을 숙였다.

"실은 세르멕이라는 사람에게 시집을 가게 되는 줄 알고 반대를 했던 것이에요. 그 사람은 지혜도 용력도 없는 범부에 지나지 않는다고 들었거든요. 하지만 바로초라는 사람은 지혜로운 데다가 사내다운 남자라고 들었어요. 그랬기에 세르멕이라는 사람 대신 족장이 되지 않았겠어요? 그래서 어서 보고픈 마음에 요즈음은 잠도 설치거든요."

배 속 아이가 빠르게 자라는 통에 애가 타는 가우리였지만, 그 내막을 알 길이 없는 히몰테는 쾌재를 불렀다. 그동안 마음이 쓰였던 딸 걱정을 더는 하지 않아도 되는 것이다.

그때, 병사 하나가 뛰어 들어와 고했다.

"토크족 놈이 아무래도 도망을 친 것 같습니다."

바위에 묶었던 밧줄이 풀려 있고 사내의 흔적도 간데없이 사라졌다는 것이었다.

'목숨이 꽤나 질긴 놈이군.'

바위에 묶어놓은 놈이 도망갔다는 것은 누군가 풀어준 놈이 있다는 말이었다. 그자를 풀어줄 사람이라면 호위병들밖에 없었다. 그 외의 사람들은 그가 거기 묶여 있는 것조차 모르기 때문이었다.

히몰테가 의심이 갈 만한 자를 찾아보라고 명했지만 허사였다. 어머니의 장례를 위해 며칠 번을 쉬겠다고 한 자 외에는 모두 제자리에서 자기 임무에 충실했다.

그 시각, 어머니의 상을 치른 병사가 바쁘게 콴족 땅을 떠나고 있음을 히몰테로서는 알 도리가 없었다.

26

다쿠의 말을 듣고 바로초는 세르멕 주변에 간자들을 심어놓았다. 얼마 되지 않아 그들이 보고를 해왔다.

"세르멕이 콴족에서 도망쳐온 흑두건을 증인으로 내세워 장로들을 규합하고 있습니다. 모종의 음모가 있는 것 같습니다."

바로초는 내심 놀랐지만 이내 냉정을 되찾았다. 어찌 되었든 세르멕이 음모를 꾸민다면 족장에 대항하는 자로서 부족의 배반자가 되는 것이었다. 더군다나 세르멕이 내세우는 것은 콴족에서도 쫓겨난 토크족 부랑자의 말도 안 되는 주장이었다. 바로초가 보기에 그 말을 믿을 부족민은 있을 것 같지 않았다. 오히려 이것은 세르멕과 그를 추종하는 늙은 장로들을 한꺼번에 없앨 수 있는 기회였다. 바로초는 당장 젊은 장로들을 불러들이라고 명령했다.

그러나 젊은 장로들은 바로초의 집으로 모이지 않았다. 그들은 먼저 부족에 불어 닥친 내분의 이유를 알고 싶어 했다. 세르멕의 말이 사실이라면 바로초를 용서할 수 없는 일이었다. 반대로 세르멕이 토크족 부랑자를 내세워 반기를 들었다면 세르멕도 용납할 수 없었다. 달족에 전례가 없던 내전을 앞둔 그들은 신중하지 않을 수 없었다. 이런 위중한 시기에 그들이 현명한 대답을 구할 사람은 부족의 현자 코타이뿐이었다. 코타이 노인은 섣불리 어느 한쪽에 치우칠 사람이 아니었다. 한쪽이 세르멕이라 해도 그의 철저한 이성은 진실의 편이 돼줄 것을 믿어 의심치 않았다. 젊은 장로들은 코타이 노인의 집으로 몰려가 그의 생각을 물었다.

"우리는 콴족 땅에서 왔다는 흑두건 사내의 말을 곧이곧대로 믿을 수가 없습니다. 그자는 토크족이면서도 고향에서 쫓겨나 어쩔 수 없이 콴족에 빌붙어 연명했던 자라고 들었습니다. 세르멕 장로가 그런 자를 내세워 달족의 내분을 꾀하고 있다고 바로초 족장이 주장하고 있는 마당에, 우리는 누구 말을 믿어야 할지 알 수가 없습니다. 코타이 어른의 고견을 들려주십시오."

젊은 장로들에게 코타이 노인이 말했다.

"세상의 진실이란 구별하기 어려운 법이오. 안타깝지만 진실 앞에서도 그 실체를 보지 못할 때가 있기 때문이지. 그렇기에 지금 같은 시기에 내 생각은 그리 중요하지 않소. 게다가 장로가 아닌 내가 부족의 중요한 일을 결정할 수는 없소이다. 부족의 일은 여러분 장로들이 결정할 일이오. 나는 여러분이 현명한 결정을 내리도록 빌 뿐이지. 다만……."

코타이가 장로들을 둘러보며 말했다.

"여러분이 꼭 만나야 할 인물이 있소. 그의 이야기를 듣고 판단을 내리면 좋을 것 같소."

코타이 노인은 한 사내를 불러냈다. 그의 외모나 차림새가 그의 정체를 단번에 말해주었다. 콴족 족장의 호위병사였다.

병사는 콴족 땅에서 흑두건을 풀어주고 죽은 어머니를 장사지냈다. 어머니는 그의 동생이 억울하게 죽은 사실을 모른 채 눈을 감았다. 그는 아우의 원통한 죽음을 어머니에게 이야기할 수 없었다. 어머니가 죽고 나자 병사는 억눌렀던 분노가 폭발했다. 그는 어떻게든 원수를 갚아야 한다는 생각에 사로잡혔다.

'달족의 세르멕은 바로초의 간교한 음모를 알게 되면 가만있지 않을 것이네. 그는 반드시 히몰테의 몰락을 가져올 사람일세.'

흑두건은 복수를 위해 달땅으로 가겠다고 말했다. 병사 역시 그의 뒤를 좇아 달땅으로 왔다. 부족을 배반하는 것 따위는 중요하지 않았다. 그만큼 가우리와 그 아비는 치가 떨릴 만큼 증오스러웠다.

병사의 증언은 결정적이었다. 결국 바로초의 처단에 부족 장로들의 의견이 모아지게 되었다.

사태를 파악한 바로초는 초조했다. 젊은 장로들까지 세르멕의 편으로 돌아섰다. 이렇게 된 이상 자신의 씨족 세력만으로는 세르멕과 견줄 수가 없었다. 초조한 가슴으로 궁리를 하던 바로초는 결단을 내렸다. 히몰테의 도움을 요청하는 수밖에 없었다. 그는 자신을 달족의 족장에 오를 수 있도록 도와주었고, 또한 장인이 될 사람이었다. 이제 와서 그가 자신의 몰락을 두고 보지는 않을 것이라고 믿었다.

바로초 역시 히몰테의 도움은 위험하다는 것을 알고 있었다. 부족의 내분에 타 부족의 힘을 빌린 경우는 동쪽 땅에 없었다. 바로초가 세르멕의 세력을 꺾고 족장 직위를 유지한다 해도 앞으로 히몰테가 어떤 요구를 해올지도 알 수 없었다. 그러나 바로초는 자신의 비밀이 탄로 난 이상 이것저것 따질 여유가 없었다. 어떻게든 살아남아 부족을 거머쥐어야 했다. 그는 부족의 전통보다 자신이 중요했다. 어차피 자기가 승리하면 달족에서 씨족 장로들은 사라질 터였다. 달족의 힘은 이제부터 족장 한 사람이 가질 것이다.

바로초는 자기 씨족 땅 초원 지대의 한 둔덕에 진을 쳤다.

세르멕은 그 맞은편에 군사들을 이끌고 섰다. 부족의 내전을 처음 겪는 터였지만 세르멕의 군사들은 긴장하는 기색이 없었다. 그들에게 바로초의 적은 병력은 가소롭게만 보였다.

세르멕이 공격 명령을 내렸다. 군사들이 몰려들었지만 바로초의 군사들은 동요하지 않았다. 그들은 둔덕을 올라오는 세르멕의 군사들을 향해 기를 쓰고 화살을 퍼부었다.

세르멕의 군사들이 날아오는 화살을 방패로 막아내며 차츰차츰 둔덕 위로 올라갔다. 그런데도 바로초의 군사들은 뒤돌아서지 않고 필사적으로 활을 쏘아댔다. 백병전이 시작된다면 그들은 삽시간에 무너질 터였다.

"저자가 자기 군사들을 모두 죽일 셈인가."

세르멕이 비통하게 혼잣말을 할 때였다. 둔덕 너머에서 큰 함성이 울려 퍼졌다. 엄청난 수의 군사들이 둔덕을 넘어왔다. 그들은 바로초의 군사가 아닌 콴족이었다. 세르멕은 자기 눈을 의심했다. 그러나 눈을 씻고 다시 봐도 그들은 콴족이었다.

달족 병사들의 얼굴에 극심한 공포가 일었다. 둔덕을 쏟아져 내려오는 콴족 병사들에게 달족의 무수한 젊은이들이 쓰러졌다. 세르멕의 가슴이 무너져 내렸다. 장로들의 얼굴에도 절망의 빛이 역력했다. 그들은 믿지 못할 일이 눈앞에서 벌어지는 광경을 바라보았다.

세르멕은 즉시 군사를 물려 성읍으로 퇴각했다. 성문을 닫고 바로초와 콴족 연합군을 맞아 농성 준비에 들어갔다. 그러나 사태는 절망적이었다. 그들의 압도적인 세를 막아내기는 역부족이었다.

성문 밖의 콴족 군사들은 달족 사람들의 가슴을 짓눌렀다. 바로초는 자기가 살기 위해 타 부족을 끌어들인 무모한 전쟁을 택했다. 그러나 사람들은 그의 어리석음을 탓하기 이전에 달족 전체의 운명을 걱정해야 했다.

'우리 달족이 기어이 망하는구나.'

수많은 난관 속에서도 조상들은 부족의 이름을 후손에게 전해주었다. 하지만 이제 달족이 사라질 위기에 처했다. 달족 사람들은 성 위에 올라가 다가올 콴족과 바로초를 절망적인 심정으로 기다렸다.

27

초원에서의 전투를 대승으로 이끈 히몰테는 망설임 없이 다음 행동을 결정했다. 성읍 안의 달족 군사들은 수가 많지 않았다. 그들은 전의마저 상실했을 것이었다. 더 이상의 전투는 무의미했다. 장차 달족을 지배하기 위해서는 불필요한 원한까지 살 필요가 없었다. 히몰테는 바로초를 자기 진영으로 불러들였다.

"바로초 족장은 우리가 저들을 계속 공격하길 바라시오?"

히몰테의 질문에 바로초가 망설임 없이 말했다.

"당연하지요. 여세를 몰아서 모두 쓸어버려야지요."

"기다리기만 해도 저들은 항복할 수밖에 없소. 피차간에 희생을 줄이는 것이 낫지 않겠소?"

"세르멕은 항복할 자가 아닙니다. 더군다나 내 병사들은 사기가 올라 있습니다. 망설일 이유가 없질 않습니까."

바로초는 이 승리를 자기 혼자 일구어낸 것처럼 의기양양했다. 히몰테가 피식 웃었다. 그가 자리에 앉은 채 말채찍으로 가죽 장화를 소리 나게 두들기더니 말했다.

"바로초 족장, 내게 좋은 생각이 있소. 저놈들이 당장 항복하지 않을 수 없을 것이오."

"역시 히몰테 족장님은 지혜로운 분이군요. 그 방법이란 대체 무엇입니까? 어서 저에게도 알려 주십시오."

바로초가 회색이 만연한 얼굴로 다그쳤다. 히몰테는 조소가 입 밖으로 새어 나오는 것을 굳이 감추려 하지 않았다.

"너는 아직도 이 싸움을 달족의 내전으로 생각하는 모양이군."

히몰테의 바뀐 말투에 바로초가 놀란 눈으로 쳐다보았다. 히몰테는 웃음을 거두지 않은 채 말을 이었다.

"난 이 전쟁을 우리 콴족과 달족의 전쟁으로 보고 있네. 그리고 지난번처럼 달족은 우리 콴족에게 또다시 패한 것이지. 알아듣겠나?"

바로초가 히몰테에게 다가가며 항변하려던 찰나 막사 바깥에서 칼을 든 콴족 병사들이 들어왔다. 그들은 그 자리에 얼어붙어 있는 바로초에게 달려들어 순식간에 몸을 묶어 버렸다.

"히몰테 족장, 이게 무슨 짓이오!"

히몰테가 자리에서 일어나 바로초에게 다가왔다.

"아직도 모르느냐. 네가 얼마나 어리석은 짓을 한 것인지 말이다. 어쨌든 네 덕에 내가 달족을 갖게 되었으니 고맙다는 말은 해야겠지."

"나는 당신의 사위가 될 사람이오. 그런 내게 어찌 이럴 수 있단 말이오."

"물론 네게 내 딸을 주려 했지. 그렇게 해서라도 내가 달족을 가지려고 했던 것이야. 그런데 고맙게도 네가 먼저 달족을 바쳤으니, 내 딸을 줄 이유가 없어지질 않았느냐."

히몰테의 천연덕스러운 말에 바로초의 얼굴이 분노로 일그러졌다. 히몰테가 바로초를 끌고 막사 밖으로 나갔다. 그는 말채찍을 들어 칸족 병사들 막사 사이 한 곳을 가리켰다. 바로초가 그곳을 찾아 눈을 고정시키자 묶여 있는 자기 군사들이 보였다.

"내가 보기에 세르멕은 욕심에 눈이 먼 네놈과는 다를 것이다. 저들을 죽이겠다고 하면 그자는 당장 성문을 열 것이야. 그렇지 않겠느냐?"

크게 웃는 히몰테의 웃음소리를 들으며 바로초는 자기의 어리석음을 비로소 깨달았다. 때늦은 깨달음이었다.

28

새벽녘에 콴족 병사들이 다가와 성문 앞에 도열해 섰다. 콴족이 성문을 집중 공격하려는 것으로 판단한 세르멕은 군사들을 성문 쪽으로 급히 집결시켰다. 자리를 잡은 달족 젊은이들은 비장한 마음으로 공격이 시작되기를 기다렸다.

뜻밖에도 콴족 군사들 사이에서 히몰테가 말을 몰아 나왔다. 성문 가까이 다가온 그는 말을 멈추고 외쳤다.

"세르멕! 할 말이 있다. 잠깐 밖으로 나오지 않겠느냐?"

장로들이 성을 나서려는 세르멕을 만류했다. 함정일 것이라고 했다. 그러나 세르멕은 장로들을 뿌리치고 성문 밖으로 나가 히몰테에게 다가갔다.

히몰테가 세르멕 앞으로 바로초의 머리를 던졌다. 그것을 본 세르멕은 소스라치게 놀랐다.

"바로초의 군사들을 모두 죽인 것이냐!"

히몰테가 손으로 자기 쪽 진영을 가리켰다.

"그자의 군사들은 저 뒤쪽에 있으니 염려 말아라. 하지만 그들까지 이렇게 만들고 싶지 않으면 성문을 열어야 한다. 만약 끝까지 저항한다면 콴족 땅에 있는 달족 포로들까지 모두 죽일 것이다."

세르멕은 바로초의 머리를 보면서 몸을 떨었다. 콴족을 끌어들여 죽음을 자초한 것은 물론, 부족까지 멸망의 길로 들어서게 한 그의 어리석음 때문이었다.

성안으로 돌아온 세르멕은 달족의 마지막 장로회의를 열었다. 누구 하나 히몰테의 요구에 반대할 수 있는 사람은 없었다. 콴족과 전투를 지속한다 해도 어차피 희망은 없었다. 더 이상의 희생은 의미가 없다는 것을 모두가 알고 있었다. 조용한 광장에 모여 달족은 모두가 눈물을 흘렸다. 세르멕은 달족의 마지막 모습을 쳐다보았다. 그리고 결정을 내렸다.

마침내 콴족 군사들이 성읍으로 들어섰다.

달족을 점령한 콴족은 난폭한 짓은 하지 않았다. 하지만 히몰테는 달족 장로들의 직위를 모두 빼앗고 그 자리에 콴족 사람들을 앉혔다. 다만 세르멕만은 콴족 땅으로 데려가겠다고 말했다. 그는 지난날 콴족의 씨족들을 굴복시킨 경험이 있었다. 그는 달족이 보는 앞에서 그들의 지도자를 죽여 쓸데없는 분노를 살 어리석은 사람은 아니었다.

이제부터 달족은 복속된 삶을 살아야 했다. 걸핏하면 씨족 분쟁이 일어나는 다른 부족들과 달리 달족에게는 단 한 번의 내분이 있었다. 그러나 그 결과 달족은 자기 운명을 스스로 개척할 수 없는 노예 같은 생활로 빠져들었다. 달족 사람들은 조상이 지키려 했던 부족의 단합이 얼마나 중요한 것인가를 이제야 뼈저리게 깨달았다.

달족을 정비한 뒤 히몰테는 세르멕을 끌고 콴족 땅에 들어섰다.

그는 마카부의 부족을 정복하여 그의 아들을 사로잡았다는 것에 못내 흥분을 감추지 못했다.

"자네를 일찍 죽이지는 않겠네, 세르멕. 천하의 마카부의 아들을 모셔왔는데 나도 약간의 여흥은 즐겨야 하지 않겠나. 좀 쉬면서 천천히 나를 즐겁게 해주게."

히몰테는 세르멕을 성읍 외진 창고에 가두었다.

컴컴한 창고 안에 갇힌 채 날이 흘러갔다. 히몰테는 가끔씩 세르멕에게 들렀다. 그는 세르멕의 초췌한 모습을 볼 때마다 가슴이 부풀어 오르는 것 같았다. 마카부의 부족을 격파하고 자신의 손아귀에서 죽어가는 그 아들을 보며 히몰테는 기쁜 얼굴을 감추지 않았다.

날이 흘러가며 세르멕은 점차 쇠약해졌고, 모든 것을 체념하기 시작했다. 그러자 그토록 가슴을 조이던 분노와 공포, 모든 불안이 사라졌다.

"당신의 운명은 아직 끝나지 않았어요. 힘내세요. 내 사랑."

"메이!"

세르멕이 메이를 쳐다보았다. 그녀가 손짓하며 웃었다.

"세르멕 님, 세르멕 님."

그녀를 향해 팔을 뻗었다. 그럴수록 그녀의 목소리가 가까이 다가왔다.

"세르멕 님, 세르멕 님."

어둠 속에서 세르멕이 눈을 떴다.

'아, 꿈이군. 당신이 나를 위로했구려.'

세르멕이 어둠속을 응시했다. 거기에 아직도 메이가 손짓하는 것 같았다.

"세르멕 님! 세르멕 님! 어디 계십니까!"

그때 세르멕은 누군가가 자신을 부른다는 것을 깨달았다. 꿈이 아니라 현실에서 들려오는 목소리였다.

"세르멕 님!"

낮은 목소리. 조심스럽게 자신을 부르는 그 목소리를 찾아 입구로 눈을 돌렸다. 거기에 누군가 희미하게 서 있었다.

"세르멕 님, 어디 계신 겁니까."

토라였다.

세르멕이 벌떡 일어났다. 언제 다리 힘이 돌아왔는지 알 수 없었다. 세르멕은 문가에 서 있는 희미한 그림자를 향해 뛰쳐나갔다. 토라가 피 묻은 칼을 들고 서 있었다. 문 앞에 시체 몇 구가 뒹굴었다. 세르멕이 돌아서려다가 발걸음을 멈추었다. 시체들 사이에 낯익은 얼굴이 있었다. 흑두건과 그를 따라 달땅까지 왔던 콴족의 호위병사였다.

"시간이 없습니다. 어서 저를 따르시지요."

토라가 앞장서서 세르멕을 이끌었다.

새벽의 여명이 점차 다가오는 시각이었다. 사방이 고요했다. 세르멕이 토라를 따라 한참을 뛰어 성벽에 다다랐다.

"올라가십시오. 서두르셔야 합니다."

토라가 속삭였다. 세르멕이 위를 쳐다보니 밟기 쉽게 매듭이 묶인 밧줄이 걸려 있었다. 세르멕은 밧줄을 타고 성벽 위로 올라갔다. 뒤를 이어 토라가 올라와 밧줄을 걷어 다시 밖으로 내렸다. 세르멕과 토라는 밧줄을 타고 성벽 밖으로 내려왔다. 아직 뿌연 어둠 속에 네 마리 말이 매여 있었다. 토라가 설명했다.

"둘은 함께 왔던 흑두건과 호위병사의 말입니다."

토라는 흑두건과 그를 따라온 콴족의 호위병사가 세르멕이 있을 만한 곳으로 자신을 안내했다고 말했다. 하지만 그들은 창고를 지키던 병사들의 칼을 피하지 못했다고 했다.

"그들이 병사들을 유인하지 않았다면 세르멕 님을 구출할 수 없었을 겁니다."

세르멕이 침통한 표정을 지었다. 그러자 토라가 말했다.

"지난 일보다는 앞을 생각하셔야 합니다. 마침 말이 두 마리 남았으니 말을 갈아타며 달리면 이곳을 벗어나기가 수월하겠습니다. 저놈을 함께 끌고 달릴 수 있으시겠습니까?"

세르멕이 고개를 끄덕였다.

세르멕은 말에 올라 콴족 성읍의 성벽을 돌아보았다. 성벽 위로 조금씩 해가 떠오르고 있었다.

두 사람은 동트는 하늘을 등지고 서쪽의 초원으로 말을 달렸다.

제3부

대국의 기둥

1

에젠이 대상을 이끌고 융국을 떠난 지 벌써 열 달이 흘렀다.

그녀가 서쪽과 남쪽을 돌아 여러 나라를 거쳐 오는 동안 무수한 고난이 있었다. 서역의 사막을 지나올 때 혹심했던 모래 폭풍, 어느 도시에서 있었던 역병의 공포. 어떤 나라에서는 산적들이 습격해 오기도 했고, 남쪽의 어느 나라에서는 못된 관리에게 엉뚱한 송사에 얽힌 일도 있었다. 그러나 에젠은 자신이 여자라는 것에 어려움을 느끼지는 않았다. 오히려 여자의 부드러움으로 상대와의 관계를 매끄럽게 이끌었다. 그동안 팽창 일로에 있던 융국이 전쟁을 그치고 외교에 힘쓴 결과 각국에서 융국 상인들의 입지가 확대되었고, 이런 때에 그녀의 수완은 유리한 빛을 발했다.

그녀는 상단의 주인인 아버지 예하의 말을 기억했다.

'상인이라면 물건보다 사람의 마음을 살 줄 알아야 한다. 거기에 진정한 이득이 있기 때문이지.'

에젠이 경험한 바로도 아버지 말은 틀리지 않았다. 눈앞에 보이는 이익에 집착하면 종국에 큰 손실을 보기 십상이었다. 에젠은 백여 마리가 넘는 낙타와 말, 거기에 따른 수십 명의 상인들을 이끌고 멀리 교역을 떠날 때마다 아버지의 말을 깊이 새겼다.

상단의 길잡이인 외눈박이가 말했다.

"이제 융국이 멀지 않습니다. 동쪽 부족들이 산재해 있는 지역을 넘으면 곧바로 우리 융국입니다."

에젠의 대상은 서역 땅에서 곧바로 융국으로 들어갈 수 없었다. 대상이 드나드는 무역로 근처에서 반란이 일어났다는 소식 때문이었다. 융국은 융족이 복속시킨 많은 민족들로 이루어진 나라였고, 때문에 곳곳에서 간혹 반란이 일어났다. 군사들이 나서서 말썽을 잠재우기 전에는 그 행로를 피해야 했다. 그렇기에 지금 남쪽을 돌아 융국의 동쪽 땅을 향해 북상하는 중이었다.

융국이 가까워 오자 에젠은 아쉬움을 느꼈다. 서역 나라들을 두루 다녔지만 가장 중요한 스카루국 땅을 밟지 못했다. 그곳은 죽은 오라비가 어렵게 개척한 상로였다. 하지만 얼마 전 다른 나라 상인에게 빼앗겼다. 에젠은 스카루국에서 하지 못했던 장사 욕심이 불현듯 일깨워지는 것을 느꼈다.

'이 동쪽 땅에서 새로운 상로를 찾아낼 수 없을까.'

에젠은 지금까지 여행했던 나라들과는 다른, 미개한 동쪽 부족들의 이야기를 간간이 들어왔다. 세상 지리에 밝다는 외눈박이는 이곳에서 어떤 위험이 닥쳐올지 모른다고 반대했다. 그러나 미지의 땅은 어떤 알지 못할 이익을 내줄 것 같은 느낌이 들었다. 따지고 보면 대상을 이끌고 각지를 여행하는 것 자체가 위험천만한 일의 연속 아니던가.

에젠은 외눈박이의 반대를 설득할 한 가지 묘안이 떠올랐다.

"이제 당신도 대상을 직접 이끌 때가 되었지요. 그러려면 아버지가 닦아 놓은 길만이 아니라 새로운 거래지역을 모색해야 하지 않겠어요?"

에젠의 말은 외눈박이의 자존심을 건드리기에 충분했다.

결국 에젠의 대상 행렬은 동쪽 땅을 향하게 되었다.

2

융국 장군 케팔은 용맹했다. 그가 전쟁터에 서면 적들은 누구나 그를 두려워했다. 하지만 가장 큰 공은 언제나 대장군 파이한에게 돌아갔다. 파이한은 적군의 약점을 찾아 마지막 숨통을 끊어버리는 데 천부적인 재주가 있었다. 케팔은 적군과 파이한 사이에서 진정한 적을 구별하기 어려웠다. 마침내 케팔은 기회를 봐서 파이한을 제거해야겠다는 마음을 굳혔다.

그런데 뜻밖의 일이 벌어졌다. 융국 왕이 새로 정복한 남쪽 땅의 제후로 파이한을 봉하려 했을 때, 파이한은 책봉을 고사하며 그 자리에 케팔을 천거했다. 케팔은 영문을 알 수 없었다. 드넓은 남쪽 땅의 제후가 된다면 그 위상이 다른 제후들과는 비교할 수 없을 만큼 높아질 텐데도 파이한은 그 자리를 자신에게 양보했다.

생각지도 못한 제후가 되어 막강한 권력을 손에 쥐었지만 케팔은 불안했다. 파이한의 내면에 무슨 생각이 도사리고 있는지 케팔은 낌새조차 챌 수 없었다.

'도대체 그자가 왜 양보했을까. 그것도 하필이면 나한테.'

"그의 속내를 알 수 있는 방법이 있지요."

케팔을 보좌해온 부하장수 짝귀가 꾀를 냈다.

"대왕께서는 아직 공주의 마땅한 혼처를 결정하지 못했습니다.

이럴 때 공주님과의 혼사를 주선해달라고 파이한에게 부탁해보십시오. 만약 파이한이 제후님을 해치려는 마음을 갖고 있다면 들어주지 않을 것입니다."

케팔은 무릎을 쳤다. 그는 즉시 대장군 파이한에게 사람을 보내 공주와의 혼사 주선을 부탁했다.

공주와 태자는 죽은 왕후의 소생이었다. 지금 왕의 총애를 받고 있는 현(現) 왕후는 재상이 된 오라비와 함께 자신의 어린 아들을 새로운 태자로 앉히고자 열심이었다. 때문에 태자 일파에게 힘이 실리는 것을 극도로 경계했다. 그런 마당에 막강한 힘을 가진 제후와 공주의 혼사를 주선한다는 것은 왕후의 눈 밖에 나는 일이었다.

놀랍게도 파이한은 케팔과 공주의 혼사를 돕겠다고 나섰다. 파이한은 왕가 사람들을 설득했고, 마침내 왕의 마음까지 움직였다. 다급해진 왕후는 끈질긴 베갯밑송사를 벌였다.

"가뜩이나 비대한 힘을 가진 제후에게 공주까지 안겨주면 사직이 불안할 수 있다는 것을 왜 모르십니까."

왕가를 위해 눈물로 호소하는 왕후가 갸륵해 보였던 왕은 그녀의 손을 들어주었다.

끝내 혼인은 무산되었지만 케팔은 마음이 놓였다.

'파이한은 나를 경계하지 않는다.'

케팔에게는 숨겨둔 뜻이 있었다. 드넓은 남쪽 영지의 제후 자리도 그의 뜻을 펼치기에는 모자랐다. 이제 늙고 병든 왕의 죽음은 머지않았고 태자는 아직 어렸다. 케팔은 왕후와 재상 일파는 안중에도 두지 않았다. 그들이 똘똘 뭉쳐 태자를 폐하고 왕후의 어린

아들을 그 자리에 올려놓는다 한들 케팔이 보기엔 가소로운 잔치로 끝날 것이었다. 파이한이 자신의 뜻을 눈치재지 못했다고 판단한 케팔은 마음을 놓고 자기 영지에서 힘을 기르는 데 집중했다.

케팔은 자신의 영지에 복속된 부족들을 혹독하게 다스렸다. 무거운 세금을 부과하고 저항하는 자들을 가혹하게 징벌했다.

'무지렁이들에겐 철저한 법과 힘을 사용해야 하는 법이지.'

케팔은 관용을 베풀지 않았다. 포용이나 관용 같은 말은 쓸개빠진 자들이나 입에 올리는 말이라는 것을 그는 믿어 의심치 않았다. 특히 지난날 반란을 일으켰던 늑대족들의 땅을 복속시킨 이후 남은 늑대족 젊은이들을 모두 징집해 강도 높은 군사훈련을 시켰다. 사납고 호승심이 강해 늑대족이라고 불린다지만 케팔에겐 통할 수 없는 말이었다.

근자에 부족들 몇몇이 작당을 해서 또다시 반란을 일으켰다. 늑대족 병사들의 충성심도 시험할 겸 그들을 보낼까 고심하던 케팔은 짝귀에게 의견을 물었다.

"그건 위험합니다."

짝귀가 한마디로 반대했다.

"늑대족 병사들은 우리 융족 병사들에게 보이지 않는 멸시를 당하고 있습니다. 그들이 융국 군대의 갑주와 투구를 착용하고 있다지만 어차피 야만인이니까요. 더구나 그들은 반란을 일으켰던 경험이 있습니다. 군사훈련을 통해 정예병이 된 그들이 만약 반란군에 합세해버리면 곤란해지지 않겠습니까."

"진압군으로 융족 군사들만 보냈다가 성에 남은 늑대족 병사들이 내게 칼을 겨누면 어떡하나? 그들은 지난날 제후까지 죽인 자들이 아닌가."

"제후께서는 반란군을 진압할 필요가 없습니다."

케팔이 멀뚱하게 쳐다보자 짝귀가 차분하게 설명했다.

"제후께서는 이제 더 이상 공을 세울 필요가 없습니다. 그깟 부족들을 제압하느라 제후님의 피를 흘릴 필요가 없다는 말씀입니다. 이럴 때는 파이한 대장군에게 공을 세울 기회를 양보하는 것이 상책입니다. 도움을 요청하면 그는 당장 군사를 이끌고 달려올 것입니다. 물론 그는 얼마든지 반란군을 진압할 수 있겠지만 그의 병사들이 입을 피해도 만만치 않겠지요. 그렇게 중앙 병력이 약해지면 결국 누구의 이익으로 귀결되겠습니까."

"나지. 내게 기회가 와주는 거야!"

새로운 깨달음에 케팔이 벌떡 일어나며 말했다.

"맞습니다. 그렇기에 대장군 파이한에게 원군을 요청하면 반란군 진압과 중앙 군사력의 약화라는 두 마리 토끼를 동시에 잡을 수 있습니다. 뿐만 아니라 반란군도 제대로 평정하지 못할 정도로 제후님의 군대가 약체화되었다고 파이한이 믿게 할 수 있습니다."

케팔의 입이 귀밑까지 찢어졌다. 케팔은 그날로 파이한에게 사람을 보냈다.

3

최근 융국 왕의 평화 정책으로 외국과의 잦은 전쟁도 옛말이 되었다. 하지만 융국의 대장군 파이한의 마음속엔 아직도 전쟁이 그치지 않았다. 여러 제후들이 지방 각지의 권력을 나누어 쥐고 있는 지금 국가 내부의 통제에도 촉각을 세워야 했다. 언제 다가올지 모를 어떤 류의 전쟁을 위해서라도 그에겐 늘 준비가 필요했다. 그렇기에 전국의 동향과 주변국의 정세를 파악하는 일은 무엇보다 중요했다. 왕은 병들고 태자 일파와 새로운 왕후의 알력 다툼이 갈수록 심화되는 지금, 파이한에겐 더 많은 정보가 필요했다.

대장군 관청, 그의 집무실에 자리한 대형 탁자엔 각처에서 보내온 간자들의 보고서가 수북이 쌓여 있었다.

"대장군님, 남쪽의 케팔 제후가 긴급한 서신을 보내왔습니다."

부장인 붉은수염이 낯선 병사 하나를 데리고 들어왔다. 병사는 두루마리를 바치며 까닭 없이 몸을 떨었다. 파이한은 두루마리를 펼쳤다.

'제 영지에 복속된 여러 부족들이 힘을 합쳐 반란을 일으켰습니다. 그들의 군세가 수만을 헤아립니다. 제가 가진 변변치 못한 군사력으로는 그들을 진압하기가 불가능하기에 대장군의 도움을 요청합니다.'

차가운 웃음이 파이한의 얼굴을 스쳐갔다.

'케팔, 이자가 본색을 드러내기 시작하는군.'

파이한은 여러 제후들 중에서도 케팔 제후의 움직임을 특히 주시했다. 그는 융족 젊은이들뿐만 아니라 늑대족의 젊은이들까지 징집해 군사훈련을 시켜왔다. 그런데도 케팔은 자신의 군세를 숨기고 파이한의 힘을 빌리려는 것이다. 케팔은 도성 쪽에서 까맣게 모를 줄 알고 있겠지만 파이한은 그의 군사력을 꿰고 있었다.

파이한이 케팔의 병사에게 다가가자 그는 사형수처럼 목을 뺀 채 더욱 몸을 떨었다.

"내가 곧 군사를 이끌고 간다고 케팔 제후께 전해라. 그리고……."

파이한이 입가를 움직여 차가운 미소를 흘리더니 다시 말했다.

"반란은 깨끗이 진압될 테니 제후께서는 안심하시라고 말씀드려라."

아직 쌀쌀한 날씨에도 불구하고 병사는 온통 땀에 젖은 얼굴을 한 채 간신히 말했다.

"가, 감사합니다, 대장군님. 제후님께 그, 그렇게 전하겠습니다."

병사는 도망치듯 밖으로 달려 나갔다. 붉은수염은 영문을 알 수 없다는 눈으로 파이한을 쳐다보며 말했다.

"장군. 케팔 제후에겐 반란을 진압하고도 남을 만큼 병사가 있질 않습니까. 그런데 어째서 장군께 도움을 요청했을까요?"

파이한은 별것 아니라는 투로 말했다.

"지난번에 그자가 공주님과의 혼사 주선을 부탁해온 것과 비슷한 의도가 아니겠나."

붉은수염의 얼굴이 어두워졌다. 파이한이 다시 말했다.

"케팔은 어떻게든 내 의중을 보고 싶은 걸세. 흉중에 감추고 있는 것이 없다면, 필요 없는 행동을 하는 것이지."

붉은수염이 머리를 흔들며 못마땅하다는 듯 말했다.

"그러게 장군께서 제후 자리를 그런 자에게 양보한 것은 잘못이었습니다. 결국 문젯거리만 안고 계시게 된 꼴이 아닙니까."

파이한의 얼굴에 또다시 차가운 웃음이 지나갔다.

"문젯거리를 안고 있어야 그것을 해결할 수 있는 법일세."

알 듯 모를 듯한 파이한의 말에 붉은수염은 더 이상 질문을 해봐야 소용없다는 것을 눈치챈 것 같았다. 붉은수염이 밖으로 나가자 파이한은 의자 등받이에 몸을 누이고 눈을 감았다. 그의 귀에 아직도 대왕의 음성이 들려오는 듯했다.

'남쪽의 넓은 영토를 정복하기 위해 노고를 아끼지 않은 파이한을 그 지역의 제후로 봉하려 하오.'

왕의 칙서가 내려지자 누구도 반대하는 대신들이 없었다. 그동안 쌓아온 파이한의 공로를 모두가 인정한다는 의미였다. 대신들은 부러운 얼굴로 파이한을 바라보았다. 드넓은 영지의 제후란 왕에 버금가는 권력과 부를 자손 대대로 누릴 수 있는 자리였다. 그러나 정작 파이한은 반대했다.

'대왕마마, 저는 도성을 떠날 수 없습니다. 국가의 방비야말로 제 소임입니다. 남쪽 영지의 제후엔 케팔 장군이 제격이라 생각합니다. 대왕께서도 케팔 장군의 용맹을 인정하실 것입니다. 새로운 영토를 견고하게 다지기 위해서는 용맹한 사람이 필요합니다. 케팔 장군을 그곳의 제후로 봉하시기를 간청 드립니다.'

파이한이 왕에게 고하던 그때, 어전에 모인 모든 사람 중에 가장 놀란 사람은 케팔이었다. 놀라움 속에서도 짙은 의혹의 눈으로 자신을 쳐다보던 케팔의 눈빛이 아직도 선명했다.

4

콴족 땅을 탈출한 세르멕은 토라와 함께 끝도 없이 펼쳐진 초원을 따라 융국으로 향했다. 어릴 적 코타이의 이야기를 듣고 동경했던 땅이었지만, 이루 말할 수 없는 슬픔을 안고 그 땅으로 향하게 될 줄을 그때는 짐작도 못했다.

세르멕은 곁에서 말을 달리는 토라를 돌아보았다. 그는 소년 시절부터 자신의 신변을 지켜왔다. 아버지인 마카부가 노예였던 그를 면천시키고 호위부장으로 임명해준 은인이기도 했기에 그가 세르멕을 위하는 마음은 절대적이었다.

세르멕도 아루미를 향한 토라의 마음을 알고 있었다. 그가 새로 만든 활을 들고 찾아와 양 열 마리 값을 원한다고 했을 때, 세르멕은 아루미를 위해서라는 것을 알았다. 아루미가 콴족에게 붙들려 양 열 마리를 빼앗기고 풀려났다는 것을 알고 있었기 때문이었다. 토라는 그토록 사랑하는 아루미까지 뒤로한 채 묵묵히 세르멕을 따라왔다.

'저는 단지 아루미 한 사람을 남겨놓고 왔을 뿐이지만, 세르멕님은 달족 전체를 뒤로한 채 떠나는 것이 아닌지요.'

토라의 말은 세르멕의 가슴을 울렸다.

대지는 넓었다. 말을 타고 끌며 많은 날을 달려도 망망한 대초원은 끝나지 않았다. 둔덕과 구릉이 파도치는 초원엔 이따금씩 야생 동물이 눈에 뜨일 뿐 사람은 보이지 않았다.

먹을 것을 마련할 때면 토라의 활이 위력을 발휘했다. 초원을 여행하는 대부분의 사람들이 그렇듯 두 사람도 고기를 말려 여행 식량으로 썼다. 그러나 물은 간단치가 않았다. 간간이 나타나는 강이나 계곡에서 가죽부대 가득 물을 담았지만, 어디서 또다시 물을 구할 수 있게 될지 모르기에 최대한 아껴 마실 수밖에 없었다.

그러던 어느 날, 마침내 바위산이 나타나고 그 뒤로 첩첩이 산악지대가 펼쳐졌다.

'융국까지의 거리는 멀다네. 하지만 산악지대를 이용하면 스무 날 정도면 갈 수 있지.'

세르멕은 코타이 노인이 들려주었던 이야기를 떠올리며 여행길의 방향을 잡아나갔다.

능선을 넘으니 숲이 우거진 계곡이 나타났다. 사슴과 멧돼지가 눈에 띄고 간혹 곰 울음소리도 들렸다. 두 사람은 계곡 밑으로 내려가 물을 마셨다. 그런데 갑자기 숲속에서 활을 겨눈 수십 명의 사내들이 쏟아져 나왔다. 그들 앞에서 가죽옷을 입은 자가 말했다.

"반항하지 않으면 죽이지는 않겠다."

토라가 칼을 빼려는 것을 세르멕이 제지했다. 거리가 너무 가까워 그들의 화살을 피할 수 없을 것 같았다. 그들은 계곡으로 내려와 세르멕과 토라의 무기를 빼앗은 후에야 활을 거두고는 칼을 빼 들었다. 가죽옷의 사내가 눈을 부라리면서 말했다.

"너희들을 기다리고 있었다. 네 일행은 다 어디에 있느냐?"

세르멕이 토라와 마주 보고는 그들에게 말했다.

"보다시피 우리는 둘뿐이오. 일행이라니 그 무슨 말이오."

가죽옷의 사내가 코웃음을 치더니 세르멕의 목에 칼을 들이댔다.

"거짓말 마라. 네놈들은 정찰을 나온 상인 놈들이 아니냐."

"우리는 빼앗을 것도 없는 여행자일 뿐이외다. 보면 알지 않소."

가죽옷의 사내는 두 사람의 말 잔등에 실린 물건들을 쳐다보더니 의아한 표정으로 동료들을 돌아봤다. 순간 세르멕이 그의 손목을 비틀어 칼이 그의 목으로 향하도록 했다. 깜짝 놀란 사내들이 칼을 세우고 덤벼들었다. 토라가 앞서 달려드는 사내의 목덜미를 잡아채 흐르는 물에 처박아버리고는, 두 번째 사내의 가랑이를 걷어찬 후에 손목을 틀어쥐어 칼을 빼앗아버렸다. 그것을 본 사내들은 섣불리 덤비지 못하고 어찌 할 바 몰라 주춤거렸다. 그러자 세르멕이 가죽옷의 사내를 그의 동료들 앞으로 밀어버리고는 정중하게 말했다.

"피를 보고 싶지 않소. 길을 비켜주면 얌전히 떠나겠소."

그러나 가죽옷의 사내는 분이 풀리지 않았다. 그가 표독스러운 얼굴로 다시 덤벼왔다. 하지만 세르멕이 칼을 피하면서 발을 들어 순식간에 사내의 뒷목을 가격하자 그대로 고꾸라져버렸다. 그 틈을 놓치지 않고 토라가 쓰러진 사내의 목에 칼을 들이댔다. 술렁거리는 남은 사내들에게 세르멕이 외쳤다.

"우리는 동쪽 부족 사람이다. 너희가 찾는 상인이 아니니 어서 길을 비켜라!"

가죽옷의 사내가 비틀거리며 일어나 칼을 던지고 무릎을 꿇었다.

"저희가 사람을 잘못 봤습니다. 저희의 불찰입니다."

세르멕이 그에게 물었다.

"자네들은 이 근처에 사는 사람들인가?"

"그렇습니다. 저희 마을이 여기서 멀지 않습니다."

세르멕이 잘 되었다 싶어 그들에게 물었다.

"우리는 융국으로 가는 중일세. 그런데 길을 잘 몰라 이 넓은 산맥 어느 곳을 향해야 할지 난감한 지경이네. 좀 도와줄 수 있겠나?"

사내가 세르멕을 올려다보며 말했다.

"길을 잘못 드셨습니다. 융국 도성을 향해 가시려면 더 남쪽에 있는 산을 넘어야 합니다."

세르멕이 토라를 마주보며 미간을 찡그리자 그가 다시 말했다.

"저는 양푸라고 합니다. 대인들께 사과도 드릴 겸, 우선 저희 마을로 가셔서 쉬다가 가시지요. 그러면 저희가 융국의 길목까지 안내해 드리겠습니다."

세르멕은 선뜻 그 말에 따를 수 없었다. 그에게 다른 뜻이 있지 않을까 염려스러웠다.

"고맙네만, 우리가 갈 길이 바빠서 그건 좀 곤란할 것 같네."

세르멕이 한사코 거절해도 양푸는 막무가내였다. 토라가 세르멕에게 말했다.

"빼앗을 것도 없는 우리를 유인해서 저들이 무어 얻을 게 있겠습니까. 융국 가는 길을 안내해준다니 일단 저 사람 말을 듣는 것이 좋을 것 같습니다."

결국 세르멕과 토라는 그들을 따라 마을로 들어갔다.

그들의 마을은 작은 성읍처럼 터를 잡은 산비탈에 토담을 쌓은 것이 이채로웠다. 담 안쪽으로 흙을 이겨 벽을 세운 집들과 축사들이 늘어서 있었다. 그런데 세르멕의 눈에 무언가 빛을 쏘아 보내는 것이 있었다. 비탈 아래로 축대를 쌓은 돌들 사이였다. 세르멕이 가까이 가서 들여다보니 돌에 금맥이 박혀 있었다. 코타이 노인에게 듣기는 했지만 세르멕도 금맥은 처음 보는 것이었다. 마을 사람들은 그 돌의 가치를 모르는 것 같았다. 세르멕은 의아한 표정으로 주위를 둘러보았다. 마을 안에 가축들은 꽤 있었으나 어찌 된 일인지 거주자들은 모두 사내들뿐이었다.

"자네들은 어느 부족 출신인가."

"저희들은 동쪽 부족 사람이 아닙니다. 융국 남쪽에 살던 부족으로 주변에서는 우리를 늑대족이라고 불렀지요."

"그런데 자네들은 어째서 이곳까지 와서 살고 있는가."

"반란을 일으켰다가 융국 군사에게 쫓겨서 이곳으로 도망쳐왔습니다."

양푸의 설명에 의하면 늑대족은 주위 부족들과 마찬가지로 팽창 일로에 있던 융족 세력에게 복속되었다. 이후 그 지역의 제후로 봉해진 자는 늑대족을 극심하게 수탈했다. 제후는 족장의 아름다운 딸까지 탐냈다. 족장의 딸이 말을 듣지 않자 제후는 군사들을 데리고 와서 그녀를 끌어내게 했다. 그때 그녀는 족장에게 칼을 건네며 말했다.

'제게 생명을 주신 아버지의 손으로 이 생명을 거두어주세요. 저 자의 손에 더럽혀지지 않게 해주세요.'

족장은 제후가 보는 앞에서 자기 딸을 살해했다. 참혹한 광경이었다. 그것을 본 양푸와 주위 젊은이들은 더 이상 울분을 참을 수 없었다. 늑대족 젊은이들은 족장을 압송해 가던 제후를 습격하여 살해했고, 그 소문은 부족 전체에 급속도로 퍼져나갔다. 마침내 반란의 무리가 모여들었다.

그들은 죽은 제후의 군대를 격파하고 독립하고자 했지만, 마침 새롭게 제후로 책봉된 케팔이라는 자가 대군을 이끌고 달려왔다. 양측이 혈전을 치렀으나 제대로 된 훈련과 편제를 갖추지 못한 반란군이 정예 병사를 상대로 승리하기란 불가능했다.

"우리 땅은 다시 케팔 제후의 땅으로 편입되었고, 그놈은 우리를 끝까지 추격했습니다."

양푸의 눈가에서 눈물이 흘러내렸다. 사납게 보이던 겉모습과 달리 가슴속에 슬픔을 안고 사는 사람들이었다.

양푸가 마음을 가라앉히고 나서 세르멕에게 융국으로 가는 이유를 물었다. 세르멕이 한숨을 쉬고는 담담하게 말했다.

"음모에 휘말려 이웃 부족과의 전쟁에서 지고 고향은 풍비박산이 났네. 족장이었던 나는 죽을 목숨이었는데, 여기 토라가 내 목숨을 구했네. 우리 두 사람은 지금 살길을 찾아 융국으로 가는 중이네."

세르멕의 이야기를 듣더니 양푸가 갑자기 벌떡 일어나 절을 했다. 그가 엎드린 채 말했다.

"아무 연고도 없는 융국으로 가실 것이 아니라 저희들과 함께 여기서 사시면 어떠실는지요. 족장님이셨다니 세르멕 님께서 우리를 이끌어주신다면 잘 모시겠습니다."

갑작스러운 제안에 세르멕은 난감했다. 말문을 열지 못하고 있는데 양푸가 마을 사내들에게 외쳤다.

"이보게들, 어서 절을 하게. 앞으로 우리를 이끌어주실 분이지 않나."

그러자 사내들 모두가 세르멕 앞에 모여 머리를 조아렸다.

고향을 등지고 설움을 가슴에 담은 채 산맥의 한 귀퉁이에 자리 잡고 사는 그들과 세르멕은 처지가 다르지 않았다. 양푸의 갑작스러운 요청이 세르멕의 마음을 흔들었다. 토라도 옆에서 채근했다.

"저 사람들의 진정이 느껴집니다. 들어주시지요."

결국 세르멕은 일어나 그들에게 말했다.

"자네들이 이 어리석은 사람을 수령으로 추대하니 내가 몸 둘 바를 모르겠네. 서로가 고향을 잃은 고단한 사람들이니 의지하며 함께 생활하세. 자네들의 요청을 받아들이겠네."

양푸가 자신의 목에 걸려 있던 목걸이를 빼들어 세르멕에게 바치며 말했다.

"이것은 늑대족 족장의 상징물입니다. 반란 중에 족장님이 숨을 거두며 저에게 맡긴 물건이지요. 부디 세르멕 님께서 맡아주십시오."

세르멕이 보니 청동으로 늑대의 형상을 주조해서 가죽끈에 매단 것이었다. 세르멕은 잠시 고민하다가 말했다.

"나는 그저 잠시 자네들을 이끌 뿐이네. 그러니 나 역시 자네처럼 잠시 맡아두었다가 정말로 늑대족을 이끌 자가 나타나면 그 사람에게 넘기도록 하겠네."

세르멕이 목걸이를 받아 목에 걸자 늑대족 사내들이 환성을 질렀다.

그날 저녁, 그들은 자신들의 새로운 족장을 위해 양을 잡아 잔치를 벌였다. 그들의 술잔을 받으면서도 세르멕은 마음 한편으로 걸리는 것이 있었다.

"자네들은 산적질도 하는가? 도대체 누구를 기다렸기에 우리를 공격한 것인가?"

양푸가 대답했다.

"그동안 이곳에 터전을 잡은 이후로 사냥을 하고 물건을 만들어 팔아서 먹고 살 만큼 가축을 마련했습니다. 힘으로 굴복당해 눈물을 흘려본 우리가 어찌 남을 괴롭히겠습니까. 다만……."

양푸가 잠시 입을 다문 뒤 비장한 표정으로 말했다.

"융국 사람들이 지나는 것을 기다리고 있었습니다. 우리는 융국 사람만은 용서할 수가 없습니다."

양푸의 얼굴에 융국인들을 저주하는 마음이 그대로 드러났다.

"웬 융국 사람이 이곳으로 지나간다는 말인가."

"며칠 전에 융국 대상 행렬이 동쪽 땅으로 향하는 것을 발견했습니다. 그래서 그들을 습격하려고 계획을 세웠지요. 저희는 두 분을 길을 살피러 나온 상인들로 잘못 생각한 겁니다."

양푸는 융국 대상의 동정을 살펴 다시 계획을 짤 것이라고 말했다. 눈에 띈 이상 그냥 보낼 수 없다는 것이었다.

세르멕은 그런 양푸를 보며 갈등이 일었지만, 결국 함께 공격을 준비하기로 했다. 이미 그들의 수령이 되어버린 것이다.

5

남쪽의 반란을 진압하고 돌아온 대장군 파이한은, 그간의 전투보다 자기 앞에 꿇어앉은 아들 훈추에게서 더욱 깊은 피로감을 느꼈다.

“아버지, 허락해주십시오. 공주님도 케팔 제후와의 혼사가 무산된 것에 기뻐하십니다. 그분도 저 외에는 어떤 자라도 싫다고 하셨습니다.”

파이한은 답답했다. 지금 누구보다 거리를 두어야 할 공주에게 하필이면 자기 아들이 목을 매고 있었다.

“아비 말이 들리지 않느냐. 대장부가 어찌 그리 여자 하나에 연연한다는 말이냐.”

파이한에게 연정이란 욕정에 얽매어 지혜를 멀게 하는 걸림돌일 뿐이었다. 아들 훈추의 마음은 한때의 의미 없는 욕망에 불과했다. 젊은 혈기로 내리는 판단이 얼마나 그릇될 수 있는지 파이한은 잘 알았다.

‘더 큰 날개를 펴기 위해서는 작은 깃털 하나라도 정성스레 준비해야 하는 것.’

“썩 물러가거라.”

파이한의 거듭되는 호통에도 훈추는 고집을 꺾지 않았다. 무릎

걸음으로 다가오는 아들 훈추에게서 코를 찌르는 사향 냄새가 났다. 곱게 빗어 묶여 있던 윤기 나는 검은 머리는 이리저리 헝클어져 있었다.

"제발 허락해주십시오, 아버지!"

훈추는 본래 아비의 말에 거역하는 일이 없었다. 공부를 위해 서역으로 떠나려 했을 때도 파이한은 아들을 자기 무릎 앞에 앉혀놓았다. 훈추는 아무 말 없이 아비를 따라주었다. 그는 아비의 원대로 군대에 들어가 젊은 나이에도 너끈히 부장에 올라 도성 호위대를 이끌었다.

파이한은 언제부턴가 아들이 간혹 공주의 처소로 불려간다는 것을 알았다. 공주가 궁 밖을 산책할 때면 도맡아 호위하는 것도 알았다. 한 마리 말에 둘이 함께 올라앉아 달리는 것을 직접 본 적도 있었다. 아들의 준수한 용모가 문제였다. 공주의 눈에 도성 호위대를 이끄는 젊은 부장인 훈추가 가슴 시리게 보였을 테다. 그러나 파이한은 염려하지 않았다. 아들이 경거망동하지 않으리라 믿었다. 공주와 사사로운 감정을 갖는다는 것이 얼마나 위험이 따르는 일인지 아들이 안다고 믿었다. 다만 아들은 공주의 철없는 유희를 뿌리치지 못하는 것일 뿐이라고 믿었다. 그렇기에 그는 아들에게 넌지시 주의를 주었다.

"너는 도성 호위대를 책임져야 할 놈이 아니냐. 어찌 소임을 잊은 채 공주님과 어울린다는 말이냐."

그러자 아들이 심중을 토로했다.

"아버지, 저 역시 공주님을 사랑합니다."

파이한은 충격을 받았다.

이후, 케팔 제후가 공주와의 혼사를 위해 힘써달라는 부탁을 해왔을 때 파이한은 훈추를 공주에게서 떼어놓을 기회라고 여겼다. 당장 왕후 측의 미움을 사기에 충분했지만, 더 큰 위험을 피하기 위해서는 어쩔 수 없는 행동이었다. 그런데 왕후가 왕의 마음을 돌려놓을 것이라고는 파이한도 예상하지 못했다. 파이한은 암담했다.

케팔 제후와의 혼사가 무산되고 나자 훈추는 몸이 달았다.

"아버지만 허락하신다면 공주님도 대왕께 간청을 드려 혼인이 성사되도록 허락을 받아낸다고 하셨습니다. 아버지, 제발 제 뜻을 저버리지 말아주십시오."

석상처럼 앉아 있는 파이한의 수염이 작게 떨렸다.

'이다지도 혈기를 다스리지 못하는 놈인가.'

그가 아들에게 호통을 쳤다.

"아직 장군에도 오르지 못한 주제에 무슨 혼인이라는 말이냐! 사내놈이 자기 일을 성취하지도 못한 채 어디 장가부터 들 생각을 해! 우선 장군에 오르거라. 그러면 이 아비도 네 뜻에 토를 달지 않겠다."

훈추의 표정이 밝아졌다. 특별한 일이 없는 한 도성 호위대 부장은 장군에 오를 날이 그리 멀지 않은 직책이었다. 아비의 말은 결국 공주와의 혼인을 허락한 것이라고 훈추는 이해했다.

6

파룬의 치료는 효험이 좋았다. 벌써 예하는 가슴 통증이 덜어지는 것을 느꼈다. 파룬은 독특하게도 몸 곳곳을 손가락으로 눌러 치료했다. 지압이라고 했다.

"육체의 병은 마음에서 오지요. 근자에 무슨 걱정이 있으신가 봅니다."

"딸아이가 서역으로 장사를 떠났습니다. 열 달이 지나도록 소식이 없으니 늙은이가 마음을 쓸 수밖에요."

그것은 예하의 진심이 아니었다. 예하는 자기 딸 에젠의 능력을 의심한 적이 없었다. 그랬기에 일찍이 젊은 딸로 하여금 대상을 이끌도록 허락한 터였다.

"저도 젊은 시절엔 서역에서 의술을 배웠습니다만, 그곳 풍속이 우리 융국과는 달라서 사람들이 거칠지요. 보낸 예하님이나 길 떠난 따님이나 참 용기가 대단들 하십니다."

"그 아이는 하고자 하는 일을 말리면 병을 얻는 아이입니다. 말릴 재간이 있어야지요. 아들을 잃고 나서 오로지 그 아이뿐이니 장사를 안 시킬 수도 없고 말입니다."

치료가 끝나고 예하는 파룬과 찻잔을 마주하고 앉았다.

파룬이 차를 따르는 처녀에게 인자한 미소를 지어보였다. 그녀는 파룬의 반가움을 이해하지 못하는 눈치였다. 그녀가 나가자 파룬이 말했다.

"미카 저 아이를 대인께 맡긴 지도 십칠 년이나 됐군요."

예하는 빙그레 웃었다.

"처음 데려왔을 때 배고파 울던 갓난아기가 저토록 컸습니다."

오래전 일들이 예하의 머릿속을 스쳐갔다.

미카는 그 옛날 파룬에게 치료를 받다가 죽은 군노(軍奴)의 딸이었다. 어미도 없이 홀로 남은 아기를 가엾이 여겨 파룬이 거두었으나 그는 젖먹이를 키울 처지가 못 되었다. 왕진으로 집을 비울 일이 잦았고, 무엇보다 그의 집엔 젖을 먹일 여자가 없었다. 그때 예하가 나서서 아기를 맡아주었다. 예하의 집엔 젖을 먹일 여자 노예들이 많았다. 파룬은 더없이 고마워했다.

예하가 파룬에게 차를 권하며 말했다.

"이 미천한 사람을 위해서 번번이 손수 치료를 해주시니 몸 둘 바를 모르겠습니다. 다음부터는 제자들을 보내시지요."

"우리 융국을 살찌우고 계시는 대상인께서 어찌 스스로를 미천하다 하십니까."

"그래도 제가 파룬 님의 훌륭한 가문에 비하겠습니까."

파룬은 귀족 가문에서 태어난 사람이었다. 그는 가문의 일원으로 정사에 힘을 쓰는 대신 서역으로 공부를 하러 떠났다. 그가 돌아왔을 때 사람들은 그 먼 서역에서 겨우 의술이나 배워왔음을 알고는 머리를 흔들었다.

"그까짓 천한 일을 배우러 그곳까지 다녀오다니."

융국에도 이름 있는 의원은 얼마든지 있었다. 먼 외국에서 생소한 치료법을 배워온 그에게 사람들은 치료 맡기기를 꺼려했다. 하지만 융국 의원들의 치료 방식이란 오로지 약초였다. 파룬은 약초뿐만 아니라 지압과 침술을 사용했다. 그에겐 예리한 쇠붙이 도구도 있었다. 그가 환자를 보러 다닐 때 사용하는 보따리 안에는 심지어 톱도 들어 있을 정도였다.

"환부를 절개하거나 뼈를 자르고 갉아낼 때 사용되지요."

예하가 그 용도를 물었을 때 파룬이 대답했다. 예하는 뼈를 자르고 갉아내면 환자에게 참지 못할 고통이 따를 텐데 그런 치료를 어떻게 하느냐고 물었다.

"고통이란 감각으로 느껴지는 것입니다. 그렇기에 그 감각기관을 잠시 무디게 하면 고통을 느낄 수 없지요."

설명을 들었지만 예하는 그 치료에 효과가 있을지, 치료를 받다가 환자가 죽지나 않을지 의문이 들었다.

그 후, 예하는 파룬의 수술 장면을 목격할 기회가 있었다. 군량과 무기를 납품하러 파이한의 군영에 갔을 때였다. 파룬은 전쟁터에서 다친 병사들을 치료하는 데 여념이 없었다. 군영에서는 예사로운 일이기에 그냥 지나치려다가, 기묘한 광경에 예하는 문득 발걸음을 멈추었다.

파룬은 수술용 쇠붙이로 환부를 찢어 뼈를 깎아냈다. 가까이서 보자니 그 광경은 너무도 참혹했다. 그러나 어찌 된 영문인지 환자들은 고통을 모른 채 잠든 듯 보였다. 수술이 끝나자 파룬은 환자의 귓불에 꽂혀 있던 바늘을 빼냈다. 그러자 신기하게도 환자들이 잠에서 깨어나 신음소리를 냈다. 넓은 세상 어디를 다녀봐도 볼 수 없던 치료법이었다. 말로만 들었던 수술 광경을 처음 봤던 그날, 예하는 파륜이 신의 경지에 다다른 의술을 가지고 있음을 비로소 알게 되었다.

"서역 땅에서 나를 가르치신 스승님의 재주에서 비롯된 것이지요."

파륜은 예하의 찬사에도 겸손해했다.

예하가 찻잔을 내려놓고 파륜에게 말했다.

"이번에도 아우이신 파이한 장군께서 변방의 반란자들을 진압하셨다고 들었습니다. 파륜 님 가문의 명성이 더욱 빛나겠군요."

"무장이 할 일을 했을 뿐이지요. 오히려 저는 그 사람이 공을 독차지하는 것에 마음이 쓰입니다. 시기심에서 오는 위험이 크다는 것을 아우가 알고 있으면 좋겠어요."

"대왕의 신임를 받고 계시는 파이한 장군이 무엇을 걱정하겠습니까."

"그렇기는 하나 공주님과 케팔 제후간의 혼인 문제로 근래 왕후마마의 눈초리를 받고 있는 것 같습니다. 저는 처음부터 그 사람이 왕가의 일에 관여하는 것이 마음에 걸렸습니다."

파륜의 수염이 떨렸다. 걱정보다는 차라리 못마땅하다는 투였다.

"그분이 어디 경거망동할 분입니까. 허나 공주님과 케팔 제후의 혼인은 결국 무산된 모양이군요?"

"그렇다고 들었습니다. 아우가 많이 난처하게 되었지요. 그가 이번 일엔 웬일로 끼어들었는지 알 수가 없습니다. 왕가 일은 신하들이 함부로 나설 일이 아니지요."

예하는 하마터면 무릎을 칠 뻔했다. 파룬의 말 속에 기다리던 귀중한 정보가 들어 있었다.

예하는 오랫동안 파이한을 주시해왔다. 파이한은 예하처럼 국내외로 재물을 유통시키는 무역 상인들을 높게 평가해주는 인물이었다. 특히 그는 변방의 반란을 진압하는 데 열심이었는데, 그것은 상인들을 돕기 위한 일이기도 했다. 변방 부족들이 반란을 일으키면 외국에 드나드는 상인들의 길목이 어수선해지기 때문이었다.

그뿐만 아니라 파이한은 예하를 불러 주변국들의 정세를 묻는 일이 있었다. 예하가 거래하는 물목과 그 물건들의 주산지, 또는 어느 나라의 상인들이 큰 상단을 이끌고 있는지도 물었다. 무장의 신분임에도 천하의 상거래까지 관심을 갖는 것은 예사롭지 않은 일이었다.

드넓은 세상을 돌아다니며 경계 없는 인간 사회를 경험한 예하의 안목으로 볼 때 파이한은 특별한 인간상이었다. 그는 무인이지만 무인의 세계에 안주하지 않았다. 그는 세계를 보고 느끼려는 욕망이 강했다. 인간 세계의 드러나지 않지만 암묵적으로 존재하는 현실적인 질서 따위를 그는 백안시하는 인물이었다.

파이한이 가진 욕망은 이질적이고 어쩌면 위험한 열망일 수 있다는 걸 예하의 깊은 눈은 모르지 않았다. 그렇더라도 예하는 상인이었다. 어쨌든 천하의 파이한이라도 거래 상대가 된다면 피하지 않는 것이다.

파룬은 이복아우인 파이한이 근래 공주의 혼사를 주선했던 문제로 난처해졌다고 했다. 그 말을 듣고 예하는 파이한에게 줄 선물을 서두르기로 작정했다. 그 선물은 예하에게 가슴 통증을 가져왔던 진정한 고민 또한 해소해줄 것이었다.

7

도성을 관통하는 얄렌강 수위가 줄어 교각이 모습을 드러냈다. 정교한 양각무늬로 덮여 있는 석교 난간이 그 어느 때보다 멋지고 우람해 보였다. 석교 위를 걷는 예하의 눈에 그것은 젊은 남자의 힘과 아름다움의 상징으로 보였다. 그렇기에 석교는 자랑스러웠던 아들을 떠오르게 했다.

'아까운 아이였어.'

아들은 총명하고 사려 깊었다. 때문에 예하는 상단을 물려줄 재목으로 일찌감치 점찍었다. 그러나 아들은 장사보다는 무예에 더 관심이 많았다. 소년 시절에 이미 그를 당할 사람이 드물 정도로 무예를 수련하더니, 결국 아비의 뜻에 반하여 군대에 들어갔다.

이후 아들은 어렵지 않게 장군의 자리에 올랐다. 그런데 그가 이웃 나라인 스카루국과의 전쟁에서 스기요메라는 장군을 사로잡고도 놓아준 일이 있었다. 비록 적장이라도 죽이기에는 인품이 아깝다는 이유였다. 그 일이 밝혀져 아들은 고초를 겪은 후 자리에서 물러났다. 아들은 그때부터 예하에게 장사를 배웠다. 예하로서는 오히려 다행스러운 일이었다.

그 후 융국 왕에 의해 평화 정책이 선언되자 아들은 제일 먼저 스카루국으로 달려갔다. 서역의 대국인 그 나라에 장사할 길이 무한정이라는 것을 아들도 잘 알고 있었다.

그의 사업이 순조로웠던 것은 지난번 전쟁에서 놓아준 스기요메 장군의 도움 덕분이었다. 그는 예하의 아들에게 스카루국의 상거래를 관장하는 왕자를 소개해주었다. 뜻밖에 스카루국의 왕자를 등에 업고 장사를 하게 된 아들은 곧 예하 상단에 엄청난 이득을 가져다주었다. 그러나 아들은 허무하게도 서역의 역병에 걸려서 갑자기 죽어버렸다.

아들의 죽음은 스카루국과 무역의 기회를 노리던 다른 나라 상인들에겐 다시없는 기회였다.

"어찌 융국 상인들만 고집하십니까. 스카루국에 필요한 물건들은 오히려 저희 나라에 더 많다는 것을 왜 모르십니까."

타국 상단들은 앞다투어 스카루국 왕자와 막후에서 교섭하며 예하 상단을 견제했다. 결국 왕자는 예하 상단과 맺었던 보이지 않는 계약관계를 종식시켰다. 서역 모든 나라에서 번창하던 예하 상단이 스카루국 땅에서는 그렇게 한순간에 장삿길이 막혀버렸다.

하지만 예하는 스카루국과의 교역을 포기할 수 없었다. 스카루국이 서역의 대국인 것보다 더 중요한 이유는 아들이 개척해 놓은 장삿길이기 때문이었다. 스카루국에 죽은 아들의 숨결이 아직도 남아 있음을 느끼는 예하는 이익을 떠나 반드시 거래를 다시 이어야만 했다.

예하는 지금껏 여러 가지 방법으로 스카루국에서의 장삿길을 모색했지만 모두 실패했다. 고민이 깊어 가슴에 통증이 심해지던 그때, 파룬의 이야기를 들은 것이다. 이제 계획대로만 된다면 예하의 고민이 명쾌하게 풀릴 것이었다.

석교를 지나자 곧 큼직한 화강암 벽돌로 지어진 파이한의 집이 나타났다. 견고한 성채처럼 육중한 그의 저택은 사람을 압도하는 위용이 있었다.

저택으로 들어선 예하는 파이한과 마주하여 고개를 조아렸다.

"근자에 장군께서 곤궁에 처하셨다고 들었습니다. 그렇기에 그 문제를 풀어드릴 선물을 갖고 찾아뵈었습니다."

뜻밖의 말에 파이한이 날카로운 눈으로 예하를 쳐다보았다.

"장군께서 허락하신다면, 제가 공주님과 스카루국 왕자의 혼인을 주선하겠습니다."

머리를 숙이고 있었으나 예하는 파이한의 눈이 타오르고 있다는 것을 직감했다. 만약 혼인이 성사된다면 공주는 멀리 타국으로 떠나버릴 것이다. 태자 일파의 세력 축소를 바라는 왕후로서는 기뻐할 일이었다. 외국의 태자도 아닌 일개 왕자라면 그리 경계할 것도 없었다. 태자 일파의 입장에서도 반대할 일이 아니었다. 태자가 순조롭게 왕위를 승계한다면, 미리 타국 왕가와 인척관계를 맺어두는 것은 환영할 만한 일이었다. 무엇보다도 파이한이 이 혼사를 주도한다면 그동안 태자 일파와 왕비 일파 양측으로부터 난처했던 그의 처지가 일거에 해소될 것이었다. 예하 역시 스카루국의 상권을 손에 쥔 왕자가 융국 공주와 혼인하면 스카르국과의 교역은 반드시 재개될 것이고, 예하의 오랜 고심이 풀릴 것은 자명했다.

예하는 말을 이었다.

"아시다시피 죽은 제 아들이 예전에 스카루국의 왕자와 깊은 교분을 맺은 바 있습니다. 그렇기에 제가 직접 나선다면 결코 성사시키지 못할 것도 없습니다. 양국의 희망적인 유대관계로 이어질 이 혼사를 스카루국 왕가도 결코 반대하지 않으리라 확신합니다."

뜻밖에도 파이한은 기뻐하지 않았다. 그의 표정엔 변화가 없었다.

"글쎄요. 공주님의 의향이 어떠실지 모르겠구려."

예하는 당황했다. 그러나 노회한 상인은 파이한의 뜻이 무엇인지 알아챘다. 그 일을 성사시키는 대가로 따로 바라는 것이 있는지 떠보는 것임을 간파한 것이다.

"공주님의 입장에서도 일개 제후에게 시집가는 것에 비하겠습니까. 반대하실 이유가 없겠지요. 혼사가 이루어진다면 양국의 평화가 공고히 다져질 테니 대왕께서도 반대하시지 않을 겁니다. 그러면 두 나라 사이에서 이 늙은 상인에게 유리한 점도 없지 않겠지요."

당신에게서 반대급부를 원하지 않는다는 뜻을 파이한은 이해하는 눈치였다.

"알겠소. 스카루국 측의 의향을 알아보시오. 그 후에 대왕께 고해보리다."

예하의 얼굴에 비로소 안도의 기색이 돌았다.

8

에젠이 동쪽 땅으로 들어선지 며칠 만에 산악지대가 나왔다. 대상 행렬이 나아가기에는 어려운 길이었다. 더 수월한 길이 없겠느냐고 물었지만 외눈박이는 고개를 저었다. 돌아가기엔 산맥의 규모가 거대했다. 동쪽 땅까지 가려면 산맥을 넘거나, 아니면 융국으로 발길을 돌려야 했다. 그러나 여기까지 상단을 이끌고 온 에젠은 융국으로 발길을 돌릴 수 없었다.

다행히 나무가 거의 없는 민둥산이라 시야가 멀리 미쳤다. 바위 사이로 관목이 자라는 것 외에는 풀도 거의 없었다.

"그런대로 마차가 지나갈 길은 있습니다. 황량한 산이니 따로 산적들이 있을 것 같지도 않습니다."

길을 살피러 나갔던 상인들이 말했다. 결국 에젠은 산속으로 들어서서 마차가 지나기 좋은 평평한 계곡으로 길을 잡아 나아갔다.

며칠을 걸려 산맥을 넘자 저 아래 푸른 초원이 나타났다. 동쪽 땅이었다. 에젠은 흥분에 휩싸였다. 이곳이 가져다 줄 엄청난 이익을 생각하니 입가에 웃음이 절로 흘렀다. 그때, 앞서 가던 상인들이 비명을 질렀다.

"호랑이다! 호랑이가 나타났다!"

'호랑이?'

사람들이 마차를 버려둔 채 뒤쪽으로 몰려왔다. 에젠이 말을 몰아 앞쪽으로 달려가니 호랑이 여러 마리가 다가오고 있었다. 호랑이가 떼로 다니는 것은 드문 일이었다. 겁에 질린 낙타들이 등에 짐을 실은 채 혼비백산 도망가고, 마차에 몸이 묶여 꼼짝할 수 없는 말들은 절망적으로 울어댔다.

에젠은 안간힘을 다해 사람들을 다그쳐 호랑이를 막으라고 소리 질렀다. 그러자 몇몇 상인들이 활을 꺼내 호랑이들을 향해 쏘았으나, 겁에 질린 그들의 화살은 엉뚱하게만 날아갔다. 얼마 지나지 않아 활을 쏘던 사람들까지 산을 타고 도망쳐 올라왔다. 바위만 간혹 박혀 있는 민둥산이라 호랑이를 피해 올라갈 나무도 없었다. 호랑이들은 묶여 있는 말들은 거들떠보지도 않고 활을 쏘던 사람들에게 달려들었다.

상인들이 혼란에 휩싸인 그때, 갑자기 믿기지 않는 광경이 눈앞에 펼쳐졌다. 성난 얼굴로 다가오던 가장 덩치 큰 호랑이가 어디선가 날아온 화살에 맞아 고꾸라졌다. 뒤이어 나머지 호랑이들도 차례로 넘어졌다. 에젠이 돌아보니 능선에서 곰 같은 덩치의 수염 덥수룩한 사나이가 말을 타고 달려왔다. 맞은편 능선에서도 여러 명의 사내들이 말을 몰고 내려왔다.

"큰일 날 뻔했습니다. 이 산엔 호랑이가 제법 있지요."

수염 덥수룩한 사내가 말했다. 뒤따른 사내들은 상단을 외면한 채 죽은 호랑이들을 끌어모으는 데 열중했다. 그때 또 한 무리의 사내들이 도망친 낙타들을 잡아 오는 것이 보였다. 차림새가 대부분 격식이 없는 것을 보아 동쪽 부족 사람들인 것 같았다. 낙타를 이끌고 온 무리 중 한 남자가 말했다.

"다행입니다. 마침 저희가 당신들 곤경을 봤기에 망정입니다."

그들은 상인들에게 낙타를 돌려주고 마차에서 튀어나온 말들을 끌어다 묶는 일을 도와주었다. 혹 산적이 아닐까 의심했던 에젠은 안도했다. 동쪽 부족 땅으로 장사를 가는 중이라는 이야기를 듣자 그들은 길 안내를 자청했다.

"헌데 먼저 근처에 있는 저희 마을로 가셔서 물건을 보여주시면 좋겠습니다. 저희도 지금까지 상인들이 오기를 기다렸거든요."

그가 금맥이 섞여 있는 하얀 돌(硅岩)을 주머니에서 꺼내 보여주었다. 물건 값으로 그것을 얼마든지 내놓겠다고 했다. 돌을 본 에젠은 눈이 휘둥그레졌다. 설레는 가슴을 진정시키기 어려웠다.

그녀는 사내들이 이끄는 대로 당장 그들 마을로 들어갔다. 어쩐 일인지 마을에는 사람들이 없었다. 수염 덥수룩한 사내는 주민들 일부는 사냥을 나가고, 일부는 잡은 동물들을 팔기 위해 성읍으로 들어갔다고 말했다. 하지만 오늘 저녁이나 내일 아침쯤이면 그들이 돌아와서 물건들을 살 것이라며, 사내는 그동안 상단 사람들이 관심을 보이는 하얀 돌이 있는 곳을 안내해주겠다고 했다.

에젠이 몇몇 상인들과 함께 사내들을 따라 말을 달려가니 저만치 푸른 나무들이 빽빽한 산봉우리가 보였다. 뒤쪽에 있던 민둥산과는 딴판이었다. 에젠은 사내들을 따라 좀더 깊은 숲까지 들어갔다. 이내 커다란 구덩이가 나오고 붉은 흙 속에서 하얀 돌들이 보였다. 처음 사내들이 보여주었던 것과 같은 돌이었다. 상인들이 그 구덩이에 뛰어들어 돌을 움켜쥐고 환호했다. 에젠도 상인들 사이에

끼어 돌을 살펴보았다. 흙을 떨어내면 군데군데 금빛이 번쩍이는 하얀 돌들이었다. 이 일대에 틀림없이 금광이 묻혀 있는 것이다. 에젠은 전율이 몰려오는 것을 느꼈다.

'아버지가 이 사실을 아시면 얼마나 기뻐하실까.'

에젠은 기쁨에 들떠 부족 사람들에게 얼굴을 돌렸다. 그런데 그들은 어느새 몰려들어 활을 겨누고 있었다. 에젠은 들고 있던 돌을 떨어뜨리며 그 자리에 얼어붙었다.

"자, 구경이 끝났으면 이제 모두 일어서거라. 반항을 하지 않는다면 당장 죽이지는 않겠다."

전과 달리 그들의 얼굴이 모두 표독스러웠다. 큰 구덩이 속에 갇혀버린 상단 사람들은 어찌 손쓸 방법이 없었다. 에젠과 상단 사람들은 밧줄에 묶인 채 마을로 끌려갔다. 마을에 남아 있던 상단 일행들도 모두 묶여 있었다.

에젠은 눈을 감고 이 위기를 벗어날 궁리를 해보았다. 융국 군사들이 복수를 해올 것이라고 엄포를 놔도 통할 것 같지 않았다. 유목민인 그들은 마을을 버리고 넓은 초원 어디론가 사라져버리면 그만이었다. 재물까지 모두 빼앗겨버린 지금 그들을 달랠 만한 아무런 수단이 없었다. 에젠이 절망에 휩싸일 즈음, 뜻밖에도 수염 덥수룩한 사내가 다가왔다.

"당신이 이 상단의 책임자가 확실하오?"

에젠이 떨지 않으려 애쓰면서 그렇다고 말했다. 그는 에젠을 일으켜 세우더니 어디론가 데려갔다.

세르멕은 토라가 끌고 온 여자를 보면서 갈등에 휩싸였다.

'어찌 죄 없는 여자까지 죽여야 한단 말인가.'

양푸는 저들을 당장 죽여야 한다고 고집을 부렸다. 그러나 늑대족이 융족 사람들에게 원한이 크다 한들, 이들은 늑대족에게 피해를 입힌 사람들이 아니었다. 늑대족을 괴롭힌 것은 융족의 포학한 제후일 뿐이었다.

'이들은 그저 장사나 하러 다니는 사람들이 아닌가.'

이들이 이 땅에 온 것은 동쪽 부족들이 필요로 하는 물건들을 팔기 위함이었다. 어찌 보면 위험을 무릅쓰고 동쪽 땅에 새로운 문물을 접할 기회를 주는 사람들이었다. 세르멕은 결정을 내리기가 어려웠다.

일단 세르멕은 상단의 책임자와 이야기를 나누어보기로 했다.

"당신이 융국 상인이라면, 융국 땅에서 일어났던 늑대족의 참상에 대해서도 들었을 것이오."

그 말에 에젠이 놀라는 반응을 보였다.

"당신들이 늑대족인가요?"

"나는 동쪽 부족 사람이지만 어찌하다 보니 이들 늑대족을 이끌게 되었소."

"늑대족이 우리 융국 군사들에게 쫓겨났다는 이야기는 들었어요. 그렇다 해도 우리 상인들과는 상관없는 일이 아닌가요?"

에젠의 말이 끝나기 무섭게 양푸가 벌떡 일어났다.

"우린 아무 죄도 없이 너희 융족 놈들에게 죽임을 당했어! 우리 형제들을 핍박하고 고향에서 내쫓았지. 그래서 우리는 너희들에게 복수를 해야 한다는 말이다! 알아듣겠느냐?"

에젠은 양푸가 질러대는 고함에 턱을 치켜들며 대꾸했다.

"그래요. 당신들 사연은 저도 알아요. 사람 같지도 않은 제후 이야기를 들었죠. 그래서 우리를 죽이겠다구요? 그럼 그렇게 해요. 사람 목숨을 함부로 빼앗는 그 융국 제후처럼 당신들도 똑같은 인간이라면 말리지 않겠어요."

세르멕이 양푸를 진정시키고 에젠에게 말했다.

"당신네 융국은 큰 나라요. 만일 우리가 당신들을 그냥 돌려보낸다면 또 어떤 보복을 당할지 모르오. 더구나 이들의 가족은 아직도 융국 땅에 있소."

"당신 말은 틀리지 않아요. 만약 재물을 빼앗은 채 우리를 놓아준다면 말이죠. 하지만 처음 약속처럼 저 금광과 우리 물건을 교환한다면 당신들에게도 이득일 거예요. 어쩌면 상단의 주인이신 제 아버지께서 늑대족이 안전하게 고향으로 돌아갈 수 있도록 도움을 줄 수도 있겠지요."

에젠의 말은 거침이 없었다. 당장 목숨이 경각에 달했다는 사실을 잊은 사람처럼 위험을 무시한 채 그녀는 이익을 위한 거래를 제안했다. 경탄할 만한 여자였다.

세르멕은 에젠을 돌려보냈다. 이제 양푸를 설득할 차례였다.

"저들을 값없이 죽인들 무엇하겠나. 어차피 자네들의 꿈은 고향으로 돌아가는 것이 아닌가. 나는 저 여자 말이 백번 지당하다는 생각이네."

"만일 저 여자가 우리를 농락하는 것이라면 어떻게 하겠습니까.

상단의 진짜 주인은 저 여자의 아버지라고 했습니다. 아버지가 딸과 생각이 같다는 보장도 없질 않습니까. 융족 사람들을 우리는 믿을 수가 없습니다."

"자네 마음은 이해하네. 그래서 내게도 생각이 있네."

세르멕은 금광에 환호하던 상인들을 떠올렸다. 따지고 보면 금광은 늑대족에게 그리 쓸모 있는 것은 아니었다. 조그만 부족들이 산재한 동쪽 땅에서는 제값을 할 수 없었다. 그러나 늑대족을 고향으로 보내줄 값어치로서는 충분할지도 몰랐다.

세르멕이 보기에 대상을 이끌고 있는 당찬 여자는 믿음이 갔다. 그렇더라도 세르멕은 다시 한번 그녀를 시험해보고자 했다. 양푸도 세르멕의 말을 듣고 기어이 수긍을 하게 되었다.

다음 날, 세르멕이 에젠 일행을 모아놓고 말했다.

"우리는 결정을 내렸소. 당신들의 재물을 가지고 돌아가도 좋소. 하지만 조건이 있소. 우리가 금광을 내줄 테니, 늑대족의 귀향을 돕겠다는 약속을 당신들 상단 주인에게 받아내주시오. 소식이 올 때까지 한 사람을 인질로 삼아야겠소. 인질이 될 사람은 누구든 상관없으니 당신들이 결정하시오."

상인들이 함성을 질렀다. 그들은 세르멕의 발치에 엎드려 몇 번이고 절을 했다. 하지만 누구 하나 선뜻 인질이 되겠다고 나서는 사람은 없었다. 그들 사이에서 에젠이 나섰다. 다른 사람들과는 달리 그녀는 기쁜 얼굴이 아니었다.

"저를 시험하시는군요. 이들을 이끄는 제가 인질로 나서지 않는다면 우리는 모두 죽겠지요."

세르멕은 마음속으로 안도했다. 입에서 빙그레 웃음이 나왔다.

"미안하오. 그대라면 양해해줄 거라고 믿었소. 당신 아버님이 사람을 보내올 때까지 불편하지 않게 지낼 수 있도록 하겠소."

상인들은 그렇게 에젠을 남겨두고 융국으로 돌아갔다.

9

미카는 오늘도 에젠의 소식을 듣지 못해 초조했다.

'차라리 에젠 아기씨를 따라나서는 건데 그랬어.'

미카는 에젠을 따라가겠다고 고집을 피우지 않은 것을 후회했다. 에젠만을 의지하며 살던 미카는 외로웠다.

사랑하던 남자인 점박이가 서역에서 도련님과 함께 역병에 걸려 죽었다는 소식을 듣고 미카는 삶을 포기하려 했다.

'그래도 살아야 해. 생명을 함부로 포기하는 건 못할 짓이야. 난 그토록 사랑하는 오빠를 잃었어도 죽을 생각은 안 하잖아. 왜 죽어? 그분들 몫까지 살아내야 하는데.'

미카는 에젠의 말을 듣고 죽어버리려 했던 마음을 고쳐먹었다.

'그래, 에젠 아기씨를 의지하고 살자. 또 누가 알겠어? 내 삶에 또 다른 기쁨이 찾아올지.'

그러나 에젠이 서역으로 장사를 떠난 지 일 년이 다 되어도 소식이 없었다. 상단 누구에게 물어봐도 그녀가 돌아올 날짜가 지났다고 했다. 그런데도 예하는 자기 딸을 걱정하는 기색이 없었다. 오히려 그는 요즘 무슨 일인지 얼굴이 밝아져 있었다.

'어르신은 딸 걱정도 안 드시나 봐.'

에젠은 어려서부터 같이 자란 미카를 시중 노예라고 생각지 않고 친자매처럼 대했다. 미카가 눈에 들어 하는 물건이 있으면 아끼는 것이라도 서슴없이 내주었다. 누군가 미카에게 함부로 대하면 가만있지 않았다. 예하도 미카를 아껴 그녀의 노예 신분을 벗겨주었다.

'우리 에젠은 자매가 없지 않느냐. 둘이 우애 깊게 산다면 나도 더 바랄 것이 없다.'

이따금씩 에젠은 아버지를 따라다니며 봤던 세상 풍물을 미카에게 이야기해주곤 했다.

'한번은 초원 한가운데서 불을 지피고 잠을 청했어. 그런데 어디선가 늑대 떼가 나타나서 말들을 공격하는 거야. 깜짝 놀랐지 뭐. 갑자기 아수라장이 되었는데 사람들이 일어나서 늑대들을 간신히 물리쳤어. 그날 불쌍하게도 말 두 마리가 죽었지.'

미카가 듣기에 에젠의 이야기는 대부분 고생스러운 경험들이었다. 그러나 정작 에젠은 아주 흥미로운 일처럼 이야기했다. 미카는 에젠이 왜 그런 일을 좋아하는지 이해할 수 없었다. 대상을 이끌게 되었다고 기뻐하던 에젠의 환한 얼굴이 떠올랐다.

'세상에는 신기한 일이 많거든. 그뿐인 줄 아니? 상단 재물이 불어나는 것을 보면 얼마나 신나는데.'

그렇지만 에젠이 나서지 않아도 세상일은 그대로 굴러갈 것이고 상단의 재물은 불어갈 것이었다. 굳이 에젠이 그 어려운 일에 뛰어들어 위험을 자초할 이유가 없어 보였다.

이해할 수는 없었지만, 그럼에도 에젠은 미카의 유일한 버팀목이었다.

'오늘은 꼭 어르신께 여쭈어봐야겠어.'

미카는 작심을 하고 넓은 안채를 통과하여 바깥채로 향했다. 가뜩이나 사람들로 붐비는 예하의 넓은 저택은 오늘따라 더욱 성황이었다. 수많은 말과 낙타들이 짐 실은 마차들 사이에서 사람들 손에 이끌려 다녔다. 마당에는 산더미 같은 짐들이 뒹굴었고 사람들이 짐을 창고로 쉼 없이 나르고 있었다. 미카는 에젠이 도착한 것이라 직감하고 예하의 방으로 뛰어갔다.

"무엇이? 우리 에젠이 인질로 잡혔다고?"

방문 앞에 다다르자 예하의 큰 목소리가 들려왔다. 미카는 가슴이 내려앉았다. 영문을 몰랐지만 인질이라는 말에 심장이 터질 것처럼 뛰었다.

"하지만 다행히도 생명의 위협은 없습니다. 그런데 어르신, 저에게 좋은 방법이 있습니다. 그들을 죽이고 금광을 아예 빼앗아버릴 묘책이지요."

외눈박이의 목소리였다. 미카는 외눈박이의 말에 불안을 느꼈다.

'생명의 위협도 없다는데 왜 죽여야 하지?'

미카는 평소에도 음흉한 눈빛을 띤 외눈박이가 싫었다. 에젠의 생명을 담보로 꾸미는 음모라니 더욱 불안했다. 미카는 예하의 방에 뛰어들었다.

"어르신, 제발 부탁이에요. 아기씨를 위험에 빠트리지 말아주세요. 우리 아기씨가 무사히 돌아올 수 있도록 그 사람들을 잘 달래주세요."

"이년이! 예가 어디라고 함부로 들어와 난리인 게냐!"

외눈박이가 소리쳤다.

"저년을 어서 끌어내지 않고 뭣들 하느냐. 어서 끌어내라!"

옆에 있던 사내들이 우악스럽게 미카를 끌고 갔다. 그녀는 끌려 나가면서도 소리쳤다.

"어르신, 불쌍한 아기씨를 위험에 빠트리지 마세요. 제발 부탁이에요."

예하가 사내들을 제지했다.

"미카를 그냥 놔두거라. 얘야, 이리 오너라."

사내들이 놓아주자 미카는 한달음에 넓은 방을 가로질러 예하 앞에 꿇어앉았다. 미카의 얼굴이 온통 눈물에 젖었다.

"미카야, 우리 에젠은 무사히 돌아올 테니 걱정 말거라. 내가 약속하마. 그러니 진정하고 돌아가서 기다리고 있거라."

미카를 달랜 예하는 외눈박이에게 호통을 쳤다.

"상인이 약속을 했다면 어떤 것이라도 반드시 지켜야 하는 것이다. 어찌 잔꾀를 내어 이익만을 챙기려 하느냐. 고이얀 놈! 나가보거라."

예하의 호통에 외눈박이가 고개를 숙인 채 나갔다. 미카는 예하의 발아래에 엎드려 울었다.

"너도 이제 그만 울거라. 내가 알아서 에젠의 일을 처리한다고 하지 않더냐."

미카가 얼굴을 들고 예하에게 말했다.

"어르신, 저도 에젠 아기씨께 가도록 허락해주세요. 지난번에 아기씨를 따라가지 않은 것을 여태 후회했어요. 이제라도 아기씨께 가서 돌봐드리고 싶어요."

미카의 말에 예하가 웃음을 머금었다.

"네 뜻이 정 그렇다면 그렇게 하려무나. 하지만 고생이 될 게다."

미카는 예하에게 거듭 절을 올렸다.

10

에젠은 늑대족 마을에 혼자 남았지만 전혀 주눅 들지 않았다.

사내들이 술을 마실 때면 그녀 역시 마다하지 않았고, 사냥을 나갈 땐 함께 따라나서서 큼지막한 짐승들을 말에 싣고 돌아왔다. 멋진 검술을 보여서 사람들을 경탄케 하는가 하면, 말을 달리면서 보여주는 마술(馬術)의 경지는 마을 사내들이 흉내도 낼 수 없었다.

"오라버니에게 배웠어요. 저는 오라버니에 비하면 아무것도 아니었지요……."

에젠의 얼굴에 잠깐 어둠이 깔렸을 때, 세르멕은 그녀의 오라비가 이미 세상을 떠났다는 것을 짐작했다.

기회가 많았는데도 에젠이 도망치지 않는 것을 보면서 사람들은 아예 감시의 눈길마저 거두었다. 마을에서 생활하는 그녀는 인질이 아니라 오히려 늑대족의 두령에 가까웠다. 화살촉과 창 등의 무기를 더욱 예리하게 만들기 위해 화덕과 거푸집을 개조한다든지, 말안장을 개량하는 일, 마차 바퀴를 튼튼하면서도 날렵하게 만들어내기 위해 목재를 골라 다듬는 일 등을 남자들에게 시켰다. 그뿐만 아니라 마을의 집들을 다시 짓자고 주장하여 사람들을 곤혹스럽게 했다. 하지만 누구도 그녀의 기세를 꺾을 수 없었다.

여태 늑대족 사내들은 얽은 나뭇가지 위에 흙을 발라 벽을 만들고 지붕은 양털로 덮은 집에서 살았다. 이젠 그 자리에 돌을 다듬어 벽을 쌓고 흙을 구워 만든 기와로 지붕이 덮인 산뜻한 서역식 집들이 들어섰다. 에젠이 설계한 집들은 쾌적할 뿐만 아니라 불을 지필 수 있는 벽난로까지 있어 내부가 따뜻했다.

이제 사내들은 그녀의 지시에 따르는 것은 물론 무언가 일을 시켜주기를 바랐다. 그녀가 함께한 뒤로 마을이 활기차게 돌아갔다. 그녀는 사람 사는 여러 가지 기술에 달통한 여자였다. 동쪽 땅 한 구석에서 살아온 세르멕의 눈에도 그녀의 기술은 고향의 코타이 노인보다 우수해 보였다.

하루는 세르멕이 그녀가 들여다보고 있는 목판에 세밀하게 그려진 그림을 가리키며 물었다.

"그건 무슨 그림이오?"

"이건 문자라는 거예요. 자기 생각이나 여러 가지 있었던 일들을 기록할 수 있지요. 일일이 기억하기에 벅찬 많은 내용들도 이렇게 문자로 적어 놓으면 나중에 잊어버리지 않는답니다."

"이 그림들을 어떻게 일일이 기억을 한다는 말이오?"

"보기엔 복잡해 보여도 몇 글자 안 되는 거예요. 마음만 먹으면 금방 외울 수 있어요."

"그런데 이쪽 그림들의 배열은 어딘가 좀 다르군요."

세르멕이 다른 나무판을 가리켰다.

"그것은 숫자를 계산하는 문자들이에요. 말하는 것을 기록하는 문자와 계산하는 것을 기록하는 문자가 조금 다를 뿐이지요. 이런 문자를 이용하면 물품의 가짓수가 아무리 많아도 일목요연하게 기록하고 그 가치를 계산할 수 있답니다. 우리 상인들에게는 아주 귀중한 문자지요."

세르멕은 어릴 때처럼 호기심이 발동했다. 나무판에 있는 글자들을 흉내 내서 땅바닥에 그려보았다. 하지만 잘 되지 않았다. 몇 번이고 다시 그려보아도 나무판에 있는 것과 모양이 달라졌다. 그러자 에젠이 세르멕의 손을 잡고 쓰는 순서를 가르쳐 주었다. 얼마 뒤엔 에젠이 손을 뗀 후에도 세르멕 혼자 똑같이 그려낼 수 있게 되었다.

"글자는 어느 것이라도 쓰는 순서가 있어요. 그 순서가 다르면 모양도 틀려지고 결국 알아볼 수 없는 글자가 되어버리고 맙니다. 그래서 글은 혼자 연습해서 되는 것이 아니라, 처음엔 가르쳐 주는 사람에게 배워야 되는 거예요."

"그렇다면 내게도 그걸 가르쳐줄 수 있겠소? 아니, 그뿐만이 아니라 당신이 가지고 있는 재주를 모두 배우고 싶소."

에젠은 세르멕에게 서역의 말과 문자를 가르쳤다. 뿐만 아니라 우수한 청동기를 제작하기 위한 구리와 주석의 배합률, 돌을 쪼아 만든 거푸집의 여러 형태들도 알려주었다. 석회와 장석, 고령토 등을 이용하여 질그릇을 더욱 세련되게 만들 수 있는 유약의 제조법도 가르치며 실제 재료를 구해 만들어 보이기도 했다. 거기에 구리, 산화철 등의 화합 물질로 색채까지 아름답게 입히는 방법도 선보였다.

세르멕이 보기에 에젠은 모르는 것이 없는 여자였다. 그녀의 손을 거치면 무엇이든 깔끔하고 편리한 도구로 둔갑했다.

토라와 양푸도 에젠의 지시에 따라 일을 했다. 흙으로 빚어 불에 구운 토관을 땅에 묻어 집 안까지 물이 들어왔다가 빠져나갈 수 있는 장치를 만들거나, 축사를 개량해서 깨끗하게 유지할 수 있도록 보수까지 해놓았다. 얼마 후 늑대족 마을은 서역의 어느 마을에도 뒤지지 않을 만큼 세련되고 깔끔한 작은 도시처럼 변모했다.

"이거 이러다가는 여기를 떠나고 싶지 않겠는걸."

양푸와 늑대족 사람들은 서로 마주 보면서 웃었다.

세르멕은 한 가지 의아한 점이 있었다. 어차피 늑대족 사내들을 고향으로 돌려 보내줄 것이라면 굳이 마을의 시설들을 고칠 필요가 없는 것이다. 세르멕이 의문을 표시하자 에젠이 말했다.

"여러분이 경험을 갖게 하고 싶어서예요. 이제 제대로 된 마을과 도구들을 만들어봤으니 어딜 가서도 똑같이 할 수 있지 않겠어요?"

에젠의 말은 틀리지 않았다. 약간의 기술과 경험으로도 삶의 환경을 완전히 다르고 편리하게 개조할 수 있다는 것을 사내들은 알게 되었다.

에젠과 함께 보내는 시간들이 순식간에 지나갔다. 그동안 에젠은 사내들에게 신뢰감을 얻어냈고, 사내들은 자신들을 가르치는 에젠에게 고마운 마음을 갖게 되었다. 그들 사이엔 보이지 않는 유대감이 생겨났다.

세르멕 역시 고향을 떠난 이후 자기를 변모시킬 기회가 와준 것이 기뻤다. 죽을 뻔한 그녀를 세르멕이 살려주었지만, 이젠 그녀가 세르멕과 사내들을 살 수 있도록 해주었다.

11

예하 일행이 도착하자 마을이 부산해졌다.

예하는 상상과 다른 마을의 모습에 놀랐다. 외눈박이의 설명만 듣고 미개한 사람들이 사는 음침한 곳이라고만 예상했다. 그러나 서역 마을처럼 깔끔하게 단장된 데다 활기차기까지 했다. 마을 사람들은 예하를 경계하지 않았다. 오히려 그들은 예하 일행을 반기며 예우했다. 외눈박이도 놀라지 않을 수 없었다. 마을이 자기가 떠나갈 때와는 다른 모습으로 변했을 뿐만 아니라 사람들 또한 전혀 다른 사람들이 된 것 같았다.

예하는 마중 나온 에젠이 전과 다름없이 건강하고 당찬 모습인 데 안도했다.

"네가 몹시 건강해 보여서 아비는 한시름 덜었구나."

에젠이 모처럼 상봉한 아버지 앞에서 쾌활하게 웃었다. 미카도 에젠의 얼굴을 어루만지며 반가워했다.

늑대족은 예하 일행을 위해 가축을 잡고 술을 빚었다. 에젠을 억류하고 있다던 늑대족 사람들이 그녀의 지시에 일사불란하게 움직였다. 자신이 어찌하여 이들에게 대접을 받아야 하는지 예하는 이해할 수 없었다. 슬며시 불안한 마음이 들기도 했다. 그때 에젠 옆에서 한 젊은이가 예의 바른 투로 말했다.

"저는 이들을 이끌고 있는 세르멕이라고 합니다. 어르신을 기다리는 동안 저희는 따님으로부터 여러 기술들을 배우고 있었습니다. 그렇기에 따님을 훌륭하게 가르친 어르신을 뵙고 싶었지요."

이제야 예하는 자신이 환대를 받게 된 경위를 알게 되었다. 젊은이는 어디 한 곳 나무랄 데 없는 예의로 예하 일행을 대접했다. 막돼먹은 야만인 놈들이라고 했던 외눈박이 설명과는 다른 모습이었다. 예하는 세르멕이라는 그 젊은이를 눈여겨보았다.

"자네는 늑대족이 아니라고 들었네만, 어쩌다 이들의 수령이 됐는가?"

세르멕은 자기 처지를 이야기했다. 고향 땅에서 족장에 오르려던 찰나 음모에 의해 부족을 떠날 수밖에 없었던 일, 조상들이 일구어 놓은 터전과 부족의 명맥을 잃은 한스러운 사연을 담담히 말했다. 그러다가 우연히 늑대족 사내들을 만나 그들의 요청으로 함께 지내고 있다고 했다. 세르멕은 고향에 대한 애통함을 숨기지 않았다. 그는 언젠가 고향으로 돌아갈 때가 오기를 기다릴 작정이라고 했다. 그때까지 자기를 단련하고 힘을 기르기 위한 각오를 하고 있다는 것이었다.

세르멕의 이야기를 들으며 예하는 자신의 지난 시절을 떠올렸다.

융국이 확대 일로를 걷던 그 시절, 산골의 가난과 몽매함 속에서 살아가던 젊은 예하도 군대에 뽑혀가게 되었다. 전쟁터를 전전하며 목숨을 부지하기에 급급하던 어느 날, 심한 상처를 입은 그는 적군에게 포로로 붙잡혔다.

이후 그의 삶은 서역에서의 고된 노예 생활로 이어졌다. 이방 나라를 전전하며 노예 생활로 연명하는 것은 전쟁터의 모든 시련을 웃도는 고달픈 생활이었다. 키안국으로 팔려가 어느 상인의 집으로 끌려갔을 즈음, 그는 삶을 지탱하지 못할 정도로 심신이 쇠약해졌다. 그러나 극한상황에 몰리자 오히려 살고자 하는 욕망이 분출되었다.

상단의 노예로서 온갖 궂은일을 다 하고 있을 때, 예하의 눈에 상인들의 장사 방식이 눈에 들어왔다. 그 순간 스스로도 몰랐던 상인 기질이 몸속에서 용틀임하는 것을 느꼈다. 그때부터 신기하게도 상거래의 요령들이 그의 눈엔 보이기 시작했다.

그 후, 예하는 젊은 상인들에게 장사 방식에 대한 조언을 해주게 되었다. 그가 들려주는 이야기들은 어느새 상인들 사이에서 금언으로 통했고, 결국 상단의 늙은 주인까지 그를 눈여겨보게 되었다. 하지만 이방의 나라에서, 더구나 노예 신분으로 특출함을 보인다는 것엔 생명의 위협이 뒤따랐다. 만일 판단이 어긋나기라도 한다면 그의 말을 믿고 투자한 상인들로부터 죽임을 당할 수 있었다. 그렇기에 주위 상인들이 의견을 물어올 때마다 예하는 서늘한 공포를 느껴야만 했다. 그럴수록 그는 더욱 예리한 안목을 키우려 노력했고, 결국 어설픈 지혜가 아닌 날카로운 명철함을 갖추게 되었다.

마침내 그의 재주를 인정한 늙은 주인은 노예의 사슬을 풀어주고 그에게 상단의 운영을 맡겼다. 늙은 주인은 임종을 맞을 때 상단을 물려받을 이가 아들들이 아닌 예하라고 발표해서 사람들을 놀라게 했다. 그는 평생을 통해 이룩해 놓은 상단을 유지하고 발전시킬 수 있는 인물로 예하가 적격이라는 판단을 했던 것이다.

예하는 자신에게 상단을 맡기고 죽어버린 늙은 주인의 생각과는 달리 상단을 직접 경영할 의사가 없었다. 노예 출신이라는 신분에서 오는 제약도 문제지만 그것보다 중요한 것은 그에게 다른 꿈이 있었기 때문이었다.

그는 물려받은 상단을 주인의 아들들에게 공평하게 나눠주었다. 그런 후 융국으로 귀국하여 상단을 개설한 다음, 자신이 몸담았던 키안국 상단과 거래를 시작했다. 마침 사방으로 뻗어나가는 국력에 힘입어 융국 상단으로서는 처음으로 서역 국가들과 교역하는 대상단으로 발전하게 되었다. 눈앞에 놓인 부에 연연하지 않고 큰 안목으로 시작한 일의 결과는 막대한 이익으로 돌아왔다.

그러나 예하의 마음에는 아직도 풀지 못한 응어리가 있었다. 성공으로 일구어낸 상단의 미래가 불투명하기 때문이었다. 일찍이 상단을 이끌 재목으로 점찍었던 아들이 죽어버린 후, 그는 후계자로 에젠을 믿고 있었지만 세상은 여자에게 그리 호락호락하지 않았다. 여장부 기질이 다분한 에젠이라도 예하는 여식에 대한 불안을 떨쳐버릴 수 없었다. 그렇기에 지금까지 심혈을 기울여 찾던 것이 딸의 배필감이었다. 그것은 다른 누구에게도 맡길 수 없는 일이었다. 예하가 찾고 있는 사람이란 무엇보다 세상의 고난을 알고 이를 깊이 통찰할 수 있는 자라야 했다. 또한 그 고난과 더불어 생명의 불꽃이 선명하게 타들어갈 수 있는 인물이어야 했다. 예하는 인간에게 고난이 없다면 어떤 발전도 희망도 기대할 수 없다고 믿었다. 인간의 진정한 능력이란 그렇게 커져간다는 것을 예하는 잘 알았다. 물론 자신이 찾는 인물이 세상에는 그리 많지 않을 터였다. 그렇기에 그 인물은 세상의 보석으로서 가치가 있을 것이라 예하는 확신했다.

지금 자기 앞에 나타난 세르멕을 보면서 예하의 가슴이 떨리는 것은 그런 이유였다. 세르멕은 이루 말할 수 없는 환난을 겪은 사람이며, 그의 내면에는 아직도 꿈이 식지 않았다. 그는 마음속의 울분을 다스려 지혜로써 극복하고자 하는 인물이었다. 그러한 마음가짐은 어떤 절망의 순간이 오더라도 다시 일어날 수 있는 힘이 될 터였다. 그의 꿈은 고난이 길어질수록 명확하게 타오를 것이다.

마침내 예하는 그토록 목마르게 찾던 인물을 발견한 것이었다.

12

에젠은 미카가 자신을 끌어안고 눈물을 흘리도록 내버려 두었다. 어릴 때부터 에젠을 따르던 그녀였다. 틀림없이 그녀는 아버지 예하에게 매달려 이번 여행의 허락을 받아냈을 터였다. 하지만 미카에게 고된 피로감은 보이지 않았다. 오히려 에젠을 만나 얼굴에 생기가 피어나는 것 같았다.

에젠이 아는 미카는 외로운 사람이었다. 미카의 어머니는 그녀를 낳다가 죽었다는 소문도 있었고, 모진 노예 생활을 피해 혼자 외국으로 도망갔다는 이야기도 들렸다. 정확한 것은 알 수 없었지만 갓난아기였을 때부터 그녀에겐 아버지밖에 없었다. 그런데 술 취한 도성 군사들의 시비에 휘말려 군노였던 아버지가 칼에 찔리고 말았다. 파룬 의원이 그를 살려내려 안간힘을 썼지만 결국 숨을 거두었고, 젖먹이를 기를 수 없었던 파룬은 미카를 예하에게 맡겼다.

아버지가 억울한 죽임을 당한 사실을 미카는 알지 못했다. 누구도 가슴 아픈 사연을 미카에게 말하지 못하도록 예하가 철저하게 입단속을 했기 때문이었다. 예하는 아비의 정으로 미카를 돌봐주었고, 에젠 역시 미카를 아껴 자매처럼 지냈다.

미카가 오빠를 호위하던 점박이와 사랑을 나누는 눈치가 보였을 때 에젠은 기뻐했다. 하지만 점박이는 먼 나라 땅에서 오빠와 함께 역병에 걸려 죽었다. 에젠은 실의에 빠진 미카에게 삶의 희망과 기쁨을 불어 넣어주려고 애써 왔다.

"나오지 않으시려면 여기서라도 요기를 좀 하시지요."

양푸가 음식과 술을 올린 나무쟁반을 들고 왔다. 에젠은 미카의 표정을 살폈다. 그것은 아버지 예하가 일행을 이끌고 마을에 왔을 때부터 양푸의 눈이 자꾸만 미카를 향하는 것을 보았기 때문이었다. 에젠을 위해 가져온 음식이라지만 사실 미카를 가까이에서 보고자 하는 마음인 것을 에젠은 알고 있었다. 그런 양푸를 보면서 에젠은 미소가 흘러나왔다.

에젠은 늑대족들과 생활하면서 그의 진면목을 보았다. 양푸는 거친 외모와는 달리 깊은 속이 있었다. 에젠이 마을을 개수하려 할 때 반대를 하던 남자들을 일시에 움직이게 한 것도 그였다.

'융족은 우리에게 빚이 있어. 조금이라도 갚도록 기회를 주자고.'

그는 융족을 증오하면서도 무고한 살인을 하지 말자던 세르멕의 결정을 두말없이 따랐다. 그리고 융족이 또 다른 면을 보일 수 있도록 에젠을 도와주었다. 그는 에젠이 마을에 남아 여러 가지 일을 벌이는 것을 보면서 아직까지 불만을 품고 있는 늑대족을 설득했다.

'저것 봐. 융족이라고 다 나쁜 건 아니잖아.'

에젠은 양푸의 사람됨을 믿었다. 그렇기 때문에 미카를 바라보는 양푸의 눈길이 남다른 것을 알아차렸을 때부터 미카의 눈치를 살폈다. 다행히도 양푸가 탁자에 음식을 내려놓을 때 미카는 수줍은 듯 웃었다. 에젠이 넌지시 말했다.

"양푸 님, 우리 미카에게 이곳을 구경시켜 주지 않을래요?"

양푸가 너털웃음을 터뜨렸다. 미카도 싫은 기색이 아니었다.

13

세르멕과 함께 금광에 다녀온 예하는 번민에 휩싸였다.

지난날 예하는 금광 때문에 낭패를 본 적이 있었다.

가깝게 지내던 지방 제후가 새로 발견된 금광의 소재를 알려왔다. 금은 어떤 나라에서도 화폐로 통할 수 있는 데다, 작은 덩어리 하나로도 마차를 가득 실을 만큼 물건을 살 수 있는 귀한 광물이었다. 예하가 둘러본 금광의 값어치는 열 번의 대상 여행으로 얻을 재물의 값어치를 훨씬 상회할 것으로 보였다.

예하는 즉시 채굴권을 따내는 데 전념했다. 대신들을 포섭하는 한편 왕후의 환심을 사기 위해 재물을 아낌없이 사용했다. 소출되는 금의 상당량을 바치겠다는 비밀 약조까지 했다. 그렇게 모든 일이 매듭지어졌다고 믿었던 찰나, 뜻하지 않게 왕후가 찬물을 끼얹었다.

왕후도 금이 탐나는 것은 마찬가지였다. 하지만 금은 워낙 가치가 큰 광물이었다. 이를 국가가 아닌 개인이 점유하며 국내외로 유통시키는 것은 분란을 일으킬 소지가 있었다. 왕후는 자칫 태자 일파에게 시비의 빌미를 줄까 두려웠다. 왕후는 더 큰 욕심이 있는 여자였다. 그녀는 궁극적인 자기 야망에 금광이 걸림돌이 될 수 있다는 것을 뒤늦게 깨달았다. 그러자 왕후는 자기가 갖지 못할 금광을 이용해 왕의 마음을 움직일 수 있는 꾀를 내었다.

이후 그 금광은 국가의 소유로 관청에서 채굴한다는 결정이 내려졌다. 거기에는 나라의 중요한 재산이 될 중요한 금광 채굴을 한 개인에게 맡겨서는 안 된다는 왕의 칙서가 따랐다. 금광은 왕실의 중요한 재산 목록이 되었고 왕후는 왕으로부터 더욱 각별한 신뢰를 받았다. 반면에 예하는 국가의 재산을 독차지하려던 탐욕스러운 상인이라는 낙인이 찍혀 한동안 고초를 겪었다.

그 후 예하는 금광에 대한 미련을 버렸다. 그렇기에 동쪽 땅에서 금광을 발견했다는 외눈박이의 말에도 관심을 갖지 않았다. 아무리 이름 없는 군소 부족들이 산재한 땅이지만 어떤 함정이 기다리고 있을지 모르는 일이었다.

'불필요한 욕심은 화를 부르는 법이지.'

예하는 인질로 잡혀 있다는 에젠의 구출만 생각했다. 척박한 동쪽 땅에 묻힌 금광이래야 얼마나 가치가 있을까 기대도 하지 않았다. 그런데 둘러본 금광은 규모나 질에 있어서 전의 것보다 못하지 않았다. 더구나 금광 가까이에는 늑대족 이외에 어떤 부족도 살지 않았다. 그것은 금광의 소재를 아는 다른 자들이 없다는 뜻이었다.

번민을 떨친 예하는 세르멕에게 말했다.

"아무래도 자네는 나와 함께 융국으로 가야겠네. 내 상단으로 들어오게."

저녁 잔칫상을 앞에 두고 세르멕은 예하의 말에 깜짝 놀랐다.

"말씀은 감사하지만 제가 장사 일을 해본 적이 없습니다. 더구나 저는 이곳 늑대족들이 고향 땅을 밟게 될 때까지 저들을 이끌 책임이 있다고 말씀드리지 않았습니까."

"알고 있네. 그래서 이번에는 자네가 내 인질이 돼주어야 한다는 말일세."

세르멕은 예하의 말을 이해할 수 없었다. 곁에 있던 에젠이나 양고기를 탁자에 옮겨 놓던 양푸, 그 옆에서 일손을 돕던 미카까지 예하를 쳐다보았다.

"늑대족의 귀향을 약속받는 대가로 저희가 금광을 드리려는 이때, 그게 무슨 말씀이십니까?"

세르멕은 억류했던 예하 상단 사람들을 돌려보냈다. 그들에게 받은 물건 값도 치러주었고, 다른 재물을 빼앗은 적도 없었다. 에젠이 인질로 남아 있었지만 늑대족을 고향으로 돌려보내주겠다는 약속의 실행을 위해서였다. 그리고 그 대가로 금광을 주겠다고 하지 않았던가. 모든 약속이 이루어지기까지 정작 인질이 필요한 것은 이쪽이 되어야 하지만 세르멕과 늑대족은 그렇게 요구하지 않았다. 그런데 예하는 지금 무슨 엉뚱한 말을 하는 것인가. 양푸 역시 진의를 알고 싶다는 듯 일손을 멈추고 예하의 대답을 기다렸다.

"이 금광의 주인은 늑대족일세. 그들이 내게 준다 해서 덥석 받을 수는 없다는 말일세. 나는 금광 관리를 늑대족에게 맡기고 금을 채굴하여 정제할 수 있는 기술을 가르쳐주겠네. 채굴된 금은 우리 상단에서 모두 사게 되겠지. 문제는 저들의 귀향일세. 일개 상단의 주인인 내가 감당하기에는 그 문제가 간단한 일이 아니라네. 그렇기 때문에 자네가 상단에 들어오는 것은 늑대족을 위해서도 필요한 일이지."

예하가 잠시 말을 끊었지만 아무도 입을 여는 사람이 없었다. 다만 외눈박이만이 못내 불만인 듯 거푸 술을 마셨다.

"내가 저들의 귀향을 위해서 애쓰는 것을 자네가 옆에서 지속적으로 확인한다면 저들도 안심하고 금광 일에 매진하지 않겠나."

그제야 세르멕의 표정이 밝아졌다.

늑대족의 귀향이 그리 쉽지 않을 것은 세르멕도 예상했다. 한때 반란의 중심에 섰던 그들을 융국에서는 아직도 경계할 것이 뻔했다. 그렇더라도 예하는 약속대로 그들의 귀향을 위해 노력할 것이고, 금광의 주인은 늑대족이라고 못 박음으로써 나중에 그들이 한밑천 가지고 금의환향하도록 도와주겠다는 것이었다. 하지만 그 모든 일이 이루어지기 위해서는 서로 간에 변함없는 믿음이 필요했다. 예하의 말은 세르멕이 양쪽의 믿음을 지속적으로 유지시킬 수 있는 매개라는 뜻이었다. 예하는 서로에게 공평한 이익을 보장함으로써 위험을 줄이고 더 큰 이익으로 확대시킬 수 있는 철저한 계산을 한 것이었다.

양푸가 고개를 끄덕였다. 세르멕도 예하의 말에 반대할 수 없었고 에젠도 기쁜 얼굴을 감추지 않았다. 예하는 세르멕과 술잔을 마주치며 흡족한 웃음을 머금었다.

양푸가 방을 나와 미카가 가져오는 술병을 받으려 할 때였다. 비틀거리며 밖엘 다녀온 외눈박이의 어깨에 부딪쳐 미카는 술병을 떨어트리고 말았다. 외눈박이가 미카에게 눈을 부라리며 말했다.

"이년! 이 미개한 놈들과 붙어 있더니 너까지 위아래를 알아보지 못하느냐!"

순간 미카를 향해 날아가는 그의 손을 양푸가 붙잡았다. 외눈박이는 미카가 양푸의 등 뒤에 숨는 것을 보면서 부아가 났다.

"이 짐승 같은 놈이 어디서 감히 역성을 드는 것이냐. 네가 저년의 사내라도 된다는 말이냐!"

"술이 과하신 것 같습니다. 잘못은 제가 한 것이니 그만 역정을 푸십시오."

손님 대접을 철저히 해야 한다고 미리부터 세르멕이 당부를 했다. 그랬기에 양푸는 화를 억누르고 웃음을 지어 보였다. 그런데 그것이 오히려 외눈박이의 화를 자극한 것 같았다. 그가 갑자기 양푸의 멱살을 잡고 술병이 깨진 바닥에 내동댕이쳤다. 미카가 비명을 지르며 양푸를 일으키자 그의 얼굴에 피가 흥건했다. 밖의 소란에 달려 나온 에젠이 사태를 파악하고 외눈박이를 나무랐다.

"도대체 이 무슨 무례한 짓인가요! 어서 두 사람에게 사과하세요."

"이 두 연놈이 내게 모욕을 주었거늘 무슨 사과를 하라는 것입니까. 거 참."

외눈박이는 그대로 몸을 돌려 들어가버렸다. 미카가 양푸의 얼굴에서 피를 닦아냈다.

"죄송해요. 그만 제 실수 때문에 양푸 님께서 욕을 보셨네요."

"아닙니다. 이까짓 일로 무슨 욕될 것이 있습니까."

양푸가 미카에게 피 묻은 얼굴을 맡기며 웃었다.

세르멕과 토라가 예하와 함께 음식을 나누고 있을 때 외눈박이가 일그러진 얼굴을 하고 다가왔다. 세르멕은 불안함을 느꼈다. 옆에 앉아 있는 토라 역시 외는박이를 노려보았다.

"어르신, 어찌 저 미개한 야만인 놈들을 믿을 수 있습니까. 어찌 금광을 저들에게 맡긴다는 말씀입니까."

외눈박이가 도저히 참고 볼 수 없다는 듯이 볼멘소리를 했다. 그러자 그동안 잠자코 있던 토라가 벌떡 일어났다.

"죽을 놈을 살려주었더니 어찌 이리 막말을 하느냐!"

토라는 전부터 외눈박이가 못마땅했다. 살려줄 때에는 발치께에 입을 맞추며 고마워하더니 다시 마을에 왔을 때는 너무도 기고만장했다. 외눈박이는 예하 어르신이 말리지만 않았어도 너희들을 모두 없애고 금광을 빼앗았을 것이라고 수없이 떠벌렸다.

토라의 엄포에도 외눈박이는 조소를 머금고는 다시 예하에게 말했다.

"저것 보십시오. 금광으로 막대한 이익을 주겠다는데도 이자들이 분수를 모르고 대들지 않습니까. 어르신, 지금이라도 명령만 내려주십시오. 밖에 있는 자들을 시켜 이들을 모두 베어 버리고 금광을 빼앗겠습니다."

외눈박이는 말을 마치기 무섭게 바닥에 나가 떨어졌다. 예하가 벌떡 일어나 칼집으로 냅다 후려친 것이었다. 노인이라고는 믿기지 않을 만큼 빠른 몸놀림이었다.

"네 이놈! 상인이란 목숨을 바쳐서라도 약속을 지켜야 한다고 그토록 일렀거늘, 이 무슨 추태란 말이냐. 꼴도 보기 싫으니 썩 물러나라!"

예하는 수염이 떨릴 만큼 분노를 쏟아냈다. 외눈박이는 비틀거리는 몸을 일으켜 밖으로 나갔다. 예하가 노기를 가라앉히고서 말했다.

“내가 덕이 없어 잘못 가르친 탓이네. 저자가 한 말은 신경 쓸 것 없네. 자네 수하에게도 진정하라고 이르게.”

세르멕이 자리에 앉으라고 말했지만, 토라는 작심을 한 듯 예하 앞에 무릎을 꿇었다.

“어르신, 저도 세르멕 님을 따르게 해주십시오. 저는 세르멕 님 혼자서 융국으로 가시게 할 수는 없습니다. 제가 그분을 지킬 수 있도록 허락해주십시오.”

예하가 만면에 웃음을 띠고 말했다.

“그렇게 하게. 당연히 그래야지 않겠나.”

그렇게 세르멕과 토라는 융국의 예하 상단에 들어가게 되었다.

14

예하 일행이 융국으로 돌아가기 전날, 양푸는 잠을 이룰 수 없었다. 뒤척이던 양푸는 자리에서 일어나 밖으로 나왔다. 달빛 가득한 마을이 조용히 잠들었다. 우물에서 물을 떠 마신 양푸는 바위에 걸터앉아 미카를 생각했다. 뽀얀 얼굴로 웃음 짓는 모습이 눈앞에 어른거렸다.

'융국으로 돌아가면 이제 그 모습을 못 보게 될 테지.'

양푸는 처음으로 고향보다 소중한 것이 있음을 깨달았다.

'어떡한다?'

양푸는 처음 느꼈던 감정을 값없이 버리고 싶지 않았지만 아무리 궁리해보아도 방법이 없었다. 날이 밝으면 미카는 떠날 것이다.

한숨이 가슴을 짓누를 때였다. 따뜻한 손이 어깨에 얹혔다. 놀랍게도 미카가 옆에 앉았다.

"어찌 이 밤에 주무시지 않고 나오셨소."

"저도 잠이 오질 않았거든요."

"내일이면 힘든 여행을 해야 할 텐데……."

한밤의 공기가 쌀쌀했다. 양푸가 가죽저고리를 벗어 미카의 등을 덮어주었다. 그녀는 마다하지 않고 가만히 앉아 있었다. 두 사람은 한동안 달빛을 바라보았다. 동물 우리에서 잠 깬 새끼양 우는 소리가 희미하게 들려왔다. 미카가 작게 말했다.

"우린 이제 만날 일이 없겠네요."

양푸는 아무 말도 하지 않았다. 무슨 말도 할 수 없었다. 미카가 옆으로 다가와준 것만이 고마울 따름이었다. 미카도 자기와 마음이 다르지 않다는 것이 반가웠다.

"남자가 있었어요."

미카가 꿈처럼 말했다.

"그 사람이 상단을 따라갔다가 서역에서 꽃신을 사다 주었는데, 그렇게 예쁠 수가 없었어요. 난 처음엔 그 사람이 왜 그러는가 했어요. 내게 관심을 가져준 남자들이 없었거든요. 나 역시 남자에게 갖는 감정 같은 걸 몰랐어요. 한집에서 함께 생활을 해도 남자들은 멀리만 있었죠. 저는 에젠 아기씨하고만 지냈어요. 그 사람은 멋지거나 듬직하지도 않았어요. 무술은 꽤 잘했나 봐요. 돌아가신 도련님을 호위하며 그림자처럼 따라다녔거든요. 그 사람은 여행에서 돌아올 때마다 저를 먼저 찾았어요. 작은 선물을 내밀곤 했죠. 얼마 후부터는 그 사람이 여행을 떠나면 돌아올 날을 기다리게 되었어요. 저는 저 자신을 자책했죠. 제가 선물 때문에 그러는 줄 알았거든요. 하지만 그 사람이 오랫동안 돌아오지 않으면 몸이 달았어요. 그 사람을 사랑하고 있는 저를 처음 발견한 거예요. 그 사람은 제가 노예 출신이라는 것에는 관심이 없었어요. 그저 미카를 좋아한다고 했죠. 미카가 있어서 힘이 난다고도 했어요. 저 때문에 그 사람이 행복해하는 걸 보면 저는 더 행복했어요. 에젠 아기씨가 가끔 놀려대도 마냥 즐거웠죠. 저는 그 사람이 영원히 살 줄 알았어요.

그래서 우리 행복도 오래갈 줄 알았죠. 그때만 해도 전 행복을 갖게 된 것에 그리 큰 감사를 하지 않았어요. 자연스럽게 다가왔지만 그런 행복을 바란 적도 없었거든요. 세상에 그런 행복이 존재하는 줄도 몰랐으니까."

달빛 미치지 않는 먼 곳을 쳐다보던 미카의 숨소리가 거칠어졌다. 그녀는 울고 있었다.

"한번은 그 사람이 대상 여행을 떠나던 날, 돌아오면 예하 어르신께서 혼인을 시켜준다고 하셨어요. 그 사람은 기뻐했고, 저도 어느 때보다 더 기다렸죠. 그런데 그 사람이 죽었다는 거예요. 저는 믿지 않았어요. 제게 그 사람은 선명히 살아 있는 사람이었어요. 당장이라도 미카, 하고 달려와 따뜻하게 안아줄 것 같았어요. 마음속으로 빌었어요. 그 사람이 돌아온다면 이제 더 소중하게 생각할 거라고, 또 감사한 마음을 가질 거라고. 하지만 그 사람은 돌아오지 않았어요. 그때 깨달았죠. 그 사람이 있어서 내가 얼마나 행복했는지. 그 행복이 얼마나 깊은 의미였는지. 제 가슴이 무너져 내리는 소리를…… 처음으로 들었어요."

그녀가 양푸의 손을 잡고 그의 가슴으로 얼굴을 묻었다. 그녀의 눈물이 양푸의 가슴을 적셨다.

"제가 또 다른 사람을 사랑하게 될 줄은 생각도 못했어요. 근데 이상하죠? 처음 당신을 봤을 때부터 전 알았어요. 내게 다가올 사람이라는 걸. 그리고 내가 사랑할 사람이라는 걸 말이에요. 당신도 내 생각과 같을 것이라는 믿음이 생기더군요. 하지만 전 당신한테 바라는 건 없어요. 죽지만 마세요. 언제까지든 살아 계시길 바래요. 더 이상 아무것도 바라지 않아요. 헤어져 있어도, 또 어디에 계시는지 몰라도, 당신 숨결이 내 가슴에서 느껴지게만 해 주세요. 제가 바라는 건 그게 전부예요."

양푸가 그녀를 안았다. 마음속엔 그녀에게 해줄 많은 이야기가 있었다. 하지만 입을 열지 않았다. 그녀를 안은 팔에 힘을 줄 뿐이었다.

15

콴족에게 점령된 후로 달땅에는 활기가 사라졌다.

달족의 멸망으로 가장 처참해진 사람들은 장로와 그 가족들이었다. 콴족은 그들의 재산을 빼앗고 다른 씨족 땅으로 내쫓거나 노예로 데려갔다. 다음은 달족 족장의 호위병들이었다. 그들은 다른 사람들보다도 족장에 대한 충성심이 깊었다. 그들은 복수의 칼을 갈며 잠적했고, 콴족은 그들을 끈질기게 추적했다.

바로초의 호위병이었던 다쿠가 어디론가 사라진 뒤 아루미는 홀로 병든 아버지를 간호했다. 시름이 깊어질 때마다 아루미는 토라를 떠올렸다. 토라가 세르멕을 구출해서 달아났다는 이야기는 달땅에서도 공공연하게 나돌았다.

'아루미, 난 세르멕 님을 구해야 하오. 실패하면 죽을 것이고, 성공한다 해도 그분과 함께 융국으로 가게 될 것이오. 이제 당신을 볼 날이 없을 것 같소.'

그날 토라는 처음으로 아루미 앞에서 눈물을 보였다. 달땅에 남아 있는다면 죽을 수밖에 없었기에 아루미도 토라를 잡을 수 없었다.

토라와 다쿠, 그리고 부족을 동시에 잃은 슬픔은 아루미에게 참을 수 없는 고통이었다. 병석에 누워 있는 늙은 아버지도 말수가 줄어갔다. 그는 아들을 잃은 것 이상으로 젊을 때 목숨 바쳐 지켜냈던 부족의 멸망을 슬퍼했다.

그러던 어느 날 밤, 아루미의 귓가에 낯익은 목소리가 들려왔다.

"누나, 문 열어. 나 다쿠야."

아루미는 소스라치게 놀라며 문가에 다가가 귀를 세웠다.

"다쿠? 다쿠라고?"

"그래. 어서 문 열어."

다쿠는 귀신 같은 몰골을 하고 있었다. 죽은 줄 알았던 동생을 껴안고 울고 있을 때, 잠들었던 아버지도 방을 나와 눈물을 떨어뜨렸다.

다쿠는 허기를 채운 후 그동안의 일을 이야기했다.

"키릴산에 숨어 있었어. 그런데 달땅에 아직도 콴족 병사들이 이렇게 많이 깔려 있을 줄은 몰랐는걸."

다쿠는 동료들이 여전히 키릴산에 있다고 말했다.

"언젠가 콴족 놈들이 산을 뒤진 적이 있었어. 나는 낙엽 뭉치 속에 숨어서 간신히 피했는데, 그때 많은 친구들이 붙잡혀 죽었지."

몇몇 병사들은 콴족 병사들의 눈을 피해 집에 다녀오다가 더러는 붙들려 불귀의 객이 되었다고 했다. 그렇기에 다쿠는 선뜻 집에 내려올 생각을 하지 못했다고 했다.

"다른 부족 땅으로 도망가면 안 되겠니?"

"다른 부족이라고 무사하겠어? 곧 그들도 우리 꼴이 될 거야. 갈 데가 없어."

아루미는 실낱같은 희망이라도 잡아야 한다는 생각에 골몰했다. 그때 아루미의 머리에 융국으로 간다던 토라의 말이 떠올랐다.

'그래, 코타이 어르신께 융국으로 가는 길을 여쭈어봐야겠어.'

다음 날, 아루미는 말을 타고 한달음에 코타이 노인의 집으로 달려갔다. 어쩐 일인지 코타이 노인의 집은 여자 노예들이 분주하게 오가고 있었다. 한 사람을 붙들고 이유를 물으니 메이가 아기를 낳으려 한다고 대답했다.

"어제부터 진통을 했는데 아직도 아이가 안 나왔어요."

집 안으로 뛰어 들어간 아루미는 고통 속에서 신음하고 있는 메이를 보았다. 메이는 파랗게 질린 얼굴로 아루미에게 힘없이 미소를 지어주었다. 아루미는 가슴이 미어졌다. 메이의 곁을 지키고 있던 베키라가 아루미의 손을 이끌어 앉히며 물었다.

"동생 소식은 들었느냐?"

"네 마님, 키릴산에 숨어 있었다더군요. 지난밤에 집엘 왔어요. 여길 떠나 융국으로 보내려구요."

"잘 생각했다. 우리 세르멕과 토라도 융국으로 갔을 테니 거기서 만날 수 있으면 좋겠구나."

아루미는 다시 메이를 들여다보았다. 아루미는 메이의 손을 잡으며 간절하게 말했다.

"어쩌면 좋아…… 메이 아기씨, 힘을 내셔야 해요."

"아루미…… 아이가 힘든 세상으로 나오고 싶지 않나 봐."

"그래도 힘을 내셔야 해요. 세르멕 님을 기다리셔야죠."

"아…… 세르멕 님. 그분을 못 볼 것 같아. 사무치도록 보고 싶지만……."

메이의 눈에 눈물이 고였다. 목소리가 여린 물살에 흩날리는 갈댓잎처럼 힘이 없었다. 이미 자기 생명과도 같은 세르멕을 잃은 그녀였다. 아루미가 안타깝게 매달려도 메이의 불행을 막을 길이 없어 보였다. 베키라도 고개를 돌리며 눈물을 닦았다.

잠시 후, 메이의 고통이 다시 시작되었다. 모두가 가슴을 졸이는 동안 메이는 실신하고 깨어나기를 반복했다. 마침내 힘겨운 비명이 방 안을 흔든 뒤, 그토록 기다리던 아이가 세상에 태어났다. 그러나 아이를 뒤로한 채, 메이는 차갑게 식어갔다. 사랑하는 사람을 잃고 아이 얼굴은 보지도 못한 채 메이는 그렇게 쓸쓸히 세상을 떠났다.

"다쿠가 융국 땅에 가서 세르멕을 만나거든 아들이 태어났다는 말을 전하라고 해라. 그리고 힘을 키우라고 해라. 힘을……."

베키라가 눈물을 흘리며 아루미의 손을 잡았다.

딸을 잃은 고통 속에서도 코타이 노인은 아루미에게 융국 가는 길을 설명해주었다. 아루미는 숨을 거둔 메이의 얼굴을 눈물 너머로 다시 한번 보고는 코타이 노인의 집을 떠나왔다.

집으로 향하는 아루미의 가슴속은 온통 슬픔으로 얼룩졌다. 달땅에 비극의 막이 드리워진 이래 그녀에겐 기쁨이 존재하지 않았다. 메이의 죽음도 그녀에겐 참을 수 없는 고통이었다. 그러나 아루미에게는 더 큰 고통이 남아 있었다.

집에 도착한 아루미는 폐가처럼 난도질당한 집을 보고 깜짝 놀랐다. 마당엔 선혈이 낭자했고 다쿠와 아버지가 쓰러져 피투성이로 죽어 있었다. 관족 병사들이 다녀간 것이었다.

아루미가 울부짖으며 몸을 흔들어도 두 사람은 눈을 뜨지 않았다. 통곡하면 할수록 북받쳐 오는 서러움이 그녀의 가슴을 찢어 놓았다.

고통 속에서 그녀는 자신의 삶이 다한 것을 느꼈다. 살아갈 이유가 없어졌을 뿐 아니라 살아갈 힘도 사라졌다. 희망을 가질 작은 빛조차 남아 있지 않았다.

'목을 매면 다 끝나는 거야. 이 고통이 모두 사라질 거야.'

아루미는 일어나 끈을 찾았다. 눈물 고인 뿌연 시야 속으로 말고삐가 보였다. 칼을 가져다가 말고삐를 끊으려고 할 때, 토라와 함께 말을 달리던 꿈이 생각났다. 토라를 찾아 헤매던 꿈. 토라가 떠올랐다.

'맞아. 토라 님을 찾아야 해.'

슬픔에 잠긴 가슴이 다시 뛰기 시작했다.

'토라 님을 찾자. 그러고 나서 죽어도 늦지 않을 거야.'

아루미의 마음을 알았는지 말이 머리를 들이밀었다. 눈물 가득한 아루미의 눈이 키릴산 너머 서쪽의 먼 하늘을 향했다.

16

융국의 도성은 대문의 규모부터 엄청났다. 높은 문루 위에 휘날리는 수많은 깃발들이 부강한 국가의 위용을 자랑하는 것 같았다. 도성 안엔 넓은 길 양편으로 견고한 건물들이 즐비했다. 시전과 광장, 주택가 어느 곳에서도 사람들이 넘쳐났다. 서역 사람들도 자주 눈에 띄었다. 에젠이 말했다.

"전처럼 전쟁을 자주 하지 않아요. 그래서 외국과 교류가 활발해졌지요. 외국에 나가서 장사하기도 좋아졌어요."

얄렌강의 석교를 건너면서 세르멕은 또다시 감탄했다. 근사한 문양을 새겨 넣은 거대한 교각에 주눅이 들 정도였다.

융국의 대상인답게 예하의 집 또한 크고 화려했다. 이층으로 지어진 바깥채 양 옆으로 큰 창고들이 즐비했다. 안채는 따로 담이 쳐져 있었고 넓은 뜰 한가운데에 곱게 화단을 가꾸었다.

예하가 들어오자 수많은 사람들이 나와 머리를 숙여 맞이했다. 예하의 뒤를 따르며 세르멕은 몸 둘 바를 모를 지경이었다.

세르멕은 에젠의 손에 이끌려 기거할 방으로 향했다. 큼직한 벽난로가 훈훈한 온기를 뿜어내는 방 안엔 화려한 융단이 깔렸고 보석으로 치장된 침상과 탁자들이 놓였으며 큰 창문엔 비단 커튼이 드리워졌다. 무엇보다 세르멕의 눈을 사로잡은 것은 한쪽 벽에 걸려 있는 검이었다. 세르멕이 유심히 들여다보고 있는데 에젠이 뒤에서 말했다.

"오라버니의 철검이에요. 여긴 오라버니가 쓰던 방이거든요."

"철검? 융국에서 이런 것도 만드오?"

"융국엔 아직 철 기술이 없어요. 서역에서나 볼 수 있죠. 그건 오라버니가 스카루국에서 가져온 거예요."

칼집에서 검을 빼는 순간 창에서 들어온 햇빛에 검날이 눈부시게 반짝였다. 날 전체에 격자 문양이 일정하게 퍼져 있었다. 쇠의 성분을 자유롭게 섞는 뛰어난 단조(鍛造) 기술이었다. 자세히 보니 검날에 '독수리'라는 문자가 음각으로 새겨져 있었다. 명검을 만들어낸 장인이 자기 작품에 표식을 한 듯 보였다.

세르멕은 코타이 노인에게서 철에 대한 이야기를 들은 적이 있었다.

'그냥 철은 쉽게 부서지네. 그러나 잘 단조된 철은 청동과는 비교할 수 없을 정도로 질기고 단단하지.'

세르멕은 벽난로의 돌출된 턱에 칼을 부딪쳐 보았다. '쨍강' 하는 맑은 고음이 방안으로 퍼졌다. 세르멕이 소리의 여운에 정신이 팔려 있는데, 등 뒤에서 에젠이 말했다.

"보실 것이 있어요. 칼보다 중요한 것이지요."

에젠은 방을 나와 바깥채에 있는 예하의 서고로 세르멕을 안내했다. 큰 서고 안에 죽책과 목간 그리고 두루마리 천과 양피지 등에 쓰인 수많은 책들이 들어차 있었다.

"아버지가 여러 나라에서 모아들인 책들이에요. 비싼 값을 치르고 사 온 것이죠."

세르멕이 훑어보니 여러 나라의 역사서와 사상서, 법서와 병서를 비롯해 심지어 예하가 직접 작성한 회계 기록과 상단 일지까지 보관되어 있었다. 그러나 세르멕이 의아했던 것은 다른 책들보다 병서가 훨씬 많은 것이었다.

"어른께서 병법에 관심이 많은 모양이군요?"

"상인들에게 군사 지식은 필수니까요."

세르멕이 책에서 눈을 떼고 에젠을 바라보자 그녀가 다시 말했다.

"우리 상단은 국내뿐만 아니라 외국에도 자주 나간답니다. 그 와중에 산적들의 습격은 물론이고 흑심을 품은 외국의 군대나 벼슬아치들의 농간으로부터 우리 자신을 지키려면 꼭 필요한 지식이에요. 그런 것들은 다른 누구에게 의존할 수 있는 일이 아니니까요."

"하긴 그렇겠군요."

세르멕은 고개를 끄덕였다.

그날부터 세르멕은 에젠의 도움을 받으며 책들을 독파해 나갔다. 장사 지식은 물론이고 외국의 풍토와 문물, 전쟁의 역사가 남긴 수많은 병법까지도 상세하게 배웠다.

17

융국은 광활한 나라였다. 세르멕이 예하 상단의 각 지역 거점을 돌아보며 지역마다의 특색이나 주요 인물, 거래하는 물품들을 파악하는 데는 적지 않은 시일이 걸렸다. 하지만 책에서 얻은 지식에 경험이 쌓이면서 세르멕은 점차 장사 안목뿐만 아니라 세상을 통찰하는 눈이 깊어져갔다.

"장사 경험이 일천하니 많은 가르침을 주시면 고맙겠습니다."

키안국에 상단을 이끌고 갔을 때였다. 에젠의 소개로 세르멕은 키안국 상인들에게 겸손하게 인사를 했다. 그들은 예하와 그의 아들, 그리고 에젠과 거래를 하던 사람들이었다. 예하는 늙었고 그 아들은 죽었기에 최근엔 에젠이 그들을 도맡아 상대했다. 그들은 예하와 그 아들처럼 에젠과도 돈독한 신뢰를 나누었다. 하지만 처음 보는 세르멕은 같을 수 없었다. 천하의 예하가 에젠과 함께 상단을 맡겼다고 해도 그들은 세르멕에게는 눈길조차 보내지 않았다.

내륙 국가인 융국과 달리 바다를 끼고 있는 키안국은 해양산물이 풍부했고 진주와 산호 같은 보석이 유명했다. 하지만 무엇보다도 으뜸인 상품은 양탄자였다. 키안국 고원지대의 사람들은 오래전부터 가축의 털로 양탄자를 만들어 업을 삼았는데, 이제는 그 화려한 문양과 품질을 어느 나라도 따를 수 없었다. 당연히 키안국에 오는 외국 상인들은 양탄자 시세에 민감했다.

타르코라는 상인이 에젠에게 말했다.

"올해 양탄자 생산량이 많이 떨어졌소. 근래 젊은이들이 대거 군대에 소집되어 일손이 부족했기 때문이오."

타르코에 이어 그 아우 푸잔이 말했다.

"양탄자가 예년의 두 배 값이 되어버렸으니 이거 우리도 참 난감하외다."

타르코와 푸잔 형제가 이끄는 상단은 예하와 인연이 깊은 상단이기에 거짓을 말할 리는 없었다. 그들은 오히려 안타까운 기색을 보이기까지 했다. 키안국 상인들은 예하 상단으로부터 융국의 특산물인 상아와 물소 뿔, 모피, 비단 등을 공급받았다. 그런데 융국 상인이 양탄자 구매를 포기하고 다른 나라로 가버리면 그들 또한 융국의 물품을 얻지 못하게 되기 때문이었다. 에젠도 난처했다. 양탄자 구매량에 차질이 오게 된 것이다. 에젠이 말을 잇지 못하고 있는데 세르멕이 미소를 지으며 말했다.

"생산량이 적었다니 어쩌겠습니까. 두 배 가격이라도 우리는 고맙게 구매하겠습니다. 다행히 우리 융국 물품들은 작년보다 생산량이 많았습니다. 우리는 예년의 팔 할 값만 받으면 충분할 것 같습니다. 우리에겐 불행이지만 당신들에겐 좋은 기회군요. 물건은 내일 교환하도록 하지요."

키안국 상인들은 휘둥그런 눈으로 세르멕을 쳐다보았다.

그날 저녁 여곽(旅廓)으로 돌아온 뒤 에젠이 물었다.

"왜 거짓말을 했죠? 우리 물품들 생산량은 예년과 마찬가지였어요. 그들에게 우리 물건을 굳이 싼값에 내놓을 필요가 있었나요?"

세르멕이 웃었다.

"그들이 부른 값에 동의할 수 없어서 찔러 본 거요. 아무리 일손이 모자랐다 해도 양탄자 생산량이 갑작스레 반으로 줄어들 리는 만무하오. 그래도 그들은 두 배 값을 불렀소. 줄어든 공급량을 예상해 그들의 이윤을 더했기 때문이겠지. 반대로 우리는 생산량이 좀 많았다는 이유로 물건 가격을 내려버렸소. 그들이 진정한 상인이라면, 아마도 자신들의 거래 방식에 대해 밤새도록 고뇌할 거요."

"당신은 그들을 오늘 처음 봤어요. 그런데 그들을 어떻게 믿을 수 있죠?"

"물론 나는 그들을 잘 모르오. 하지만 오래도록 그들과 거래한 예하 어른의 안목을 믿소."

다음 날, 키안국 상인들의 대화 상대는 에젠에서 세르멕으로 옮겨갔다. 그들은 세르멕을 쳐다보며 말했다.

"공급에 문제가 있긴 하지만, 양탄자 값을 두 배로 받을 수는 없다는 결론을 내렸소. 예년보다 한 배 반만 쳐주시오. 뿐만 아니라 원하는 물량만큼 양탄자를 모두 내놓겠소."

거래가 끝나고 돌아오는 길에 에젠이 세르멕에게 말했다.

"우리 물건 값을 그대로 받았다면 그들도 양탄자를 예년의 두 배 값으로 받았을 테니, 결국 우리가 물건 값을 내림으로써 더 이익을 본 거네요?"

"그보다 더 큰 이익이 있소."

"그게 뭐죠?"

"예하 상단 사람은 누구라도 신뢰할 수 있음을 그들에게 다시금 알려준 거요."

에젠은 어느 사이 장사 수완이 놀랍도록 깊어진 세르멕에게 감탄하지 않을 수 없었다.

18

외국을 오가는 무역 상단은 수많은 마차와 수백의 동물이 무리를 짓곤 했다. 규모가 클수록 장사가 효율적이고 위험도 줄기 때문이었다. 상단이 고원이나 산악지대로 이동할 때면 곰, 늑대, 호랑이 등의 맹수가 출몰하여 습격하는 경우가 있었다. 그러나 가장 큰 위협은 산적이었다.

키안국에서 돌아오는 길에 세르멕과 에젠도 산적들의 습격과 마주했다. 산적들이 말을 달려오자 계곡 위편에 자리 잡고 있던 예하 상단은 일시에 마차를 옮겨 방어 대형을 갖추었다.

산적들의 공격 수법이란 매복했다가 활을 쏘면서 기선을 제압하는 것이 보통이었다. 무기 다루는 솜씨가 대개 치졸한 수준이라 전세가 불리해지면 금세 도망을 쳤다. 그러나 그들은 예사로운 산적이 아니었다. 방패는 물론 갑주와 투구까지 갖추고서 타고 있는 말에게까지 보호용 갑주를 입혔다. 산적이 아니라 중무장 기병부대로 착각할 정도였다.

산적들은 상단을 정면으로 공격해 들어왔다. 우거진 숲이 멀리 떨어져 있어서 시야가 넓은 곳이었으나 산적들은 아랑곳하지 않았다. 그들은 공격 대오가 일정한 것은 물론 훈련 수준도 높았다. 전세가 불리해지면 숲을 지나 바위산 너머로 물러났다가 다시 진격해 들어오기를 반복했다. 상인들이 낙타와 마차, 수많은 물품이 있는 거점에서 이탈할 수 없는 것을 이용한 공격이었다.

그들이 또 한 차례의 공격을 마무리하고 물러가자 해가 서쪽 산의 능선에 가까워졌다. 그때, 세르멕이 에젠과 토라를 불러 대적할 방법을 이야기했다.

"수차례의 공격에 실패한 저들은 저 바위산 능선 너머에서 해가 지길 기다릴 것이오. 한밤이라 횃불을 들고 올 것이니, 이번엔 화공을 이용할 가능성이 크오. 그렇기에 우리는 어떻게든 저자들이 저 숲을 나와 이곳 가까이 올 수 없도록 해야 하오. 우리 물품에 불이 붙어버리면 피해가 이만저만이 아닐 것이오."

에젠이 어두운 얼굴로 말했다.

"차라리 우리가 지금이라도 자리를 옮기는 것이 어떨까요?"

"곧 어두워질 테니 그럴 시간이 없을 것 같소."

토라가 벌떡 일어나 주먹을 들어 올리며 말했다.

"세르멕 님, 저한테 맡겨주십시오. 저놈들이 다시 몰려오면 제가 상인들을 이끌고 마주쳐 들어가서 요절을 내버리겠습니다. 제깟 놈들이 갑주로 무장을 했어도 내 창을 막을 수는 없습니다."

세르멕은 머리를 저었다.

"자네가 저들을 막을 수는 있겠지만 우리 상인들의 피해도 클 것이네. 그보다 더 적절한 방법이 있을 것 같네."

세르멕이 숲 쪽을 바라보았다. 큰 교목들이 빽빽했다. 에젠도 세르멕의 눈이 가 있는 숲을 바라보더니 손뼉을 쳤다.

"무슨 생각을 하시는지 알겠어요."

토라가 눈을 껌뻑이자 세르멕이 말했다.

"토라, 예전에 키릴산에서 멧돼지를 잡을 때, 활보다는 덫이 쓸 만하지 않았나."

토라의 눈이 크게 벌어지며 이내 웃음기가 감돌았다.

"덫을 놓는 방법은 저를 따를 사람이 없을 겁니다."

"그렇지. 그러나 덫을 놓을 장소를 용의주도하게 골라야 하네. 그들은 저쪽 바위산을 넘어올 걸세. 그들이 완전히 숲으로 들어온 뒤 빠져나갈 수 없도록 지형을 살펴 장소를 잘 고르게."

"염려 놓으십시오."

세르멕이 에젠에게 말했다.

"당신은 토라와 상인들이 덫을 다 놓은 후에 서른 명의 상인들과 숲 뒤쪽으로 가서 몸을 숨기고 기다리시오. 그리고 토라는 같은 수의 상인들을 이끌고 바위산 밑에 숨어 있다가 저들이 숲으로 완전히 들어온 다음 얼른 그들이 온 길을 막고 기다리게. 그러다가 산적놈들이 덫에 걸려 날뛸 때, 횃불을 켜고 양쪽에서 일제히 함성을 지르는 걸세. 나는 남은 상인들과 이곳에서 불을 훤히 밝혀 놓고 그들을 유인하다가 함성이 들릴 때 달려가 저들을 잡겠네."

토라는 즉시 상인들을 이끌고 가서 덫을 만들기 시작했다. 덫을 모두 설치한 뒤, 해가 완전히 질 무렵에 에젠과 토라는 사람들을 이끌고 각자의 장소로 가서 숨었다. 세르멕은 남은 상인들과 함께 곳곳에 화톳불을 피워 놓고 산적을 경계하는 척 기다렸다.

밤이 깊어지자 바위산을 넘어오는 산적들의 횃불이 줄을 이었다. 잠시 후에 기다리던 비명 소리가 들려왔다.

나뭇가지를 휘어 줄지어 매달아 놓은 뾰족한 막대들이 어둠 속에서 느닷없이 얼굴을 찔러왔다. 머리 위에서 돌들이 무수히 떨어졌다. 나무줄기 높은 곳에 밧줄로 매달아 놓은 육중한 통나무가 날아와 말과 함께 여럿이 나동그라졌다. 덫을 피해 다른 쪽으로 도망을 가면 그곳에서도 덫이 그들을 기다렸다. 어두운 숲 곳곳에서 산적들의 비명이 이어졌다. 그러던 중, 상인들이 양쪽 숲에서 일제히 달려 나와 횃불을 켜고 함성을 질러댔다. 그제야 산적들이 뒤돌아 도망치려 했지만 때는 늦었다. 들어온 길목이 상인들에게 막힌 것이었다. 그때, 세르멕이 남아 있던 상인들을 끌고 와 숲 밖의 어둠 속에서 외쳤다.

"너희들은 포위되었다! 당장 무기를 버리고 숲 밖으로 나와라! 말을 듣지 않는다면 모두 죽을 것이다!"

결국 산적들은 숲에서 나와 세르멕 앞에 무릎을 꿇었다. 자신의 이름이 카잔이라고 밝힌 수령은 의외로 담담하게 말했다.

"우리 부족이 오랫동안 상단 재물을 빼앗아왔지만, 처음으로 꼼짝없이 잡혔구려."

세르멕이 부족 이름을 묻자 카잔이 말했다.

"키안국과 스카루국 사람들은 우리를 유령족이라 부르오. 나타났다 하면 어느새 사라지니 그렇게 부르는 것 같소."

그들은 먼 북쪽에서 내려온 소규모 부족 집단이라고 했다. 대국들 틈에서 발붙일 곳이 없어 깊은 산악지대에서 숨어 살며 상단의 재물을 약탈해 연명한다고 했다. 세르멕이 칼을 든 채 말했다.

"발붙일 곳 없는 너희들의 어려움은 이해하지만, 그렇다고 약탈을 일삼는 것은 용서할 수 없다. 우리네 무역 상단은 국가 간에 물품을 유통시켜 세상에 혜택을 주는 사람들이다. 상단의 재물을 빼앗으면 그만큼 세상 사람들의 재물을 훔치게 된다는 말이다. 그 죄를 어떻게 용서할 수 있겠느냐. 하지만 나는 너희 모두를 죽이지는 않겠다. 너희를 잘못 이끌어온 수령의 목숨을 거둠으로써 너희 잘못의 본보기를 삼고자 한다."

그러자 카잔이 순순히 투구를 벗었다. 정수리에 말끔히 쪽을 진 머리가 드러났다.

"우리 족속을 살려준다니 그것만으로도 감사하오. 어서 내 목을 치시오."

카잔이 꿇어앉은 채 목을 빼고 눈을 감았다. 세르멕이 그에게 다가가자 모두 숨을 죽이고 쳐다보았다. 세르멕의 칼이 번쩍 허공을 갈랐다. 카잔 앞에 목 대신 그의 쪽진 머리가 떨어졌다. 잠시 후 카잔이 눈을 뜨고 세르멕을 바라보았다. 세르멕이 말했다.

"네 목은 오늘 떨어진 거나 다름없다. 오늘을 잊지 마라."

카잔은 말없이 고개를 숙였다. 이어 세르멕이 사람을 시켜 금 한 상자를 가져와 그들 앞에 놓으며 말했다.

"이것이면 너희 부족이 약탈하지 않고도 자립할 수 있을 것이다. 다시는 도적질을 하지 않겠다고 맹세하겠는가?"

카잔 족장이 말했다.

"오래전부터 세상을 유랑해온 우리 부족은 은혜만큼은 잊지 않소. 맹세코 그 말씀에 따를 뿐 아니라 세르멕 대인의 이름을 절대로 잊지 않겠소이다."

세르멕 일행은 그들의 감사를 뒤로하고 무사히 융국으로 귀국했다.

19

세르멕이 키안국에서 돌아온 지 얼마 되지 않아 예하가 말했다.

"우리 북부 거래소에서 문제가 생겼다고 연락이 왔네."

예하 상단은 전국 주요 거점에 거래소를 마련해두고 농작물과 특산물을 비롯해 여러 물품을 국내와 국외로 유통시켰다. 수입하는 물품 역시 각 지역 거래소를 통해 전달되었다.

"북부 거래소라면…… 소금입니까?"

"바로 그렇다네. 얼마 전부터 소금 공급에 차질이 생겼어."

소금은 식량과 더불어 생존의 필수품이기에 예하 상단에서 신중하게 유통시키는 물품 중 하나였다. 그런데 최근 북쪽의 암염 광산에서 공급되는 소금의 물량이 줄어 값이 폭등했다는 것이었다. 눈이 쌓이거나 큰 비가 내려 통행이 어렵다면 모를까, 지금은 그런 계절도 아니었다.

"자네가 가서 북쪽 영지를 다스리는 테레아 제후를 만나봐야겠네. 가서 그의 소금 광산에 무슨 문제가 생겼는지 알아보게."

세르멕은 일행을 이끌고 테레아 제후의 영지에 들어섰다.

들에서 일하는 백성이나 길을 가는 백성들 대부분이 예의가 바르고 인정이 넘쳤다. 여곽의 음식도 풍성하고 사람들은 고분고분했다. 그만큼 풍요로운 땅이라는 의미였다.

성읍 가까이 자리한 병영에서는 한 떼의 군사들이 훈련을 하고 있었다. 세르멕은 다가가 그들의 훈련 모습을 지켜보았다.

그들이 구사하는 진법은 예사롭지 않았다. 기병과 보병이 혼합되어 수많은 진법을 모으고 헤치는 동작이 일사불란하기 그지없었다. 특히 세르멕이 주목한 것은 전차였다. 네 마리 말이 끄는 튼튼한 전차에 세 사람이 올라타고는 한 몸처럼 질주하며 적에게 공격을 퍼부어대는데 여간해서는 막아내기 어려울 것 같았다. 하지만 다음 순간 세르멕의 눈이 휘둥그레졌다. 상대편 보병 수비군들이 큰 방패를 맞물린 장애물로 막아서자 무섭게 달려들던 전차가 그 방패 위를 지나다가 옆으로 나동그라지는 것이었다.

세르멕이 넋을 잃고 바라보는데 귀족인 듯한 중년 사내가 말을 몰아 가까이 다가왔다.

"예하 상단의 세르멕 님이시오?"

"그렇습니다만, 뉘신지요?"

"테레아라고 하오. 예하 대인께 미리 연락을 받았소."

세르멕은 놀랐다. 제후라는 사람이 일개 상인을 영접하러 나오다니, 믿을 수 없는 일이었다. 세르멕이 얼른 말에서 내려 예를 갖추자 그도 말에서 내려 다가왔다.

"예하 대인의 서신을 받고 당신이 무척 궁금했소. 대인께서 이르길, 이번에 가는 세르멕이라는 사람은 장사뿐만 아니라 여러 가지 것들에 관심을 둘 것이라면서 조언과 지도를 부탁했소이다. 내 군사들의 훈련 모습을 지켜보는 것을 보니 과연 대인의 말이 틀리지 않는 것 같소. 하지만 나야 이 영지에 묶여 썩어가는 인물이니 무어 가르칠 것이 있겠소이까. 대인께서 너무 과한 부탁을 하신 거지요."

테레아가 호탕하게 웃었다.

세르멕은 테레아 제후의 안내로 그의 저택에 들어섰다. 테레아의 저택은 견고할지언정 화려하지는 않았다. 소금 광산으로 막대한 수익을 올리는 영지를 가진 제후의 저택으로는 의아할 정도였다. 언젠가 예하가 테레아 제후에 대한 이야기를 한 적이 있었다.

'테레아 제후는 마음만 먹는다면 대왕보다 더 큰 부를 쌓을 사람이네. 그만큼 그의 영지에서 나는 소금은 무시 못 할 위력을 갖고 있지. 하지만 그 사람은 공정하게 소금을 배분하고 공급시켜왔네. 그는 주위 영지의 어려운 일도 팔을 걷어붙이고 돕는다네. 때문에 그를 칭송하는 사람은 있어도 시기하는 사람은 없는 걸세. 5대째 제후 가문이 이어져온 비결이기도 하지.'

세르멕이 말했다.

"오면서 제후님 영지의 백성들을 봤습니다. 예의가 깍듯하고 마음들이 넉넉하더군요. 제후님께서 선정을 베푸신다는 걸 느꼈습니다."

"그렇게 보셨다니 다행이오. 제후란 위로는 대왕을 모시고 아래로는 백성을 보살피는 자리지요. 국가의 안정이 제후들에게 달려 있다고 선친께서도 늘 강조하셨소이다."

테레아 제후의 영지는 산악지대를 아우르며 북쪽으로는 스카루국과 경계를 이루고 서쪽으로는 사막지대에 접해 있었다. 지난날 스카루국과 전쟁을 할 때엔 군사들 대부분이 이곳 산악지대로 이동했고, 자연 테레아 제후의 영지는 최전선이 될 수밖에 없었다. 이름난 장군이었던 그의 5대 조부가 이곳 영지의 제후를 맡게 된 것도 당시 스카루국과 치열한 전쟁이 잦았던 데 이유가 있었다. 하지만 이제 융국과 스카루국은 더 이상의 팽창을 원하지 않기에 잦은 전쟁도 옛말이 되고 말았다. 그런데도 테레아는 군사들을 열심히 훈련시키고 있었다. 세르멕이 이유를 묻자 그가 대답했다.

"강한 군사력이 뒷받침되어야 평화를 보장받을 수 있는 것이오. 어느 나라든 군대가 나태에 빠지면 외침(外侵)을 면할 수 없소. 그렇기에 평소에도 내 군사들을 독려하고 있소. 하지만 요즘엔 한 가지 염려가 나를 떠나지 않는구려."

"이토록 잘 훈련된 병사들을 가진 제후께서 무슨 염려가 있다는 것입니까?"

"우리는 아직 청동 무기를 사용하오. 키안국과 같은 서역 나라들은 벌써부터 철을 제련한다고 합디다. 잘 단조된 철제 무기는 청동검을 순식간에 부러뜨릴 수 있소. 그런데 최근엔 스카루국도 그 기술을 익힌 것 같소. 우리 융국은 아직 철을 다룰 줄 모르니 그것이 걱정이오."

세르멕은 언젠가 에젠이 철검을 두고 했던 말이 생각났다.

'융국엔 아직 철 기술이 없어요. 서역에서나 볼 수 있죠. 그건 오라버니가 스카루국에서 가져온 거예요.'

세르멕이 테레아에게 물었다.

"광석 채취와 제련 모두 어려운 기술입니까?"

"철광석을 채취하는 건 간단하오. 검은 흙으로 덮여 있는 지표면과 붉은 물이 흐르는 산악지대에 널려 있는 것이 철이니까. 당장 내 영지에도 그런 산은 많소. 문제는 제련이라오. 청동을 녹일 때보다 더 뜨거운 불을 다뤄야 하는데 그게 쉽지 않은 거요."

테레아가 안타까운 눈으로 먼 산을 바라보았다. 예하 저택에서 본 철검의 예리한 날과 빛깔을 떠올리자 세르멕은 테레아의 안타까움이 당장 이해가 되고도 남았다.

차를 마시며 담소가 오간 뒤 세르멕은 테레아 제후에게 본론을 꺼냈다.

"근자에 소금 공급이 원활하지 않기에 찾아뵈었습니다."

테레아는 세르멕의 말을 듣더니 눈을 치켜떴다.

"그럴 리가? 소금의 생산량은 나한테 철저히 보고를 한다오. 그런데 최근엔 아무런 문제가 없었소이다."

"하지만 지금 도성에서는 소금 물량이 줄어서 값이 뛰고 있습니다. 그 이유를 알기 위해 제가 온 것입니다."

"도대체 무슨 이유인지 영문을 모르겠소만, 어쨌든 기왕 오셨으니 소상히 파악해봅시다."

그날부터 세르멕은 테레아의 도움으로 소금 생산과 유통에 관련된 자들을 조사했다. 그러던 중, 관청에서 소금 생산 기록을 담당하는 서기에게서 단서를 발견했다.

"감독관께서 생산된 소금 중 일부를 자신의 창고에 두라고 하셨습니다. 저야 어차피 장부에 정확한 산출량을 적으면 되는 것이고, 감독관께서도 전체 소금 수익에 차질이 오는 것은 아니라 하셔서 그대로 했습지요."

"감독관이 어째서 자신의 창고에 소금을 보관한다는 말이오?"

"그것은 저도 모르지요. 허나 그분은 제후님의 처남이시라 감히 따질 수도 없고 해서……."

'감독관이 제후의 처남이라?'

세르멕은 감독관의 창고지기라는 사람을 청해 술을 대접했다. 그는 세르멕이 도성 상인이라는 것을 넌지시 밝히자 소금을 구하려는 줄 알고 거드름을 피우며 말했다.

"요새 소금 생산량이 많이 줄었지요. 아무래도 오래도록 파내다 보니 광산도 고갈되어가는 것 같습니다."

그러고는 은근한 목소리로 말했다.

"하지만 우리 감독관님께서 여러분 같은 상인들을 위해 창고에 비축해둔 소금이 있소. 웃돈을 얹으면 그분께 소금을 얻을 수 있을 거요."

세르멕은 사태를 짐작했다. 감독관이 소금을 빼돌려 값을 올려놓고 이윤을 챙기는 것이었다. 장부의 기록대로라면 전체 소금 생산량과 수익에 차질이 있을 것도 아니어서 감독관의 농간을 제후가 알 수 없었던 것이다.

세르멕이 창고지기에게 보따리를 내놓았다.

"이걸 감독관님께 드리겠소이까. 내 작은 선물이오. 내일 저녁에 소금을 가지러 올 테니 가진 모든 소금을 내어주시길 부탁드리겠소."

창고지기가 눈을 부릅뜨면서 말했다.

"그 많은 소금을? 이보시오. 당신이 얼마나 손이 큰 상인인진 모르겠지만 그건 무리일 거요. 감독관님 창고에 쌓여 있는 소금을 당신이 보지 못해서 그러는데……."

"어쨌든 감독관님께 전해주시오. 내일 저녁에 댁으로 가겠다고 말이오."

창고지기는 고개를 갸웃했지만 더 이상 말이 없었다.

다음 날, 세르멕은 테레아 제후를 찾아가 말했다.

"감독관이 소금 공급 문제로 해결 방안을 논의했으면 하더군요. 친절하게도 댁에 초대를 해왔는데, 제가 감히 송구해서 어찌해야 될지 답신을 보내지 못하고 있습니다."

테레아가 껄껄 웃었다.

"감독관은 내 처남이라오. 소금은 내 영지에서 중요한 산물이니만큼 그 사람에게 관리를 맡겼지요. 사실 처남을 불러 당신과 함께 이야기를 나누려던 참이었소이다. 차라리 잘되었소. 우리 함께 처남 집엘 가서 논의를 해봅시다."

그날 저녁 두 사람은 제후의 호위병사들에 둘러싸여 감독관의 집에 도착했다. 세르멕이 제후께서 오신 것을 알리겠다며 먼저 대문으로 들어섰다.

널찍한 안마당엔 소금 자루가 잔뜩 쌓였고 열린 창고에서 사람들이 계속해서 소금을 져 내오고 있었다. 그들을 독려하던 귀족 차림의 한 남자가 세르멕이 들어오는 것을 보고는 말했다.

"당신이 도성 상인이오?"

"그렇습니다. 감독관님이십니까?"

"그렇소. 그런데 도대체 소금이 얼마나 필요하기에 이 많은 소금을 다 달라는 거요? 당신 값을 치를 돈은 가져왔소?"

"물론입니다. 잠시만 기다리시면 제 일행이 들어와 값을 치를 것입니다."

세르멕이 돌아서자 테레아가 이미 대문 안으로 들어와 있었다. 그는 눈앞에 펼쳐진 광경에 놀란 눈으로 감독관과 세르멕을 번갈아 쳐다보았다. 세르멕이 테레아에게 말했다.

"소금이 이곳 창고로 빼돌려진다는 사실을 알아냈습니다. 제후님께 실체를 보여드리고자 잔꾀를 써서 이곳으로 모셨음을 용서해 주시길 바랍니다."

세르멕의 말이 채 끝나기도 전에 테레아가 세르멕을 밀치고 감독관에게 다가갔다. 갑작스러운 사태에 감독관은 그 자리에 얼어붙어 아랫도리를 적셨다.

"네놈이…… 네놈이!"

칼을 빼드는 테레아를 보고는 호위병사들도 창을 겨누며 감독관의 집 사람들을 에워쌌다.

"사, 사, 살려주십시오."

감독관이 자신의 오줌으로 흥건한 바닥에 털썩 무릎을 꿇었다. 테레아가 눈을 부릅뜨고 말했다.

"네놈만큼은 내가 믿었거늘. 네놈만큼은……."

분노한 테레아가 칼을 치켜들었다.

"네 대가리를 성읍에 효수하여 융국 백성의 소금을 함부로 강탈

한 죄가 어떤 것인지 보여주겠다!"

그때 안채로 통하는 문이 벌컥 열리고 한 여자가 맨발로 뛰어나오면서 울부짖었다.

"시매부님, 시매부님! 저 사람 누님을 봐서라도 용서해주십시오. 용서……."

그러나 테레아의 칼은 허공을 갈랐고 감독관의 목이 떨어졌다. 이어서 테레아가 외쳤다.

"여기 있는 자들을 포박하고 식솔들도 모두 끌어내라."

곧 감독관의 넓은 집이 울음바다로 돌변했다.

테레아 제후가 침통한 얼굴로 세르멕을 돌아보며 말했다.

"다 내 불찰이오. 앞으로는 소금 관리를 더욱 철저히 하겠소."

다음 날, 성읍 광장엔 감독관의 하수인들과 함께 그 가족들까지 모두 참수되어 효수되었다. 테레아 제후는 처남의 누이인 자신의 부인까지 평민으로 강등시켜 내쫓았다. 그는 관련된 자들은 누구를 막론하고 예외를 두지 않았다.

이후 그곳을 떠나오는 세르멕의 뇌리에 테레아 제후의 모습은 깊은 인상으로 남았다. 세르멕은 그에게서 대국 융국의 엄정함과 공정함을 보았다.

20

아루미는 넓은 초원에서 방향을 잡을 길이 막막했다.

'융국으로 가려면 서남쪽으로 가야 하느니라. 북쪽에서 가장 크게 빛나는 별이 있는 쪽이 정북이니 해 뜨고 지는 것을 동서로 방향을 잡아 가면 길을 잃지 않을 게야.'

코타이 노인에게 융국 가는 길을 들었지만 초원엔 길을 잃게 만드는 함정이 많았다. 앞을 가로막는 산을 넘어 초원으로 내려오거나 깊이 팬 지형을 지나다 밤이 되면 북쪽별은 어느새 옆으로 나란히 섰다. 대낮의 뜨거운 태양 아래에서 방향을 가려내기도 어려웠다. 아루미는 한참 후에야 길을 잘못 든 것을 깨닫고 방향을 고쳐 가야 할 때가 많았다.

그녀는 초원을 달리며 달신께 기도했다.

'토라 님을 만나게 해주세요. 저는 어떻게든 융국으로 가야 합니다.'

어느새 작은 돌멩이가 스무 개가 넘었다. 고향을 떠난 후 아침마다 주워 모은 돌멩이였다. 그런데도 그녀는 어디까지 온 것인지 가늠할 수 없었다.

'바위산을 넘으면 융국으로 들어서는 게야. 아주 큰 바위산이지.'

그러나 바위산을 아무리 찾아도 끝없이 초원이 이어질 뿐이었다. 말이 초원이지 마른 풀과 돌이 널려 있는 황무지 땅이었다. 아루미는 심한 갈증을 느꼈지만 물을 찾을 수 없었다. 초원 곳곳엔 동물의 하얀 뼈가 섬뜩하게 흩어져 있었다. 야생동물이 남긴 죽음의 잔해들이었다. 머리 위에는 사람과 말이 쓰러지길 기다리는 독수리들이 따라다녔다.

높은 둔덕을 넘어 시야가 트인 앞을 바라보니 푸른 산이 아득하게 보였다. 아루미는 거기 물이 있다는 것을 직감했다. 과연 얼마쯤 달려가자 산 밑으로 시내가 흘렀다. 말도 어느새 물냄새를 맡은 것 같았다. 힘차게 달려 당도한 물가에서 아루미와 말은 모처럼 갈증을 풀고 몸을 씻었다. 방향으로 보아 융국 가는 길은 이 산을 지나야 할 것 같았다. 아루미는 가죽부대에 물을 담고 산기슭으로 접어들었다.

아루미가 숲으로 들어가 조심스레 나아갈 때였다. 어디선가 두런두런 사람 말소리가 들려왔다. 가슴이 내려앉은 아루미는 그 자리에서 꼼짝 않고 서서 귀를 기울였다. 가만히 들어보니 조금 위쪽에서 들려오는 소리였다. 겁에 질린 아루미는 산 아래쪽으로 내려갔다. 누군지 모를 사람들과 맞닥뜨리면 노예 신세가 될 수도 있었다. 야생동물보다 두려운 것이 사람이었다.

간신히 산을 내려온 아루미는 한쪽으로 깎인 산모퉁이를 돌아가는 것이 낫겠다는 판단이 섰다. 모퉁이를 돌면 그 너머에 바위산이 나올 것 같았다. 그러나 산모퉁이를 돌았을 때, 아루미는 급히 말을 세웠다. 코앞에 사람들이 나타난 것이었다. 심장이 멈출 것 같았다. 아루미를 발견한 사람들도 동요했다. 이윽고 몇 사람이 아루미를 향해 달려왔다.

"어디서 온 사람이냐?"

다가온 그들 중 한 사내가 아루미의 말고삐를 낚아채며 물었다. 나머지 사람들은 아루미를 둘러쌌다.

"저…… 저는 융국으로 가는 사람입니다. 다…… 달족, 동쪽 부족 사람이에요."

"네 일행들은 어디 있는 거냐?"

"이…… 일행……은 없어요……. 혼자예요."

그는 아루미를 위 아래로 훑어보았다. 사내가 잔뜩 겁먹고 서 있는 아루미의 표정을 보더니 다행히 고삐를 놓아주었다. 다른 사내들 역시 경계를 풀면서 혀를 찼다.

"혼자라고? 여인네가 융국까지 간다면서 혼자라는 말이냐?"

"융국으로 간 제 사내를 찾아가는 거예요. 저를 보내주세요."

"우리는 융국 상단 사람들이니 두려워할 것 없느니라. 길은 알고 있느냐?"

"자세하게는 몰라요. 고향 어르신이 가르쳐 준 대로 찾아가고 있어요."

"그렇다면 우리를 따르거라. 며칠은 더 가야 융국 국경에 당도하느니라. 보아하니 식량도 떨어진 것 같은데 우리를 만나지 않았으면 어떡할 뻔 했느냐."

그들은 아루미를 일행에게 데려가 먹을 것을 내주었다.

무리 지은 사내들을 따라가자니 아루미는 걱정이 되었지만, 무사히 융국에 다다르기 위해서는 방법이 없었다. 다행히 상단을 이끌고 있는 사내는 온화해 보였다. 결국 아루미는 상단을 따라가기로 마음먹었다.

21

스카루국에서 공주를 호위할 군사들을 이끌고 사신이 온다는 소식이 융국 도성에 퍼져갔다. 사람들은 이제야 두 나라가 진정한 평화 시대를 맞을 것이라는 기대에 들떴다.

파이한은 그런 자들을 보며 내심 조소를 참지 못했다. 전쟁과 평화 사이를 잇는 거리가 얼마나 가까운지, 그리고 시대 자체가 얼마나 변화무쌍한지 그들은 알지 못했다. 그것은 이 혼사를 성사시킨 예하도, 지금 자신 앞에서 눈물을 흘리며 통곡하는 아들 훈추도 마찬가지였다.

아들을 내려다보는 파이한의 얼굴은 변함없이 싸늘했다.

"스카루국 병사들을 이끌 호위부장은 우리 융국에서 정하게 되었다. 네가 그 일을 맡거라."

훈추가 흐르는 눈물 그대로 얼굴을 들었다.

"아버지는 지금 제 고통에도 만족하지 않으시는군요. 하지만 거역하지 않겠습니다. 아버지의 분부대로 공주님을 스카루국으로 안전하게 모셔다가 그곳 왕자님께 안겨드리지요."

"공주님을 연모한다면 너도 오히려 축하해야 할 일이거늘, 어찌 고통이라 하느냐."

"그렇지요. 축하를 해야겠지요. 저같은 하급 무장에 비한다면 얼마나 다행한 일인가요."

"그만 공주님과의 인연은 잊거라."

"그럼요. 잊어야지요. 언감생심 공주님을 바라본 제가 어리석은 놈이지요. 걱정 마십시오. 깨끗이 잊고 아버지 말씀에 따르겠습니다."

흐느끼는 훈추의 어깨가 흔들렸다. 파이한의 눈길이 잠깐 그 어깨를 스쳐갔다. 잠시 후 파이한이 작은 주머니를 꺼내 아들에게 던져주며 말했다.

"스카루국은 아직 우리 적국이라는 것을 명심해라. 적국으로 가는 사자는 혹시 모를 위험에 대비해 독약을 지니는 법이지. 하지만 아비는 먹자마자 즉사할 수 있는 약은 구하지 못했다. 파룬 형님께서 말씀하시기를 이 약은 먹은 지 사흘이 지나야 죽게 된다고 하셨다. 아무런 맛도 향도 없고, 독약으로 죽은 시체의 피부에 나타나기 마련인 시반(屍斑)조차 남지 않는 약이지."

약을 집어 들던 훈추는 흠칫 놀랐다.

'사흘씩이나 걸려 죽을 약이라면 어찌 비상 독약이라 할 수 있다는 말인가. 그렇다면 아버지는 결국 나더러 죽으라는 명을 내리시는 것인가?'

파이한은 이어서 말했다.

"스카루국은 같은 서역 국가인 키안국 때문에도 골치를 앓는 나라다. 근자에 나날이 커지는 키안국이 그 나라 국경까지 팽창했기 때문이지. 네가 만약 스카루국에서 신변의 위협을 느끼게 된다면, 키안국으로 도망을 가도 안전할 것이야."

훈추가 눈물을 닦고 파이한을 올려다보았다. 아버지의 얼굴에 어쩐지 희미한 미소가 스쳐간 것 같았다.

"……혼사가 예정대로 잘 이루어진다면 어찌 제 신변에 위험할 일이 벌어지겠습니까. 만약 혼사가 어긋나게 되면 제게 위협이 되는 것이 문제가 아니라 스카루국과 전쟁이 벌어질 수 있음을 아버지도 잘 아시지 않습니까."

"그래서 네가 공주님을 안전하게 모셔야 된다지 않았느냐. 하지만 사람의 일에는 가끔 예상치 못한 일도 일어나는 법이니라. 아비는 혹시 있을지 모를 불상사에 네 신변의 문제가 걱정되는구나."

가늘게 뜬 눈과 엄한 목소리로 이야기하는 아버지를 훈추는 이해하기 힘들었다. 그런 훈추를 내버려둔 채 더 할 말이 없다는 듯 파이한은 나가버렸다.

훈추는 늘 그렇듯 아버지의 속내를 읽을 수 없었다. 다만 어떤 서광이 불현듯 스쳐가는 듯했다. 아버지가 무언가 지시한 것 같다는 느낌마저 들었다. 그 의도가 어떤 것이든 훈추는 자기 느낌을 따르고 싶었다. 공주만 빼앗기지 않는다면 무슨 짓이든 마다하고 싶지 않았다.

스카루국 사신이 어전으로 들어가는 것을 본 공주는 앞이 막막했다. 스카루국과 혼사 이야기가 오간다는 말을 들었을 때만 해도 일이 성사될 것이라고는 생각지 않았다. 오랜 적국이던 나라가 선뜻 융국 공주를 맞아들이지 않을 것이라 믿었다. 그렇지만 공주의 믿음을 비웃듯 결국 스카루국에서 사신이 왔다.

부왕은 눈물로 매달리는 공주의 마음을 헤아려주지 않았다.

"스카루국 왕자와 혼인을 치르면 두 나라 사이가 이제 좋아질 것이 아니냐. 너는 융국을 위해서도 그 혼인을 마다해서는 안 되느니라."

몸져누운 부왕은 공주의 눈물에 담긴 의미를 이해조차 못하는 눈치였다. 여염집 사람들처럼 개인의 행복만을 바랄 수 없다는 생각이 뿌리 깊이 박혀 있는 듯했다. 처소로 뛰어 들어온 공주는 왕의 딸로 태어난 자신을 저주하며 울었다.

공주는 훈추와 떨어져 사는 자신을 상상할 수 없었다. 케팔 제후와의 혼사가 무산된 이후로 하늘도 자기편인 것으로 믿었다. 훈추 역시 파이한 대장군으로부터 두 사람의 혼사 약속을 받아냈다고 했다. 꿈결 같은 미래만을 기대하던 공주는 낙심이 컸다.

공주는 당장 어머니가 없는 것이 한스러웠다. 훈추가 그리워진 그녀는 당장 도성 호위부장을 불러들이라고 나인들에게 소리쳤다.

달려온 훈추의 얼굴에서는 아름다웠던 미소를 찾아볼 수 없었다. 다정하게 공주의 머리를 쓰다듬던 그의 손도 얼어붙었다. 얼마나 낙담이 클 것인가, 그 가슴에 얼마나 많은 눈물이 흐를까.

"당신과 떨어져 어떻게 살란 말인가요."

"대왕께서 결정하신 일이니 어쩔 수 없지요. 하지만 대왕께서도 마음대로 결정하지 못하는 것이 있습니다, 공주님."

"그게 뭐죠?"

"예를 든다면…… 외국 왕자의 죽음 같은 것입니다."

훈추의 목소리에 얼음 같은 냉기가 깃들었다.

22

늑대족이 캐서 보내온 금들이 예하의 창고에 쌓여갔다. 그밖에도 국내외에서 쉴 새 없이 밀어닥치는 물건으로 창고가 부족해진 예하 상단은 저택 옆에 또 다른 창고를 짓기 시작했다.

큰 돌을 다듬어 쌓아 견고한 벽을 세우는 일에는 기중기를 이용했다. 네 마리 소가 거대한 바퀴를 돌리면 육중한 돌을 공중으로 가볍게 들어 올릴 수 있는 기계장치였다. 세르멕은 처음 그것을 보았을 때 신기한 기계장치의 경이로움에 놀랐다. 하지만 이제는 도르래의 수를 추가하고 그 위치를 변경해서 더욱 효율적인 기중기를 고안할 정도로 능숙하게 다룰 줄 알게 되었다.

기중기에 올라가 공사를 독려하던 세르멕에게 예하가 찾는다는 전갈이 왔다.

"스카루국에서 사람이 왔네. 우리 공주님과 스카루국 왕자의 혼인이 성사되었어. 이제 우리 상단도 다시 스카루국으로 들어갈 수 있게 된 걸세. 그 일로 오늘 파이한 장군을 만나러 갈 것이니 자네도 준비하게."

세르멕도 공주의 혼인을 예하 상단에서 주선했다는 이야기를 들었다. 그러나 세르멕에겐 더욱 궁금한 일이 있었다. 예하는 늑대족의 귀향을 도와달라는 부탁을 파이한에게 해놓았다. 하지만 아직도 그에게 명확한 답을 듣지 못했던 것이다.

세르멕은 예하와 함께 마차를 타고 대장군의 저택으로 향했다.

파이한의 용모와 태도는 위엄이 넘쳤다. 얼굴의 깊은 칼자국이 거친 전쟁 경험을 말해주었고, 묵직한 목소리와 깊은 눈빛은 속내를 들여다보기 어려웠다. 필요한 말과 행동 이외에는 몸가짐이 고도로 절제되어 있는 사람이었다.

"혼사가 잘 진행된 모양이군. 애쓰셨소."

상대의 사정이나 기분은 내 알 바 아니라는 듯한 말투였다. 그러나 파이한이 지금 최대의 치사를 하고 있다는 것을 아는 예하는 담담하게 고개를 조아렸다.

"대인도 공주님을 따라 스카루국에 가시오?"

"늙은 제가 그 먼 곳까지 여행하기는 무리입니다. 대신 여기 이 사람이 공주님을 따라 스카루국엘 다녀올 것입니다."

"여태 스카루국과의 무역 재개를 원하던 것 아니었소?"

"물론 그랬습니다만 그 일은 이 사람만으로도 충분합니다."

그제야 파이한은 세르멕을 쳐다보았다.

세르멕은 당황했다. 높게 선 콧날 위에서 뿜어대는 깊은 눈빛이 섬뜩할 정도로 날카로웠다. 파이한은 세르멕의 가슴속을 꿰뚫어보려는 듯 한참을 쏘아보더니 물었다.

"자넨 누군가?"

"세르멕이라 합니다. 동쪽 땅의 작은 부족 출신입니다."

"동쪽 부족 출신이라."

세르멕은 파이한의 심중을 짐작하기 어려웠다. 융족이 아닌 사람이 융국의 대상단을 이끄는 것이 실망스럽다는 것인지, 아니면 대단하다는 것인지 알 수 없었다.

"예하 대인은 독특하시군요. 남들은 생각지도 못할 사람을 중하게 쓰시니 말이오."

"이 사람이 지난번 말씀드린 그 늑대족을 이끌던 사람입니다. 출신과 부족이 다른 그들을 격의 없이 이끄는 것을 보고 제가 탐을 냈습니다. 우리네 상인들은 출신보단 사람을 따지지요. 장사꾼이 물건의 출처보다는 그 값어치를 따지는 것과 같은 이치라고 할까요."

파이한이 다시 한번 세르멕을 훑어보았다.

"그러고 보니, 늑대족들은 아직도 동쪽 땅에 기거한다지요?"

파이한이 그제야 생각난 듯 예하에게 물었다. 예하가 정색을 하고 말했다.

"그렇습니다. 사실 오늘 이 사람과 함께 찾아뵌 것도 늑대족들 때문입니다. 장군께 부탁드렸던 그들의 귀향 건에 대해 듣고자 데려왔습니다."

"그 일은 조금 기다려야겠소. 그러나 걱정 마시오. 그들은 고향으로 돌아갈 수 있을 것이외다."

"어려운 부탁을 드려 송구스럽습니다."

"예하 대인이 부탁하기 전에 진작 처리했어야 하는 문제요. 우리는 국가의 울타리 안에 수많은 부족을 거느렸소이다. 그들도 모두 융국 백성이라는 말씀이오. 늑대족들이 반란을 일으켰던 이유도 나는 잘 알고 있소. 이제 그들을 용서하고 포용할 때가 왔다는 생각이었소. 대인께서 부탁을 해오시니 오히려 송구할 따름이외다."

세르멕은 이채로움을 느꼈다. 서늘하고 위엄 있는 태도에도 불구하고 파이한은 높은 관직에 있는 대개의 사람들과는 다르게 진정으로 국가의 안위를 걱정하는 사람처럼 보였다.

예하가 사람을 불러 마차에 실린 상자를 가져오도록 명했다. 단단히 봉해진 나무상자는 사내 여럿이 옮겨야 할 정도로 무거웠다. 사람들을 물리고 예하가 뚜껑을 열자 정제된 금괴가 빽빽하게 들어 있었다.

"장군께 도움을 받으면서도 변변히 인사를 드리지 못했습니다. 부디 거두어주시기를 부탁드립니다."

파이한은 상자 안의 내용물을 보고도 얼굴색에 전혀 변화가 없었다. 그는 금괴 하나를 꺼내 들고 무게를 가늠해보았다.

"보통 백성들이라면 이것 하나라도 평생 만져보기 어렵겠구려. 이 많은 금을 선뜻 내놓으시니 대인의 상단이 크긴 큰가 보오."

파이한은 금괴를 돌멩이 내던지듯 상자에 던져 놓고 마치 불결한 먼지가 묻었다는 듯 두 손을 털었다. 그러고는 밖에 대고 누군가를 불렀다. 이내 흰 도포를 입은 젊은이가 향긋한 사향 냄새를 풍기며 들어와 무릎을 꿇고 앉았다. 붉은 입술에 희고 정갈한 피부를 가진 남자였다. 빼어난 용모지만 서늘한 눈매만은 파이한과 흡사했다.

"제 아들 훈추요. 도성 호위대 부장으로 있는 아이외다."

훈추가 예하를 향해 절했다.

"어르신의 높은 존함은 익히 들어 알고 있었습니다."

"이 늙은이를 이리 귀하게 대해주시니 몸 둘 바를 모르겠습니다."

"백성에게 필요한 물품을 통용시켜주는 상인들은 보배로운 분들이라고 아버지께서 늘 말씀하셨습니다. 저 역시 그 말씀이 옳다고 생각합니다."

공손한 말투만큼이나 예의가 깍듯했다. 그의 몸가짐에는 겸손함과 엄격함이 배어 있었다.

파이한이 세르멕을 돌아보았다.

"이 아이가 공주님을 모시고 스카루국에 간다네. 자네 도움을 필요로 할 것일세."

훈추는 세르멕에게 눈인사를 건넸다. 깊은 눈빛에 진한 사향이 묻어난 미소가 스쳐지나갔다. 알 수 없는 의미를 담은 묘한 미소였다.

23

왕후는 오랜만에 궁궐을 나섰다. 그동안 태자 일파와 보이지 않는 암투가 끊이지 않아 궁 밖으로 나올 여유가 없었다. 그러나 이제 앓던 이가 빠지자 바람을 쐬고 싶어진 것이다.

근자에는 공주의 혼인 문제가 골칫거리였다. 왕후는 어떻게든 태자 세력이 유력 인사들과 연결되는 것을 막아왔다. 케팔 제후와의 혼사 문제가 불거졌을 때 그것을 막느라 노심초사한 생각을 하면 지금도 진저리가 쳐졌다. 그러나 이번엔 달랐다. 공주가 타국으로 떠나버리는 데다 그 신랑 될 사람이 외국의 태자도 아닌 별 볼 일 없는 왕자라면 환영할 일이었다.

"그런데 문제는 파이한입니다. 예하 놈이야 제 상단의 이익을 위해 공주를 이용했다손 치더라도 파이한은 도무지 속을 알 수 없단 말이에요."

재상은 자기 집을 방문한 왕후를 보며 씁쓸하게 입맛을 다셨다.

"원 오라버닌 걱정도 팔자시우. 그자가 무슨 생각을 하든지 그게 무에 중요하다는 말씀인가요?"

"그자는 공주를 케팔 제후에게 시집보내려던 사람입니다. 우리가 그걸 막기 위해 얼마나 고생했습니까. 그런데 이제는 외국 왕자를 공주의 배필감으로 만들어 놨어요. 태자 쪽의 반응이야 어떻든,

문제는 왜 그자가 이번에도 나섰느냐는 것입니다."

"그거야 지난번 일로 내게 미움을 받을까 봐 그런 것이 아니겠어요? 대왕께서 태자가 아닌 내 아들에게 왕위를 물려주려는 것을 파이한도 깨달았겠지요."

"그렇더라도 대왕의 친족이 아닌 바에야 신하라면 공주의 혼인 같은 미묘한 문제에는 나서지 않는 것이 상책이에요. 그런데 그자는 지난번 실패에도 불구하고 또 나섰습니다. 아무리 생각해봐도 그자에게 돌아가는 이익이 없는데, 오히려 양쪽에서 눈총을 받게 될지도 모르는 위험한 일을 한 것입니다."

"오라버니가 그동안 너무 예민해졌나 보군요. 파이한은 잘못을 만회하기 위해서라도 다시 나서지 않을 수 없었을 거예요. 그뿐일 겁니다. 제깟 놈이 다른 꿍꿍이를 가져봐야 어쩌겠어요. 안 그런가요?"

재상은 태평스러운 제 누이가 답답했다. 전쟁이 그친 요즘은 그 권위가 전과 같지 않다 해도 어쨌거나 파이한은 대장군이었다. 지금으로선 지방의 반란이나 진압하는 신세지만 그의 손엔 군대를 움직일 힘이 쥐어져 있었다. 재상이 보기에 파이한은 허울 좋은 대장군의 위치에 만족할 사람이 아니었다. 높은 곳에 뜻을 두고 있는 사람일수록 태자나 왕후 중 어느 한쪽에 줄을 서야 한다. 하지만 최근 그의 행동을 보면 양쪽 모두에게 거리를 두는 듯했다. 재상은 그래서 더욱 파이한이 신경 쓰일 수밖에 없었다. 이번 혼사 역시 마음이 찜찜했다.

그 시각, 태자 쪽에서도 파이한에 대한 고민에 빠진 인물이 있었다. 태자의 외숙인 군부대신이었다.

파이한은 지금까지 군부대신에게 실망을 안겨주지 않았다. 숱한 전쟁터에서 함께 쌓아온 우정도 튼튼했다. 그가 영전하면서 여러 장군들을 마다하고 파이한에게 대장군의 직책을 물려주기 위해 힘쓴 것도 그런 이유였다. 공주를 케팔 제후에게 시집보내려 할 때만 해도 파이한은 변함없이 자기 사람이라 믿었다. 그러나 그 혼사는 어그러졌고, 파이한은 왕후의 눈총을 받게 되었다.

'다시 왕후에게 환심을 얻어 두려는 것인가?'

그러나 군부대신이 아는 파이한은 결코 얕은꾀로 앞가림을 할 위인이 아니었다. 게다가 이번 혼인은 태자에게도 그리 나쁜 일이 아니었다. 외국의 왕실과 끈을 이어 놓는다면 차후에 태자가 어떤 도움을 받을 수 있을지 모르는 일이기 때문이었다. 문제는 파이한이 스카루국 왕자와의 혼사를 진행하면서 자신과는 일절 상의가 없던 것이었다. 군부대신으로서는 도무지 이 처사를 이해할 수 없었다.

문득 군부대신은 누이만 살아 있었어도 이런 일에 골치를 썩이지 않아도 될 것이란 생각이 들어 가슴이 아팠다.

'우리 어린 태자를 돌봐주게. 자네만 믿고 가네.'

누이의 목소리가 아직도 귓가에 생생했다.

'태자가 스스로 힘을 갖출 때까지는 내가 건강해야 할 텐데.'

태자는 아직 소년티를 벗지 못했다. 그렇기에 왕이 좀더 오래 살아주길 바랐지만 그가 눈을 감을 날은 그리 머지않아 보였다.

24

파이한의 저택을 나와 집으로 돌아온 예하와 세르멕은 놀라운 광경을 마주했다. 공사를 하던 창고가 무너져 피가 낭자했다. 세르멕이 마차에서 뛰어내려 공사장으로 황급히 달려갔다. 세르멕이 올라가 공사를 독려하던 기중기가 처참하게 부서져 있었다.

한쪽에 피투성이 시체들이 몇 구 보였고, 상처를 감싸고 신음하는 자들 사이로 아직 돌 더미에 깔려 있는 자들을 구하러 사람들이 뛰어다녔다. 에젠은 땀을 흘리며 부상자를 돌보고 있었다. 세르멕이 에젠에게 물었다.

"의원을 불렀소?"

"네, 사람을 보냈어요."

"어떻게 된 일이오?"

"지반이 꺼지면서 벽이 무너졌어요. 다행히 밑에 있던 사람들은 피할 수 있었는데 벽 위에서 일하던 사람들이 피해를 봤어요."

"지반이? 기초를 튼튼히 다졌는데도 무너졌단 말이오?"

"워낙 무거운 돌벽이라 밑에서 무게를 버티지 못했나 봐요."

태산을 옮겨 놔도 충분할 만큼 튼튼한 기초 위에 벽을 쌓아 올렸건만 어떻게 꺼져 내릴 수 있다는 말인가. 세르멕이 의아해하고 있는데 토라가 뛰어왔다. 그 역시 피범벅이 된 얼굴에서 땀을 쉴 새

없이 흘리고 있었다. 그러나 다행히 다치지는 않은 모습이었다.

"부상자들의 치료가 급합니다. 의원을 빨리 불러와야 할 것 같습니다."

"사람을 보냈다고 하니 금방 올 것일세. 몇이나 다쳤는가?"

"지금까지는 아홉 구의 시체와 스무 명 가까운 부상자만 파악되었습니다. 그리고 아직 돌무더기 속에 갇힌 사람이 있는데 몇인지는 모르겠습니다."

에젠이 다급하게 말했다.

"안 되겠어요. 제가 직접 의원 댁으로 가봐야겠어요."

그 순간 한 떼의 말이 요란하게 달려왔다. 의원 일행이었다. 세르멕이 다가가 인사를 했으나 늙은 의원은 쳐다보지도 않고 환자들이 있는 방으로 뛰어 들어가 당장 치료에 들어갔다.

젊은 의원들이 부상 정도를 따져 환자들을 구분하는 동안 늙은 의원은 가져온 봇짐 안에서 치료 도구들을 꺼냈다. 방은 저마다 고통을 호소하는 환자들로 아우성이었다. 하지만 의원의 손은 침착했다. 상처가 심한 환자들에게 젊은 의원들이 탕약을 먹이고 침을 꽂아 잠재우면 늙은 의원이 수술을 했다. 예리한 칼로 환부를 절개하고, 뼈를 짜 맞추고, 상한 뼈는 톱으로 잘라내었으며, 찢어진 곳을 바늘로 꿰맸다. 그런 수술 광경을 세르멕은 처음 보았다. 고통스러워하던 환자들을 잠들게 하는 것도 신묘했지만 의원들의 빠른 손놀림과 치료에 집중하는 열의에 더욱 탄복했다.

한참 후, 환자들을 모두 치료하고 나서 늙은 의원이 일어나자 기다리던 예하가 다가가 손을 잡았다.

"파룬 의원, 수고가 많았소이다. 신속하게 달려와주셔서 감사하오."

"급한 대로 응급 처치는 했소이다만 환자들을 모두 제 집으로 옮겨야겠습니다."

그제야 세르멕도 파룬 의원에게 인사를 했다.

"뭐라고 감사의 말씀을 올려야 할지 모르겠습니다. 환자들이 의원님 덕분에 살아났습니다."

파룬이 미소를 머금고 세르멕의 손을 잡았다. 그의 손엔 아직도 환자들의 피가 묻어 있었다.

"재빨리 연락을 해준 덕분에 생명이 위험한 환자들까지 돌볼 수 있었소. 오히려 내가 감사하고 싶소이다."

의원이 환자를 치료하는 것은 어머니가 젖을 물리는 것처럼 당연하다는 식이었다. 백발이 성성한 늙은 의원임에도 그의 말투는 몹시 겸손했다.

의원들이 환자들을 데려간 후 세르멕은 토라와 함께 무너진 돌더미가 쌓여 있는 공사장에 가보았다. 피가 낭자하고 부서진 기중기 잔해가 널려 있었다. 큰 통나무로 만든 거대한 기중기가 돌벽이 무너지면서 산산조각 난 것이었다. 세르멕은 전율하지 않을 수 없었다. 파이한의 집에 다녀오지 않았다면 자신도 저 돌무더기 속에 깔려 죽을 뻔했다. 토라와 힘을 합쳐 파석을 들어내고 땅을 파 보니 기초공사를 해두었던 한 귀퉁이가 텅 비워져 있었다. 누군가에 의해 기중기 쪽으로 벽이 허물어지도록 파인 것이었다. 토라가 말했다.

"아무래도 세르멕 님을 겨냥한 것 같습니다."

세르멕은 고개를 끄덕였다. 짐작 가는 것이 있었다. 하지만 이 사건을 조사하고 증거를 찾기 위해서는 시간이 필요했다. 곧 공주 일행과 함께 스카루국으로 떠나야 하는 세르멕에겐 그럴 여유가 없었다.

"일단 이 일은 함구하고 있게."

다음 날, 세르멕은 예하와 함께 부상자를 보러 파룬의 집을 찾았다. 파룬은 예하와 세르멕을 맞아들여 안채로 향했다. 그들이 주랑을 지나려는데 한 늙은 의원이 다가와서 파룬을 불러 세웠다. 파룬은 그를 보고 반가운 웃음을 지었다.

"어의께서 이 시간에 어인 일이시오?"

"약재를 좀 가지러 왔소."

"잘 되었구려. 들어가서 차나 같이 마시고 가시지요."

"미안하지만 오늘은 한시가 급하오. 대왕께서 혼절을 하셨소이다. 필요한 약재가 없기에 이곳으로 달려왔소."

파룬이 창고에 들어가서 약재들을 담아 건네자 어의는 황급히 돌아갔다. 예하가 말했다.

"대왕의 병이 점점 위중해지는 것 같구려."

"그래도 오래 버티고 계시지요. 워낙 지독한 병이라 걱정을 많이 했는데 어의께서 정성을 다하신 덕분이외다."

파룬이 어의를 칭찬했지만 정작 어의에게 처방을 가르쳐준 것이 파룬임을 예하는 알고 있었다.

왕의 병은 몸속에 발생하는 악창(惡瘡)이었다. 그러나 융국 의원들은 약 처방 외의 치료 방법을 알지 못했다. 파룬은 어의를 통해 왕의 병을 수술로 치료해보면 어떻겠느냐고 왕후에게 전했다. 왕후는 파룬의 소문을 들었던 터라 그의 끔찍한 치료방법을 모르지 않았다. 무엄하게도 왕의 몸에 칼을 대는 것을 그녀는 당연히 허락하지 않았다. 어쩔 수 없이 파룬은 어의에게 처방만을 가르쳐주고 왕의 병에 대한 미련을 버려야 했다.

세 사람이 안채로 들어와 마주 앉자 파룬이 세르멕에게 말했다.

"곧 스카루국으로 떠난다지요?"

"그렇습니다."

파룬이 걱정스러운 표정으로 말했다.

"지금 서역 지방에 역병이 창궐하고 있다는 소식을 들었소이다."

역병으로 아들을 잃은 예하가 침통하게 말했다.

"어찌 그 역병은 치료가 안 되는 것인지 그것이 의문이구려."

"답답한 노릇이지만 치료법은커녕 그 병이 퍼지는 원인도 모르고 있지요. 그러니 의원들도 속수무책일 밖에요. 하지만 제 스승님께서 이런 말씀을 하신 적이 있소이다. 많은 사람들이 모여 사는 곳에 역병이 자주 발병하는 것으로 보아 더러운 환경과 공동으로 쓰는 우물에 문제가 있지 않나 하는 것이오. 사람들에게 끓인 물을 먹이고 몸을 씻게 하니 발병이 현저하게 줄었다고 말씀하셨소. 역병으로 죽은 사람들과 그들이 사용하던 물건을 불에 태워야 한다고도 하셨소이다."

세르멕은 역병을 직접 겪어본 일이 없기에 파룬의 이야기가 생소

했다. 그러나 돌림병에 대한 가슴 섬뜩한 말들은 그의 귓가에서 떠나가질 않았다. 파룬이 세르멕에게 말했다.

"스카루국은 같은 서역의 나라이니 역병이 그곳까지 퍼질 염려가 있소. 혹시 그렇게 되거든 내 말을 명심하기 바라오. 외국을 드나드는 상인들이 조심을 해야 융국만큼은 안전할 거요."

이야기를 마치고 파룬은 회진을 하러 가겠다며 몸을 일으켰다. 세르멕은 상단의 부상자들을 살피기 위해 파룬의 뒤를 따랐다.

파룬의 집엔 상단의 부상자들 말고도 환자들이 많았다. 환자들은 파룬이 회진을 하면 공손하게 인사를 했고 파룬은 그들의 등을 두드렸다. 제자인 젊은 의원들도 환자들을 정성스레 대하기는 마찬가지였다.

세르멕이 보기에 파룬은 환자들의 부모 같은 사람이었다. 환자를 정성껏 돌볼 뿐만 아니라 사람들이 병에 걸리지 않도록 힘쓰는 데 그의 모든 신경이 맞추어져 있는 것 같았다.

세르멕은 파룬 의원에게서 또다시 대국의 힘을 보았다. 대국이 형성되는 데는 무력만 필요한 것이 아니었다. 백성에게 필요한 물품을 통용시키기 위해 동분서주하는 상인 예하, 아픈 자들에게 정성을 쏟는 의원 파룬, 자기 영지의 혜택을 세상과 골고루 나누려는 제후 테레아 같은 이들이 진정으로 대국을 지탱하는 기둥들이었다.

25

"아버지, 어찌 세르멕 님 혼자 그 먼 곳까지 다녀오라는 말씀인가요?"

에젠의 항변에 예하는 꿈쩍도 하지 않았다.

"너는 따로 남아 할 일이 있느니라."

"금광 관리라면 외눈박이도 있겠다, 아버지가 직접 관리하셔도 되지 않나요?"

"너는 늙은 아비에게 일을 시키지 못해 안달이냐. 외눈박이도 그 일을 맡기기에는 적절하지가 않아."

"아버지가 그토록 바라시던 스카루국과의 교역이잖아요. 저도 그 일을 돕고 싶어요."

"세르멕 혼자서 충분하다. 너는 아직도 세르멕을 모르느냐."

에젠은 아버지가 서운했다. 오랫동안 세르멕을 만나지 못한다고 생각하니 벌써부터 외로움이 밀려왔다.

에젠이 예하의 방을 나와 바깥채로 나가니 사람들이 붐비는 창고 옆에 세르멕이 보였다. 스카루국으로 떠날 사람들과 함께 물품을 점고하는 것이었다.

"에젠, 마침 잘 만났소. 외눈박이가 보이지 않는구려. 그에게 확인할 것이 있으니 좀 찾아주겠소?"

세르멕이 불러주는 것이 반가웠던 에젠은 곧바로 실망을 느꼈다. 하지만 세르멕의 요청대로 외눈박이를 찾아 나섰다. 그러고 보니 요즘 외눈박이가 잘 보이지 않았다. 세르멕이 상단에 들어온 이후 그는 창고에 드나드는 물품의 양과 종류를 관리하고 있었다. 그렇기에 그가 없으면 곤란할 일이 많았다.

뜻밖에도 미카가 그의 소재를 가르쳐주었다.

"도성 주막에 있을 거예요. 그 사람은 요즘 거의 술에 취해 있거든요."

"이 바쁜 북새통에 어찌 한가하게 술이나 마시고 있는 거지?"

"몇몇 상인들과 몰려다니면서 푸념하는 것을 들었어요. 노예로나 쓰는 야만인에게 예하 어르신께서 상단을 모두 넘겨주려 한다고요."

"그건 또 무슨 말이야?"

"예하 어르신이 세르멕 님에게만 일을 맡기고 자기들은 알아주지 않는다고 불만들이 많은 것 같았어요."

에젠은 미카가 가르쳐준 주막으로 말을 몰았다. 문을 밀치고 들어가니 과연 외눈박이와 몇몇 상인들이 한쪽에 둘러앉아 술을 마시고 있었다.

"여기서 뭐하고 있는 거죠? 세르멕 님이 찾고 있으니 어서 가보세요."

"세르멕이? 그자가 나를 왜 찾는다는 말이오? 동쪽에서 온 야만인 주제에 이 외눈박이를 감히 오라 가라 한다는 말이오?"

에젠이 다가가 외눈박이의 따귀를 때렸다. 모두들 휘둥그런 눈으로 에젠을 쳐다보았다. 외눈박이는 정신이 드는 듯 똑바로 서서 그녀를 노려보았다. 주위에 앉았던 상인들도 덩달아 일어서 그의 옆으로 다가왔다. 그러자 외눈박이는 더욱 의기양양해져서 에젠에게 배를 내밀고 말했다.

"아기씨가 어찌 내 따귀를 때리시오? 내가 뭐 잘못한 거라도 있단 말이오?"

"당신이 그따위로 치졸하게 구니 아버지도 일을 맡기지 않는 거예요."

"허어, 야만인 놈에게 눈이 먼 아기씨를 보게 되더니 이제는 별소릴 다 듣겠네."

외눈박이가 빈정거렸다. 그러자 에젠이 싸늘하게 식은 얼굴로 칼을 뽑아들었다. 사내들이 주춤주춤 물러나는 곳으로 에젠이 바짝 다가가며 소리쳤다.

"어리석은 놈들, 부끄러운 줄 알아라! 잔말 듣기 싫으니 어서 상단으로 달려가지 못할까. 아니면 네놈들 머리만 내가 가져가길 바라느냐!"

외눈박이와 상인들이 목을 움츠린 채 뛰어나가고 에젠은 천천히 주막을 걸어 나왔다. 저 멀리 멀어져 가는 상인들의 말을 물끄러미 바라보면서 에젠은 칼을 쥔 손을 부르르 떨었다.

세르멕이 저녁을 먹다 말고 웃음을 터트리자 예하가 영문을 모르고 쳐다보았다.

"에젠이 방자한 외눈박이 패거리들을 혼내주었다는군요. 에젠,

그렇더라도 주막에서 칼을 빼든 것은 너무한 것 아니오?"

예하가 놀란 눈을 에젠에게 돌렸다.

"칼을 빼들다니? 왜 그랬다는 말이냐?"

"외눈박이가 세르멕 님을 욕보이기에 그랬어요."

"그들이 나를 못마땅하게 생각하는 것이 어제오늘 일이오? 그냥 내버려두시오. 그러다 제풀에 그만둘 거요."

세르멕이 예하 상단에 들어왔을 때, 상인들은 그를 야만족 출신의 무지렁이라고 비웃었다. 하지만 세르멕은 아랑곳하지 않고 묵묵히 능력을 드러내 보였다. 그렇게 시간이 흐르자 사람들은 세르멕의 진면목을 알아보고 함께 일하거나 지시를 받아들이기를 마다하지 않았다. 다만 외눈박이와 그를 따르는 상인들만은 세르멕을 대놓고 질시했다. 외눈박이는 세르멕이 오기 전부터 예하가 중책을 맡기던 사람이었다. 그에겐 상단에서 새롭게 입지를 굳혀가는 세르멕이 위협으로 느껴진 것이었다.

"외눈박이가 그래도 길눈과 이문에 밝다네. 자네가 그자를 잘 활용하면 장사에 많은 도움이 될 것이야. 그러기 위해서는 그자의 마음을 자네 것으로 만들어야 하네. 상인에게 중요한 것은 사람의 마음을 사는 것일세."

예하의 말을 새겨들으면서도 세르멕은 지난번의 사고를 잊을 수 없었다. 그 사고는 필경 외눈박이의 소행이리라 짐작했다. 자신의 죽음을 원할 정도라면 과연 그 마음을 사게 될 날이 오기나 할지 세르멕은 아득한 생각이 들었다.

"어르신, 이번 스카루국행 대상은 정말 저 혼자 이끌게 됩니까?"

"자네가 스카루국에 가 있는 동안 에젠은 할 일이 있다네."

에젠이 세르멕에게 말했다.

"저한테 금광을 관리하라고 하실 모양이에요. 양푸 님이 어련히 잘 관리하고 있을 텐데 뭐가 그리 불안하신지 모르겠어요. 그렇지, 미카?"

에젠 옆에서 잠자코 음식을 먹던 미카가 고개를 끄덕였다.

"그것만이 아니다. 네가 해야 할 중요한 일이 있단다."

"그게 대체 무슨 일인데요?"

예하는 음식을 떠먹으며 늘 그렇듯 조용한 목소리로 말했다.

"네가 없으면 누가 미카의 혼인 뒷바라지를 해주겠느냐."

그 말에 가장 놀란 사람은 미카였다.

'혼인이라구?'

할 말을 잃고 예하를 쳐다보는 미카의 얼굴에 암운이 깃들었다.

"저기, 어르신, 저는 혼인할 생각이 없어요."

"아니다. 내가 봐놓은 젊은이가 있느니라. 네게 잘 어울릴 사람이지."

에젠이나 세르멕도 놀라기는 마찬가지였다. 늘 상단 일에 바쁜 예하가 미카의 배필감으로 누굴 봐놨다는 말인가. 그 인물이 누군지 알 수 없는 것은 미카도 마찬가지였다. 한 번도 내색하지 않던 예하가 갑자기 자신의 혼인을 서두르려는 이유도 알 수 없었다.

"어르신, 저는…… 저는 마음에 두고 있는 남자가 있어요. 그런데 그 사람과는 혼인할 수 없는 처지고…… 다른 남자와는 혼인하고 싶지 않아요. 부디 그 말씀은 거두어 주세요."

미카가 머리를 숙인 채 눈물을 떨어뜨렸다. 에젠도 난데없이 미카의 마음을 헤집어 놓는 아버지를 원망의 눈길로 쳐다보았다.

"미카야. 눈물을 거두어라. 네 배필이 바로 그 사람이다."

예하의 말에 미카가 놀란 표정으로 고개를 들었다.

"미카를 양푸에게 시집보내려면 에젠이 수고를 좀 해야겠구나. 스카루국 일은 세르멕에게 맡겨두면 괜찮을 것이야."

에젠이 손뼉을 치며 기뻐했다. 미카는 눈에서 더 많은 눈물을 쏟아내었다. 그러나 얼굴은 행복한 웃음을 지었다.

26

한밤중, 세르멕은 토라가 건네는 얇은 목판 꾸러미를 받았다.

"스카루국으로 가져갈 물목을 적은 목판입니다. 말씀하신 대로 상인들과 함께 수차례 확인을 되풀이했으니 장부와 어긋나는 일은 없을 것입니다. 그리고 이것은……."

토라는 세르멕의 방 가운데 놓인 큼직한 원탁에 양피지 두루마리를 펼쳤다.

"스카루국에서 구매할 물건과 그것을 담당할 우리 상인들의 이름을 적은 것입니다. 일목요연하게 적어놨으니 한눈에 파악하실 수 있을 겁니다."

세르멕은 양피지를 살폈다. 탁자 한쪽으로는 오래된 상단일지가 쌓였다. 예하의 아들이 쓴 것이었다. 거기엔 그가 스카루국에서 거래했던 물품들과 그 시세, 거래한 상인의 이름, 심지어는 그들의 성향까지 자세히 적혀 있었다. 덕분에 세르멕은 한번 가보지 못한 먼 스카루국에 가지고 갈 물목과 그곳에서 구매할 물품 및 거래 대상까지 거의 모든 일의 얼개를 미리 짤 수 있었다.

"고생 많았네, 토라. 저녁은 먹었는가?"

"아직입니다. 이제 상인들 데리고 주막에 가서 목이나 축일까 합니다."

"그것도 좋겠군. 조심히 다녀오게."

토라가 나간 뒤 세르멕은 다시 장부를 점고했다.

벽난로에서 타는 불이 넓은 방을 덥혀주었다. 장부를 정리하던 세르멕은 문득 벽에 걸린 철검에 눈길을 두었다. 검은 늘 그 자리에 침묵했다. 하지만 세르멕은 검을 바라볼 때마다 수많은 이야기를 듣는 듯했다. 기술과 문명, 더 나은 것을 좇는 사람들의 집요한 갈망과 넘쳐나는 힘이 검에서 솟구쳤다.

세르멕은 검을 꺼내들고 날을 뽑았다. 변함없이 차가운 기운이 은빛 검신에서 뿜어져 나왔다. 그 주인은 먼 타국에서 젊은 나이에 스러졌건만 검은 아직 그 기운을 잃지 않았다.

검이 문득 다른 이야기를 걸어 왔다. 고향 성읍 광장의 거대한 침묵이 세르멕의 가슴속으로 흘러들었다.

그 순간에는 어머니 베키라도, 메이도 오열하지 않았다. 그 자리에 있던 모든 달족 사람들은 소리 없이 눈물을 흘리며 부족을 위해 희생될 세르멕을 바라보았다.

세르멕은 어머니와 메이를 향해 눈길을 주지 못했다. 성읍을 끌려나오던 순간 끝내 오열하던 메이와 그녀의 어깨를 감싸 안은 어머니 베키라의 모습을 잠시 뒤돌아본 것이 마지막이었다.

'벌써 아이가 태어났겠군. 다들 무사할까…….'

세르멕은 검을 다시 벽에 걸고 장의자에 길게 걸터앉아 벽난로의 불꽃을 바라보았다.

동토가 되어버린 달땅에서 아비도 한번 보지 못한 채 외롭게 자라날 아이, 돌아올 기약도 없는 자기 사내를 그리워하며 눈물로 나날을 보낼 메이, 달족의 몰락 속에 아들의 안위를 걱정하며 한숨지을 어머니.

세르멕은 터져 나오는 비명을 삼키려 주먹을 깨물었다.

"뒷모습이 외로워 보이는군요."

갑자기 등 뒤에서 에젠의 목소리가 들려왔다.

"……고향 생각을 하고 있었소."

"지금 같은 당신 모습을 간혹 봐왔지요……. 그럴 때마다 당신은 더 큰 외로움을 제게 주셨고요."

세르멕은 팔짱을 낀 채 가만히 벽난로의 불빛을 바라보았다. 에젠이 다시 말했다.

"두고 온 부족 사람들이 그리운 것도, 지금 당신이 괴로워하는 것도 당연한 거예요. 저도 언젠가 당신이 그리운 사람들을 다시 만나게 되길 바라고 있어요. 진심이에요. 하지만……."

"고맙소."

세르멕이 장작을 집어 벽난로 속으로 던져넣었다. 에젠은 잠시 머뭇거리다가 말을 이었다.

"……제가 스카루국에 따라가지 못하게 되어 아쉬워요."

"미카와 양푸 두 사람을 위해 당신이 여기서 할 일이 많을 것이오."

"미카가 혼인하게 되어 저도 기뻐요. 그렇지만……."

"그 일이 아니라도 어르신께서 당신을 스카루국에 보내지 않는 데는 이유가 있을 것이오. 그것이 무엇인지는 모르지만, 나는 어르신의 판단을 믿소."

방 안에 침묵이 흘렀다. 장작만이 타닥타닥 타는 소리를 냈다.

잠시 뒤에 에젠이 입을 열었다.

"기다릴게요. 당신이 돌아오기를……."

세르멕은 여전히 벽난로의 불빛만을 바라보았다. 에젠은 조용히 방을 나갔다.

27

아루미는 천신만고 끝에 융국의 도성에 도착했다. 지낼 곳이 없다는 말에 상단 사내들은 아루미를 한 부유한 상인의 집에 소개해 주었다. 아루미를 본 상인은 반색하며 그녀를 받아들였다. 아루미는 상인의 집에서 부엌일과 집안 허드렛일을 하게 되었다.

아루미는 음식 솜씨가 뛰어난 덕에 상인의 집에서 생활하는 것은 어렵지 않았다. 그러나 날이 지나면서 상인은 자태가 고운 아루미에게 치근거렸다. 남편의 속셈을 간파한 상인의 아내는 그날로 트집을 잡아 아루미를 내쫓아버렸다.

상인의 집을 나온 아루미는 토라와 세르멕의 소식을 들을 수 있을까 하는 생각에 여곽에 일자리를 구했다. 여곽은 매일같이 사람들이 몰려들어 북새통을 이루었다. 그들의 술과 차 시중을 들어야 하는 여곽 생활은 상인의 집에서와는 달리 고된 나날이었다.

아루미는 부지런히 일하는 틈틈이 토라와 세르멕의 소식을 여곽 손님들에게 수소문했다. 하지만 누구도 두 사람을 안다는 사람이 없었다.

'멀리 가버리신 거야. 융국은 넓은 나라니 다른 지방으로 가셨을 수도 있지. 어쩜 다른 나라로 가셨는지도 몰라. 그럼 어쩌지.'

아루미는 한숨으로 나날을 보냈다. 그러던 어느 날, 여곽의 늙은 여주인이 뜬금없이 말했다.

"이봐요, 아루미. 우리 조카 놈이 하나 있는데 한번 만나볼라우?"

"저는 사내가 있어요."

"사내가 어디 있단 말이지? 사내 만나는 것을 본 적이 없는데."

"아직 찾지 못했지만 융국 어딘가에 있을 거예요."

"나타나지 않는 사내가 무슨 소용 있남. 그러지 말고 내 말 들어요. 놓치기 아까운 건실한 아이라니까."

아무리 사양해도 여곽 주인은 포기하지 않았다. 며칠 후엔 아예 조카라는 사내를 데려와 아루미와 마주 앉게 했다.

"자식이 없는 우리 늙은이가 여곽을 물려줄 사람은 이 조카애밖에 없다우. 아루미가 이 아이하고 혼인하면 음식 솜씨 좋고 부지런해서 여곽을 잘 운영할 거 같아서 그래. 도망간 사내만 찾지 말고 이런 좋은 기회를 마다하지 말아요. 아루미도 팔자를 고칠 기횐데 뭘 망설이고 그래?"

아루미가 한사코 거절해도 그들은 포기하지 않았다. 조카라는 사내는 그날부터 아예 여곽에 눌러 앉아 아루미를 성가시게 했다. 그러나 아루미가 끝내 말을 듣지 않자 밤중에 방으로 들어와 겁탈을 하려 들었다. 아루미는 필사적으로 사내의 손아귀를 빠져나와 여곽 주인의 방문을 두드렸다. 그러나 방 안에서는 아무 기척이 없었다. 결국 아루미는 어두운 밖으로 도망쳐 나왔다.

추운 밤 갈 곳 없는 아루미가 낯선 집 처마 밑에 앉아 떨고 있자니 순라군이 다가왔다.

"당신, 뭐하는 여자요? 이 시간에 왜 거기 그러고 있소?"

"여곽에서 일을 하다가 쫓겨났어요."

순라군은 아루미를 데리고 관가 건물로 들어갔다.

밤을 지새우고 아침이 되자 갑주를 두른 중년의 사내가 그녀에게 다가왔다. 보기 좋게 다듬은 그의 수염은 이채롭게도 붉은색이었다.

"이야기는 들었소. 일자리가 필요한 모양인데, 마침 우리 집사람이 해산을 해서 돌봐줄 사람이 필요하오."

아루미가 그를 따라 집에 들어서니 난장판이 펼쳐졌다. 어미가 젖먹이를 안고 누워 있는 터라 통제에서 벗어난 다섯 아이들이 고삐 풀린 망아지처럼 날뛰고 있었다.

"미안해요. 우리 아이들이 워낙 극성이라."

아루미를 웃으며 맞이한 안주인은 그래도 아이들을 야단치고 싶지 않은 기색이었다. 그런대로 넉넉한 살림에 주인 부부도 좋은 사람들로 보였다.

"여보, 난 그럼 이만 다시 나가보겠소. 대장군께서 요즘 신경이 날카로우셔서 말이야."

아루미를 집에 데려다 놓고 사내는 허겁지겁 뛰어나갔다.

아루미는 영문도 모르고 들어온 집에서 그렇게 또 다른 첫날을 시작하게 되었다.

28

스카루국으로 떠나는 공주의 행렬은 세르멕의 대상행렬과 합쳐져 장관을 이루었다. 도성을 떠날 때부터 사람들이 연도(沿道)에서 환호를 해주었다.

훈추는 호위대를 맨 앞에서 이끌었고, 세르멕의 대상은 뒤에서 그들을 따라갔다. 훈추는 북쪽 산악지대 대신 사막길을 택했다. 군사들이 주로 사용하는 산악지대는 빠른 길이긴 하지만 아무래도 사막보다는 위험했다.

사막은 한낮에는 뙤약볕이 내려쬐다가도 한밤이면 추위가 엄습하며 일교차가 극심했다. 경험 많은 상인들에겐 사막 여행이 별것 아니었지만 공주와 호위군사들에겐 고된 여행길이었다.

행렬의 속도가 눈에 띄게 더뎌질 무렵, 제법 큰 오아시스가 나타났다. 사막에서는 좀처럼 눈에 띄지 않던 여행자들이 오아시스에 들어서면 붐볐다. 공주 일행은 오아시스에 들어서자마자 여행자들의 호기심을 자극했다.

"융국 공주가 스카루국으로 시집을 가는 행렬이라는군."

"거, 두 나라가 그토록 앙숙이더니, 이제 사이가 좋아지려나."

우물 앞에서 사람들이 수군댔다.

세르멕이 모래바람에 찌든 몸을 씻고 나무그늘을 찾아 쉬고 있는데 토라가 다가왔다.

"아무래도 공주와 훈추의 거동이 심상치 않습니다."

뜻밖의 말에 세르멕이 토라를 올려다보니 그는 아직도 먼지를 수북하게 뒤집어쓴 모습 그대로였다.

"그게 무슨 말인가?"

"여행하는 내내 두 사람을 눈여겨봤습니다. 훈추가 호위부장 신분 이상으로 공주와 가까이 있더군요. 지금도 저쪽 건물 안에 두 사람이 함께 있습니다. 공주의 나인들도 모두 물리고 단둘이서만 말입니다."

"공주가 지시할 것이 있어서겠지. 자네도 씻고 좀 쉬게. 신경 쓸 것이 무어 있겠나."

"사실은 아까 우연치 않게 그들 옆을 지나다가 이상한 말을 들었습니다. 공주가 그러더군요. 왕자가 죽으면 우리가 무사할 수 있겠느냐고 말입니다. 그래서 그들을 계속 주시했습니다. 조금 전에도 저 건물 안으로 두 사람이 들어가기에 문 앞으로 가서 슬쩍 두 사람 말을 엿들었는데……."

세르멕은 자신도 모르게 몸을 일으켜 토라의 굳은 얼굴을 바라보았다.

"키안국으로 가도 위험한 것은 마찬가지 아니겠느냐고 공주가 묻더군요."

"훈추는 뭐라던가?"

"키안국도 스카루국의 적국이니 우리를 강제로 보내지는 않을 것이라고 했습니다. 그자가 또 이런 말을 하더군요."

태양빛이 작열하는 한낮의 사막처럼 토라의 눈빛이 타올랐다.

"융국과 스카루국이 전쟁을 하게 될 것이라고 했습니다."

토라는 공주의 나인들이 다가와 더 이상 엿들을 수는 없었다고 했다. 세르멕은 고민에 빠져들었다.

'갑자기 왕자가 왜 죽는다는 것일까. 키안국으로 도망가야 할 정도면 훈추 자신이 왕자를 죽인다? 무엇 때문에? 그리고 어떻게?'

세르멕이 보기에 스카루국에 단신으로 가고 있는 훈추로서는 도저히 감행할 수 없는 일이었다. 평화롭게 성사된 혼사에 왜 그런 일이 있어야 하는지도 이해할 수 없었다.

토라가 말했다.

"세르멕 님, 우리가 음모에 휘말리고 있는 것은 아닌지 꺼림칙합니다."

"……일단 상단 사람들에게 경거망동하지 못하도록 이르고 눈치채지 않게 두 사람을 지켜보세."

그날부터 세르멕도 훈추와 공주를 관찰했다. 두 사람은 여행하는 내내 자주 접촉했다. 스카루국 군사들 사이에서 훈추는 공주의 신변을 지켜주는 유일한 융국 무장이었다. 하지만 두 사람의 접촉은 필요 이상으로 잦았다. 나인들의 눈을 피해 슬며시 손을 잡는 것도 보았다. 마주 보던 두 사람의 눈빛이 예사롭지 않았다. 공주와 훈추는 놀랍게도 연모의 감정을 숨기고 있었다.

'그렇다고 공주의 신랑을 암살한다?'

아무리 훈추가 사랑에 눈이 멀었어도 그 정도로 어리석은 사람으로 보이지는 않았다. 게다가 그의 아비 파이한은 대장군이었다.

의혹 속에서 일행은 마침내 스카루국에 도착했다.

스카루국은 그동안 대상을 다녔던 서역 나라들과 풍물이 비슷했다. 그렇기에 세르멕은 처음 와본 곳이었지만 어딘가 낯설지 않았다.

도성에 도착한 공주 일행은 성대한 환영을 받았다. 환영연에는 스카루국의 왕실과 귀족들은 물론 벼슬아치들까지 참석했다.

서역의 대국답게 스카루국의 도성은 여느 서역 국가보다 호화로웠고, 더욱이 왕궁은 도성의 모든 호화로움을 한데 모아둔 곳이었다. 연회에 참석한 사람들의 옷차림도 더없이 호사스러웠고 악사들과 무희, 시중드는 여자 노예들까지 모두 고운 자태를 뽐내는 미인들이었다.

스카루국의 늙은 왕은 융국의 공주를 며느리로 맞아 기쁜 기색이었다. 공주의 신랑이 될 왕자 역시 더없이 기뻐하며 세르멕까지도 환대했다.

"당신들을 기다렸소. 내 이미 다른 나라 상인들에겐 거래를 끝맺겠다고 통고를 했소. 아무 걱정 말고 우리 스카루국에서 장사를 하시오."

왕자가 그렇게까지 적극적으로 나설 줄은 생각지도 못한 일이었다. 왕자를 설득할 준비를 했던 세르멕은 한시름을 놓았다. 홀가분한 마음으로 연회장 한쪽에 자리를 잡고 앉으려는데 누군가가 세르멕에게 다가왔다.

"당신이 예하 상단에서 왔다는 사람이구려."

새파란 눈에 금처럼 노란 머리털을 가진, 키가 크고 건장한 중년의 사나이였다. 그는 세르멕 앞에서 격의 없이 활달하게 웃었다.

"난 스기요메라 하오. 장군의 직책에 있소이다. 어쩐지 당신은 예전에 내 생명을 구해주었던 예하 대인의 아들을 떠올리게 하는구려."

세르멕은 그를 기억해 냈다. 전쟁터에서 예하의 아들에게 놓여난 그의 도움으로 스카루국과의 교역이 성사되었다는 이야기를 에젠에게 들은 적이 있었다.

"우리 상단을 많이 도와주셨다는 말씀을 들었습니다. 저는 세르멕이라고 합니다."

"어쨌든 잘 와주었소. 괜찮다면 우리 가까운 시일에 사냥을 나가지 않겠소?"

세르멕은 두말할 것 없이 그의 제안을 수락했다. 새롭게 거래를 트게 된 스카루국에서 장군과 교우를 맺어둘 기회를 놓치고 싶지 않았다. 그는 예하의 아들과도 자주 사냥을 즐겼다고 했다.

"그의 활솜씨는 정말 대단했소. 화살 두 대를 동시에 쏴서 꿩 한 쌍을 떨어트린 일도 있었소이다."

스기요메가 유쾌하게 웃었다.

스기요메가 자리로 돌아간 뒤 세르멕은 문득 훈추를 떠올렸다. 돌아보니 그는 공주의 뒤에 그림자처럼 서 있었다. 왕과 귀족들이 왕자의 혼인 날짜를 결정하는 동안 그는 술과 음식을 입에 대지 않은 채 공주의 신변을 지키는 사람으로서 그 책임을 다하고 있었다. 공주 역시 왕가의 새신부답게 위엄을 잃지 않는 모습이었다.

알 수 없는 의문 속에서도 세르멕은 상인들과의 거래로 바쁜 나날을 보냈다. 왕자의 주선 덕에 가져온 물품들은 삽시간에 스카루국의 상인들에게 인도되었고, 세르멕과 함께 온 상단 상인들도 활발하게 물품을 구매했다.

그러나 스카루국엔 재앙이 다가와 있었다. 다른 나라에서 들어온 역병이 퍼지고 있다는 것이었다. 아직은 도성에 미치지 않았지만 언제 환자가 나올지 모르는 일이었다. 만나는 상인들마다 굳은 표정을 지으며 세르멕더러 도성 밖으로는 나가지 말라고 신신당부했다. 그들은 또다시 무서운 역병에 시달릴 걱정에 사로잡혀 있었다. 세르멕은 파룬이 근심하던 연유를 이제야 실감했다.

도성 백성들의 얼굴에도 활기가 없었다. 세르멕은 처음엔 그 이유를 역병의 공포 때문이라고 생각했다. 그런데 얼마 뒤, 또 다른 이유가 있음을 알게 되었다.

도성 거리를 누비고 다니는 근위병들은 조금만 저희들 마음에 들지 않으면 백성들의 집이나 가게로 쳐들어가 난동을 부렸다. 그들이 지나갈 때면 열린 문들이 황급히 닫히곤 했다. 그뿐만 아니라 그들은 물건이 실린 마차를 보기만 하면 제지하고 수색했다. 조금이라도 반항하거나 주저하는 기미가 보이면 사람을 잡아갔다.

마침 거래할 물건을 실어오던 스카루국 상인이 마차와 함께 근위병에게 끌려갔다는 이야기를 전해 듣고 세르멕은 근위대장을 찾아갔다.

"우리 스카루국에서 장사를 하려면 거래 물목을 확실하게 신고해서 세금을 내야 하오. 이자는 신고한 물목의 양과 실제 양이 다르기에 잡아 가둔 거요."

근위대장이라는 자가 세르멕을 차가운 눈빛으로 노려보며 다시 말했다.

"당신도 아랫사람들을 잘 단속하시오. 당신네 융국 상인이라도 이런 일이 적발되면 무사하지 못할 거요."

세르멕이 항변했다.

"너무한 것 아니오? 세상 어느 나라에서도 이렇게까지 하는 경우는 없소이다. 게다가 우리는 왕자님의 허락으로 스카루국에 장사를 하러 온 사람이란 말이오."

"왕자님의 허락이라고? 그래서 어쨌다는 말이냐. 나는 태자님의 명령을 받드는 사람이다. 그렇다면 그런 줄 알 일이지, 건방지게 큰 소리치는구나. 얘들아, 이자를 끌어내라!"

여러 나라를 돌아봤지만 세르멕은 이러한 처사를 겪은 적이 없었다. 어떤 나라의 관리라도 융국 상인들이라고 하면 함부로 대하지 않았다. 융국은 그만큼 외경스러운 동쪽의 대국이었다. 그러나 스카루국 또한 융국에 버금가는 대국이었다. 자기 백성들에게까지 횡포를 일삼는 관리들이 외국 상인에게 관대할 이유도 없는 것이다. 결국 세르멕은 아무런 손을 쓰지 못한 채 돌아서는 수밖에 없었다.

29

스카루국 도성을 낀 산은 고향 달땅의 키릴산만큼이나 울창했다.

사냥터엔 몰이꾼들이 많았다. 모두 스기요메의 병사들이었다. 그들은 요란한 징소리와 북소리로 짐승들을 내몰았다. 멧돼지와 노루, 산양 같은 산짐승들이 몰이꾼에 쫓겨 허둥대다가 화살에 꽂혀 쓰러졌다. 그러면 몰이꾼들이 쓰러진 짐승을 들쳐 메고 산 아래로 날랐다.

한동안 사냥에 열중하던 세르멕은 갈증을 느끼고 물 마실 곳을 찾았다. 그러나 어찌 된 일인지 주변 계곡들은 모두 물이 말라 있었다. 몰이꾼들과 멀어져 물 있는 곳을 물어볼 사람도 없었다.

세르멕은 오던 길을 되짚어 숲속으로 말을 몰아갔다. 조용한 산길에서 갑자기 수사슴 하나가 껑충 뛰어가는 것이 보였다. 세르멕이 화살을 꺼내 시위에 걸고 쳐다보니 어느새 사슴이 고꾸라져 있었다. 영문을 몰라 뒤를 돌아보는 세르멕에게 스기요메가 쾌활하게 웃으며 말을 달려왔다.

"스기요메 장군, 마침 잘 만났습니다. 이 근처에 물 마실 곳을 찾고 있었습니다."

"나도 목이 마른 참이오. 저 능선을 넘어가면 그쪽에 물 흐르는 곳이 있소."

앞장서는 스기요메를 따라 세르멕이 말을 몰았다. 울창한 숲을 지나 위쪽으로 올라서니 스카루국 도성이 아래쪽으로 보이면서 능선들이 사방으로 뻗어나갔다. 반대편인 서쪽으로는 광활한 산맥이 펼쳐졌다. 스기요메가 팔을 쭈욱 뻗어 산맥을 가리키며 말했다.

"저 산맥 너머에 기름진 우리 땅이 있소. 그런데 그 땅을 키안국이 탐내고 있다오."

"장군은 키안국에 가보셨습니까?"

"몇 번 전쟁을 했을 뿐이오. 군인이 아니라면 나도 그 나라를 여행하고 싶은 마음이오만, 기회가 없구려."

"그들이 최근에 영토를 크게 확장했지요. 나라의 기틀도 견고해진 것으로 보였습니다."

"그렇소이다. 근자엔 키안국이 우리를 가장 크게 위협하는 나라가 되었소."

그러더니 그가 세르멕을 돌아보며 씨익 웃었다.

"이번 두 왕가의 혼인은 우리에게 다행이오. 만약 융국까지 대적해야 했다면 참으로 힘들 뻔했소이다."

"그것은 우리 상단으로서도 반가운 일이지요."

스기요메가 세르멕의 어깨를 잡으면서 유쾌하게 웃었다.

"하긴 우리 스카루국과의 교역으로 당신 상단에서는 큰 이익을 볼 수 있을 거요."

웃음소리를 남긴 채 그는 아래쪽으로 말을 달려 내려갔다.

세르멕은 멀리 보이는 산맥들을 바라보며 천천히 말을 몰았다.

숲이 고요했다. 새들이 지저귀는 소리에 오히려 정적이 짙어졌다.

고향 키릴산이 생각났다. 곳곳에 붙어 있는 바위와 녹음까지 비슷해 고향에서 사냥하던 일이 눈앞에 선명했다. 평화롭던 그 시절엔 불행이 엄습할 것이라고는 생각도 못했다. 아버지 마카부 시절의 풍요롭던 노랫소리가 아직도 들리는 것 같았다. 세르멕은 눈을 감고 죄여오는 가슴을 가만히 가라앉히려 했다.

그때, 무언가 세르멕의 눈을 훑고 지나갔다. 숲을 뚫고 아래쪽에서 올라온 빛이었다. 세르멕이 그 빛의 실체를 찾아 아래쪽을 살펴보았다. 무슨 일인지 말에서 내린 스기요메가 칼을 빼들고 있었다. 그의 칼에서 반사된 빛이 섬광처럼 숲의 곳곳을 찔러댔다. 말은 보이지 않고 그는 칼을 앞으로 겨눈 채 무언가를 노려보고 있었다. 그 앞에 무엇이 있는지는 나무에 가려 보이지 않았다. 그러나 스기요메는 뭔가 심상치 않은 것과 마주한 게 틀림없었다. 세르멕은 말에서 내려 조심스럽게 다가갔다.

'지나가던 곰과 마주친 것일까.'

숲을 배회하는 곰과 마주치는 것은 간혹 있는 일이었다. 덩치 큰 곰과 가까이에서 맞닥뜨린다면 둘 중 하나는 제물이 되어야 했다. 하지만 세르멕은 걱정하지 않았다. 스기요메가 곰 따위에게 생명을 잃을 사람 같지는 않았다. 그러나 세르멕의 안심은 잠깐이었다. 그와 마주 선 것은 뜻밖에도 거대한 호랑이였다.

입술을 크게 젖혀 이빨을 드러내면서도 호랑이는 소리를 내지 않았다. 단단히 쥐고 있는 스기요메의 칼도 흔들리지 않았다. 눈에 불을 켠 침묵이 둘 사이를 팽팽한 긴장으로 몰아넣었다. 둘의 대치에 숲속의 바람도 멈추었다. 고요했다. 스기요메의 이마에 맺힌 땀이 햇빛에 빛났다.

능선을 타고 내려오는 새들의 종알거리는 소리에 호랑이가 마음을 다잡은 것 같았다. 호랑이는 벌린 입을 쳐들고 소리 없이 스기요메에게 다가섰다. 스기요메는 칼을 앞으로 더욱 내밀었을 뿐 물러서지 않았다.

마침내 호랑이의 괴성이 숲속의 정적을 몰아냈다. 커다란 포효와 함께 호랑이가 뛰어올랐다. 순간 스기요메가 칼을 쳐들고는 뛰어오른 호랑이를 안고 넘어졌다. 둘은 한데 엉켜 뒹굴었다. 호랑이 밑에 깔린 스기요메는 한순간 혼신의 힘을 다해 호랑이의 턱을 들쳐 올리며 칼을 찔러 넣었다. 그때였다. 관목 뒤에서 또 한 마리의 호랑이가 달려왔다. 스기요메도 그 호랑이는 보지 못한 것이 틀림없었다. 스기요메를 누르고 있던 호랑이가 피를 뿌리며 옆으로 쓰러졌을 때, 그는 그제야 다른 호랑이를 발견하고 반사적으로 몸을 굴렸다. 손엔 여전히 피 묻은 칼이 쥐여 있었다. 그러나 거리가 짧았다. 방어 자세를 취할 시간이 없었다.

두 번째 호랑이가 앞발을 들고 뛰어오른 찰나, 세르멕의 칼이 빛을 가르며 날아갔다. 순간 몸을 날렸던 호랑이가 거꾸로 떨어졌다. 세르멕의 칼이 정확히 목에 꽂힌 것이었다.

한동안 정적이 흘렀다. 아무것도 들리지 않았다. 쓰러진 호랑이 위를 바람이 무심하게 지나갔다. 몇 번 숨을 헐떡이던 호랑이는 이내 축 늘어져버렸다.

스기요메가 꿈에서 깨어나듯 일어났다. 붉게 상기된 얼굴은 아직도 굳어 있었고, 발톱이 할퀴고 지나간 한쪽 팔은 피에 물들어 있었다.

"크게 다치진 않은 것 같아 다행입니다."

세르멕이 소매를 찢어 상처 난 팔을 싸매 주었다. 스기요메는 세르멕에게 팔을 맡긴 채 땀을 비 오듯 쏟으며 숨을 몰아쉬었다.

"또 한 마리가 있었을 줄은 생각도 못했소이다. 당신이 아니었다면 저놈 먹이가 될 뻔했구려."

스기요메가 머리를 흔들었다. 지난 순간이 아직도 믿기지 않는 것 같았다.

"거 참, 이상하오."

숨이 진정되자 스기요메가 말했다.

"당신도 내 생명을 구했구려. 예하 대인의 아들처럼 말이오."

스기요메는 호기롭게 웃었고, 세르멕도 마주 보며 미소 지었다.

두 사람이 호랑이 가죽을 벗기고 있자니 스기요메의 말이 느릿느릿 다가왔다. 호랑이를 피해 멀찍이 달아났던 말이 두 사내의 긴장 풀린 목소리에 안심하고 돌아오는 것이었다.

"내 집엘 한번 와주겠소?"

가까운 계곡을 찾아 물을 마시면서 스기요메가 불쑥 말했다.

"오늘 일에 보답하기 위해 선물할 것이 있소이다."

스기요메가 의미심장한 얼굴로 웃었다. 영문을 모른 채 바라보는 세르멕을 뒤로하고 그는 능선을 향해 말을 몰았다.

30

스기요메는 화려한 실내복을 입은 채 대문에서 세르멕과 토라를 맞이했다. 사냥터에서 다친 상처는 아직도 싸매져 있었지만 그는 쾌활하게 웃었다.

그의 저택은 미로 같은 회랑이 어지럽게 이어졌다. 무장의 저택답게 벽엔 갖가지 무기들과 투구, 그리고 갑주들이 진열되어 있었다. 남녀 노예들이 손님을 맞이하여 인사를 하고는 복도를 따라 사라졌다. 그들 중엔 서역에서도 보기 드문 검은 피부의 노예들도 있었다.

긴 회랑을 따라 들어가자 넓은 거실이 나왔다. 바닥엔 갈기를 세우고 달리는 말 그림의 양탄자가 깔렸고, 호화롭게 장식된 장의자와 둔중한 탁자가 놓여 있었다. 벽에는 귀한 산호와 함께 집주인의 생명을 위협했던 호랑이들의 가죽이 걸렸다.

벽난로 위로 돌출된 받침대에 검 한 자루가 눈에 띄었다. 칼집과 손잡이에 정교하게 세공된 흑마노와 녹주석 그리고 홍옥과 혈옥수가 박혀 있었다. 스카루국에서 나는 유명한 보석들이었다. 세르멕이 검에서 눈을 떼지 않자 스기요메가 그것을 집어 들었다.

"한번 보겠소?"

세르멕이 검을 받아 빼들었다. 창으로 들어오는 햇빛에 날이 번

쩍였다. 칼집 안에 숨겨졌던 철제 검이 신비로운 기운을 뿜어냈다.

"천하 명검이군요."

감탄하는 세르멕 옆에서 토라도 눈을 떼지 못했다.

"스카루국의 철 다루는 솜씨가 정말 대단합니다. 융국은 아직 이런 철검은 물론 조악한 쇠붙이조차 만들지 못하지요."

세르멕의 감탄에 스기요메가 팔을 내저었다.

"그건 키안국 사람이 만든 거요. 우리 스카루국 대장장이들도 아직 그 정도 솜씨는 안 된다오."

스기요메가 벽난로에 기대며 세르멕이 들고 있는 칼을 지긋이 바라보았다. 그 얼굴이 아련한 표정으로 바뀌었다.

"키안국과 전쟁할 때 운 좋게도 '독수리'를 포로로 잡았소. 그 검을 만든 자 이름이오."

칼날에 과연 음각된 '독수리'란 글자가 선명하게 눈에 들어왔다. 그제야 세르멕은 예하의 아들이 스카루국에서 가져왔다는 검에도 그 글자가 새겨져 있던 것을 기억했다.

"하지만 애석하게도 이제 그런 칼은 만들지 못하게 되었소이다."

"어째서요? 독수리라는 자가 병들었나요?"

"죽었다오."

스기요메가 피식 웃었다. 자조적인 웃음이었다.

"그자가 키안국의 뛰어난 철 장인이라는 것을 알았을 때 내가 얼마나 기뻤는지 아무도 모를 거요. 난 그를 풀어주고 병기창 대장간을 맡겼소이다. 그자는 정말 빼어난 철제 무기들을 잘도 만들어냅디다."

이후 그의 소문이 퍼졌고, 제후들과 귀족들의 개인 주문이 쇄도했다.

"하지만 나는 군사들 병장기가 아니면 개인 주문은 받지 못하게 했소이다. 귀족들 장식품이나 만들어주려고 그자에게 대장간을 맡긴 것이 아니기 때문이오. 청동검과는 달리 철검은 두들겨 단조를 해야 하오. 주물거푸집으로 뚝딱 찍어낼 수 없다는 얘기지. 자연 시간이 걸리는 작업이오. 그런데 검을 주문한 사람들 가운데 태자도 있었던 거요."

자신이 주문한 검이 손에 들어오지 않자 스카루국 태자는 근위대장을 앞세워 독수리를 괴롭혔다. 좋은 철을 엉뚱한 곳으로 돌려버리고 독수리에게는 질이 안 좋은 철만을 주며 트집을 잡아댔다고 했다.

"군사들이 훈련을 하면서 창날이 부러진 적이 있었소만, 그런 일이야 간혹 있는 일이기에 별로 신경을 쓰지 않았소. 그런데 나 모르게 독수리가 잡혀가서 모진 고초를 겪은 거요. 병장기를 약하게 만든 것은 네가 키안국 간자이기 때문이라며 근위대장 놈이 족친 거였소. 사태를 알고서 내가 태자를 찾아가 그를 변호했소이다. 광석 질이 좋지 않은 데다가 워낙 많은 양을 만들다 보니 질 떨어지는 병장기가 나올 수도 있다고 말이오."

하지만 태자는 오히려 스기요메를 몰아세웠다고 했다. 포로를 풀어준 것도 모자라 그자를 두둔하는 이유가 무엇이냐는 것이었다. 스기요메는 당장 병장기 제조에 차질을 가져올 것이란 핑계로 독수리를 데려왔다고 했다.

"그런데 독수리가 대장간을 불살라버렸지 뭐겠소. 보고를 받고 달려가 보니 완전히 재로 변해버렸더군. 잿더미 속에서 시체 하나가 나온 걸 보니 독수리도 그 안에서 타 죽어버린 모양입디다. 앞으로 스카루국 땅에서 살 일이 막막하니 그랬던 모양이오."

"아까운 인재를 잃었군요."

스기요메는 아직도 독수리를 잊지 못하겠다는 듯 그의 이름이 새겨진 칼날을 유심히 들여다보았다. 그러더니 검을 칼집에 꽂아 세르멕에게 내밀었다.

"세르멕, 받아주시오. 이 검을 당신에게 드리고 싶어 오시라고 했소이다."

뜻밖의 말에 세르멕이 놀란 표정을 짓자 스기요메의 입가에 미소가 떠올랐다.

"이상한 인연이오. 전에는 예하 대인의 아들이 내 생명을 구해주더니, 이번엔 예하 대인이 보낸 당신이 또 내 생명을 구했구려. 전에도 생명의 은인에게 검을 선물했으니, 이번에도 그렇게 하고 싶소이다. 사양하지 마시구려."

스기요메가 한사코 손사래를 치고 있어 세르멕은 어쩔 수 없이 검을 받아 들었다.

"이 귀한 검을 주시니 감사할 따름입니다."

"그런 말씀 마시오. 아무려면 그까짓 검 한 자루가 사람 생명에 미치겠소이까. 내 목숨을 구해준 당신에겐 무엇이든 아깝지 않을 것 같소이다."

스기요메가 복도를 향해 박수를 몇 번 치자 노예들이 음식을 들여왔다. 곧 넓은 방 안이 향기로운 음식 냄새로 가득 찼다.

시중드는 노예들이 건네준 접시에는 쪄낸 날짐승과 가축의 고기에 알지 못할 양념들이 얹히거나 뿌려져 있었다. 곡식 가루로 뭉쳐 구워낸 음식과 기름에 튀긴 야채로 끓인 국, 다양한 채소를 향료로 버무린 향긋한 음식도 있었다. 여러 방식으로 요리한 갖가지 생선과 알지 못할 과일로 빚은 톡 쏘는 술맛도 일품이었다.

세르멕이 음식을 맛보고 있는데 열린 창 밖에서 갑자기 여자들의 울음소리와 병사들의 고함 소리가 들려왔다. 근위대 병사들이 또 어느 집을 박차고 들어간 것 같았다. 곧이어 남자의 비명 소리와 무수한 발자국 소리가 이어지더니 곧 사라졌다.

세르멕이 스기요메의 반응을 살폈다. 놀랍게도 그는 음식에만 관심을 쏟을 뿐, 밖에서 들려오는 소리는 무시했다. 그는 마치 근위대 병사들의 횡포를 전혀 모르는 사람처럼 평화로운 얼굴로 양다리를 뜯어먹었다. 그가 기름 묻은 손을 깨끗한 옷에 쓱쓱 닦으며 세르멕을 돌아보았다.

"우리 스카루국에 처음 와본 느낌이 어떻소?"

"광대하더군요. 융국 공주님이 시집온 계기로 우리도 이 나라의 여러 가지 혜택을 받아야 할 것 같습니다. 특히 산물이 풍성하니 우리 상인들에게도 기회가 많을 것 같습니다."

스기요메가 손수 술병을 들어 세르멕의 잔에 술을 콸콸 따랐다. 기분이 매우 좋은 듯한 행동이었으나 그의 입을 통해 나온 말은 정반대의 내용이었다.

"나는 융국이 부럽소. 당신들 같은 인재들이 많은 나라잖소. 난

전부터 예하 상단을 눈여겨보았소. 우리 스카루국엔 세상을 돌아 다니며 경험과 실력을 쌓은 인재들이 그리 많지 않소. 우리에게 넘쳐나는 것은 나같이 쓸데없는 무사들뿐이오. 나라가 넓으니 산물이 풍요롭긴 하지요. 게다가 우리 힘은 강하오. 하지만 그러면 뭐 하겠소이까? 왕가의 궁궐은 모래 위에 지은 집이오. 도대체 어느 귀족 하나라도 반듯한 생각을 가진 자가 없소이다. 우리 스카루국엔 상인들이 큰 상단으로 발전할 길도 막혀 있소. 혹시라도 외국으로 나가 재물을 벌어온 상인이 있다면 당장 엄청난 세금을 뜯겨야 될 거요. 아무리 나라가 크고 강하면 뭐하겠소. 백성을 존중하지 않는 나라의 미래는 어두운 법이오."

"그래도 융국 공주와 혼인하실 왕자님 같은 분은 상인들을 도와주고 있질 않습니까? 나라를 위해서도 크게 일을 할 분으로 보였습니다만."

"그자 역시 기회나 엿보는 사람이오. 제 형인 태자에게 권력을 빼앗겨 꼼짝 못하는 주제에 상인들을 돕는 척이라도 해야 재물이 생길 것이 아니겠소이까. 만약 그자에게 힘이 주어지면 태자보다도 더 탐욕스러운 인간이 될 거요."

"그렇다면 스카루국의 대왕께선 어찌 두고만 보십니까? 그런 사정을 잘 아실 텐데요."

스기요메가 거침없이 왕가와 귀족들을 비판하는 것을 보고 세르멕은 놀랐다. 스기요메는 고기를 자르다 말고 칼을 집어던지며 넓은 소매로 입을 닦았다. 거친 수염 사이로 그의 입술은 아직 고기 기름에 윤이 났다. 그가 잔을 내밀자 노예가 황급히 술을 채워주었고, 단숨에 마셔버린 술잔을 탁자에 내려놓으니 다시 붉은 술로 채워졌다.

"대왕은 이제 늙었소이다. 예전의 지혜로운 왕이 아니오. 사람이 늙으면 자기 아들들에게나 기대게 되는 모양이오. 그자들이 나라를 어디로 끌고 가는지도 모른 채 말이오."

스기요메는 야채 접시를 끌어당겨 게걸스럽게 먹었다. 그의 얼굴 어느 곳에서도 근심의 잔영은 없었다. 그가 말한 것은 단지 현실이 그렇다는 것일 뿐, 자기와는 상관없는 일이라는 듯했다. 세르멕이 말했다.

"혼인 날짜가 며칠 안 남았습니다. 어쨌든 융국과 스카루국이 이토록 돈독한 관계가 되었다는 것만으로도 사람들은 안심할 것입니다."

"물론 당장은 그럴 수 있소. 하지만 나는 아직 비관적이라오."

그가 음식을 가져가다 말고 말했다.

"원래 융국 공주의 신랑으로는 왕자가 아니라 태자가 되어야 안전한 것이오. 하지만 태자는 이미 부카르 제후의 딸과 혼인을 한 몸이니, 그 아우인 왕자가 대신 혼인할 수밖에 없었지요. 내가 보기엔 융국을 등에 업은 왕자가 차후에 제 형인 태자에게 도전을 할지도 모른다는 생각이 드오. 그는 충분히 그럴 수 있는 인물이외다. 더구나 태자의 장인인 부카르 제후의 움직임도 심상치 않소. 키안국과 국경이 맞닿은 서쪽 영지의 제후라 군사력도 무시 못 한다오. 우리 늙은 대왕이 죽으면 융국과의 평화는 고사하고 우리 스카루국의 내부도 불안할 지경이오."

스기요메가 음식을 가져가 입안에 가득 넣고 우악스럽게 씹었다. 비워진 접시와 고기 뼈들은 노예들이 신속하게 치웠고, 탁자는 언제나 말끔한 상태를 유지했다. 스기요메가 제 맘대로 던져 놓았던 고기 자르는 칼과 술병들, 그리고 흘린 음식들도 즉시 깨끗하게 정리되었다.

노예들이 분주하게 오가는 사이 식사가 끝났다. 또 다른 노예들이 무쇠로 만든 작은 화로를 들여와 그 위에 토기 주전자를 올려놓았다. 숯불에 차가 데워지며 은은한 향이 음식 냄새를 몰아냈다. 스기요메는 노예들이 따라준 찻잔을 들고 훌훌 불어 한 모금 마시고는 물었다.

"세르멕, 당신 일행들로부터 그대가 병술에도 능하다는 말을 들었소만, 사실이오?"

"군인이 아닌 바에야 어찌 병술에 능할 수 있겠습니까. 병서를 조금 읽었을 뿐이지요."

"군사를 아는 자가 병서를 읽는 것은 단순한 책상물림이 읽는 것과는 다르지. 당신의 그 조용한 눈빛엔 전쟁의 함성과 꿈틀거리는 기상이 억눌려 있소. 당신은 상인보다 무사에 가까운 사람이오. 당신의 지식은 그 기상을 다시 불러내올 것이오. 내 눈은 속일 수 없소."

세르멕이 웃었다.

"사실 내 고향은 융국에서도 먼 동쪽의 땅입니다. 부족의 족장에 오를 참이었는데, 사정이 있어서 고향을 떠나 융국으로 들어왔지요. 마침 예하 어른을 만나 상단에 들어가게 되었습니다만, 아직 장사도 제대로 터득하지 못했습니다."

"당신은 상인으로 인생을 마칠 인물이 아니오. 무예도 출중하지 않소이까?"

"과찬이십니다."

세르멕이 찻잔을 내려놓으며 말했다. 그러나 세르멕을 바라보는 스기요메의 눈빛엔 형언하기 어려운 의미가 서려 있었다.

"세르멕, 당신이 이 땅에서 어려운 지경에 빠진다면 내가 가만있지 않으리다. 약속하오."

스기요메가 웃었고 세르멕도 가볍게 미소를 지었다. 하지만 토라는 눈을 가늘게 뜨고 스기요메를 바라보았다.

〈하권에 계속〉